개들의 왕

하밀 퓨전 판타지 소설

개들의 왕 3

하밀 퓨전 판타지 소설

초판 1쇄 찍은 날 § 2006년 7월 24일
초판 1쇄 펴낸 날 § 2006년 7월 31일

지은이 § 하밀
펴낸이 § 서경석

편집장 § 문혜영
편집책임 § 심재영

펴낸곳 § 도서출판 청어람
등록번호 § 제1081-1-89호
등록일자 § 1999. 5. 31
어람번호 § 제1-0731호

주소 § 경기도 부천시 원미구 심곡1동 350-1 남성B/D 3F (우) 420-011
전화 § 032-656-4452 팩스 § 032-656-4453
http://www.chungeoram.com
E-mail § eoram99@chollian.net

ⓒ 하밀, 2006

ISBN 89-251-0163-7 04810
ISBN 89-251-0160-2 (세트)

개틀의 왕

하밀 퓨전 판타지 소설
Fantasy Frontier Spirit

3

열 명의 동료를 찾아

도서출판
청어람

CONTENTS

Chapter 19

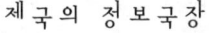

제국의 정보국장

그날의 사건 이후 더욱 빠르고 급진적인 변화가 시작되었다. 폴든을 포함한 49인의 학자(혹은 학생)들은 이제 스캇의 야망과 그 먼 여정에 동참하게 되었다. 그리고 그가 처음에 마음먹었던 대로 모든 사업의 진행은 폴든의 손에서 이루어지게 되었다.

'모래와 그림자' 학원은 정식으로 발족된 기업 '베른'의 산하에 들어가게 되었고 앞으로 학원에서 배출하게 될 걸출한 인재들은 모두 기업에서 일할 수 있는 기회를 갖게 되었다. 도시의 이름을 그대로 딴 기업명은 베른을 모두 손에 넣고 말겠다는 그들의 야심이 깃들어 있었다.

학자들은 자신의 주 전공으로 나뉘어져 각기 필요한 곳에 배치되었다. 그들은 기업이 제대로 된 모양새를 잡고 안정된 기반을 닦을 때까지 상품 연구나 경영, 개발 등에 직접적으로 참여하게 되었고, 외부에 알려지지 않은 채 비밀스러운 곳에 이용되는 인력도 있었다.

폴든은 기존 공장에 남아 있던 기계를 개발, 재생산하여 농장의 바로 옆에 대형 생산 공장 '베른 제1공장'을 구축했다. 그리고 기존에 남아 있던 공장들과 인력을 모두 흡수하여 새로운 공장에 재배치시켰다. 더 이상 암흑가의 사조직이 아닌 대형 기업으로서의 첫걸음이었다.

대부의 조직은 항구의 수송선과 유통망을 여럿 보유하고 있었다. 폴든은 이곳에도 아낌없는 투자를 해 낮은 배면과 효율적인 적재량을 가지고 있는 '연쇄선'을 개발해 냈다. 연쇄선은 베른 시를 통해 흐르는 강을 자유롭게 오갈 수 있는 새로운 시도였다. 이것은 강 상류에 있는 '베른 제1공장'과 포장 및 유통을 총괄하는 항구의 '베른 제2공장'을 잇는 교두보 역할을 해주는 최고의 걸작이었다.

폴든이 굳이 상권과 비교적 멀리 떨어진 항구에 유통 공장을 세운 이유는 간단했다. 그는 바로 타국으로의 수출을 노리고 있었다. 49명의 학자 중에선 그럴듯한 출신과 배경을 가진 이들도 여럿 있었고, 폴든은 그런 인맥을 잘 이용할 줄 아는 외교의 귀재였다.

곧 그가 노렸던 근교 항구의 유통망이 어렵지 않게 열리자 기업 '베른'은 기다렸다는 듯 조선업에도 손을 뻗치기 시작했다.

네파드는 공장과 인력을 주로 관리했지만, 폴든의 도움으로 본격적으로 시장 장악에 나서기 시작했다. 그는 우선 기업 특유의 투자력으로 각 상권의 갭을 줄여 나갔다.

이는 서민들을 장려하는 정책으로서, 다른 곳에 비해 유독 귀족의 권력이 약한 이 도시에서는 곧 귀족들에게 치명적인 피해를 주기 시작했다. 많은 숫자는 아니었지만 몇몇 귀족들이 떠나기 시작했고, 두몰퍼프 가문을 포함한 기존의 유지들은 조금씩 기업 '베른'에게 위협을 느끼고 있었다.

무엇보다 네파드가 가장 많은 투자를 아낌없이 퍼부은 곳은 시청이었다. 기존의 왕정제도에서 행정권과 시의 복지 지원을 독립시킨 이 특이한 청사는 분명 왕국의 녹을 받고 있었다. 그런 시청이 기업과 한편이 되었으니 뭇 귀족들도 그들을 상대로 담합을 하거나 적으로 두기 쉽지 않는 상황이었다.

폴든은 수하들과 함께 배를 타는 일이 잦아졌다. 그 자세한 정황은 아무도 몰랐지만 대부분 궤도에 오른 사업들은 다른 학자들이 도맡게 되었고, 그는 오래전 떠났던 스캇처럼 도시에서 모습을 감추기 시작했다. 모두들 폴든과 만나는 것을 꿈꾸고 있었지만 이 경영인은 한 달에 두어 번 정도 얼굴을 비출 뿐이었다.

마침내 외부 수출의 길이 열리고 그간의 투자가 거대한 이윤으로 돌아서게 된 것은 '49인의 맹세' 이후 도시를 떠났던 스캇이 돌아온 것과 같은 시기였다. 그동안 기업 '베른'이 벌였던 일들은 이미 그들이 수출하는 담배와 함께 전 대륙에 알려지고 있었다.

　그들이 생산하는 것은 담배뿐이었지만 배를 통해 유통하는 다른 제품의 물량은 담배보다 훨씬 더 많았다. 기업은 주로 값비싼 귀금속이나 예술품 등을 안전하게 수송하며 특제 수송함의 장점을 대륙 곳곳에 알렸고, 그들의 무역 항로는 많은 귀족들의 크나큰 관심사가 되었다. 이젠 귀족들의 금고를 털어낼 차례였다. 항구 베른은 이미 기업 베른에게 잠식되어 가고 있었다.

　"늦는군."

　"사장님, 넥타이가 꽤나 헐거워 보이시는데요."

　오스왈드 만의 전경이 훤히 드러나는 항구의 선착장에는 두 남자가 서 있었다. 둘 다 양복 차림이었지만 분위기는 너무나도 대조적이었다. 사장님이라 불린 사내는 자신의 넥타이를 더욱 풀어헤치며 신경질을 냈다.

　"폴든 이사, 자네야말로 지나치게 깔끔해 보이는 옷차림에 비해 지저분한 머리가 아쉽군."

　"스타일입니다."

여전히 날카로운 안경과 깔끔한 옷차림을 고수하는 폴든, 그는 네파드를 향해 딱딱한 말투로 대답했다. 그는 그동안 네파드를 사장님이라고 부르며 곁에서 직접 보좌했다. 실제로 기업에서 벌인 일이나 공적으로 치면 폴든이 훨씬 더 기여도가 높았지만 한 단체의 수장이라는 것은 그가 가장 싫어하는 일이었다.

실제로 벌이는 것은 폴든이, 수습하는 것은 네파드가 도맡아했다. 실적을 우선으로 치는 폴든과 인정을 우선으로 치는 네파드의 스타일은 전혀 달랐지만 그동안 둘이 부딪히는 일은 단 한 번도 없었다. 모든 도시 사람들은 그 둘을 역대 최고의 파트너라고 칭하는 데 조금도 주저하지 않았다. 그들은 기업 베른의 실질적인 최고 경영인들이었다.

"후우… 형님도 나이를 먹었겠지?"

"시간은 공평하니까요. 그리고 다른 사원들 앞에서는 회장님이라고 말씀하셔야 합니다."

폴든은 항상 그런 식이었다. 그의 뼈가 들어 있는 조언 덕분에 지금의 자신이 있을 수 있었지만, 네파드는 그런 딱딱한 모습이 항상 불만이었다.

"흥."

그는 코웃음을 치며 고개를 돌렸다. 하지만 겉모습뿐, 항상 폴든의 말을 귀담아들어 온 네파드다.

폴든은 물론 다른 학자들도 그날의 맹세 이후 스캇을 왕이라고 부를 수 없었다. 계획이 겉으로 드러나는 것도 문제였지만 실제로 나라가 없었으니까.

기업이 체계적으로 자리를 잡기 시작한 이후로 자연스럽게 스캇의 호칭은 회장님으로 통일되었다.

"맞다. '우리 집'은 얼마나 진행되었지?"

네파드가 폴든을 바라보며 물었다. 그것은 단둘이 있을 때나 꺼낼 수 있는 비밀스러운 질문이었다.

폴든은 한 번 심호흡을 한 뒤 대답했다.

"깎아낸 대륙암들은 수상성(水上城) '게르햐'를 짓는 데 동원되고 있고, 직선 구간으로는 산의 근처까지 파낸 상황입니다. 현재 학자 28명을 포함, 총 328명의 직원들이 그곳에서 프로젝트에 참여하고 있습니다."

'우리 집'은 벨을 주축으로 진행되고 있는 나후리 광야 개간 사업을 칭하는 프로젝트 명이었다. 기업에서는 전문 기술인들과 학자들을 그곳으로 보내고 있었고, '게르햐' 같은 성을 축조하기 위한 건축 기술자들을 아낌없이 고용했다.

각종 사업에서 손을 뗀 폴든이 현재 기업의 핵심 인력을 모두 투자하고 있는 영토 사업의 일환이었다.

"어쨌거나 우리의 목표는 그곳이니까… 그래, 제국의 움직임은?"

"다 알면서 모르는 척하고 있습니다. 사실 10용사 같은 괴물들이 있다면 십만의 군사도 무용지물이긴 합니다만……"

폴든이 항상 우려하고 있던 부분이었다. 자신의 지략이나 계획을 '능력' 하나로 짓밟을 수 있는 괴물들의 존재.

네파드는 긍정적인 미소를 지으며 말했다.

"그래서 형님이 떠나신 것 아닌가."

폴든은 말없이 고개를 끄덕였다. 스캇을 보낸 것은 다름 아닌 자신이었다. 그의 능력은 기업을 위해 다양하게 쓰일 수 있었지만 그것만으로는 너무 아쉬웠다.

폴든의 머릿속에는 스캇이 떠나던 날의 기억이 떠오르기 시작했다.

"오크들이 광야를 파내고 있단 말입니까?"

"설명해 준 그대로야. 첨부하자면 마라드와 함께."

스캇은 지금 막 자신이 가지고 있는 모든 비밀을 폴든에게 털어놨다. 다른 이들은 모두 맹세를 마치고 집으로 돌아간 후였고 그와 폴든은 원내 정원의 호수에서 못다 한 이야기를 나누고 있었다.

"하지만 왕… 아니, 형님! 그게 말이 될 리가……."

"내가 말했지, 국민과 영토가 있다고. 그래, 안다. 돌을 깎아내서 나라를 만들어낸다니, 미친 짓이겠지. 정말로 미친 것들이야. 그런데 어떻게 하냐, 사실인걸. 미친 왕을 따르는 미친 오크들이지."

스캇은 말과 함께 자조 섞인 웃음을 내뱉었다. 수만의 백성을 짊어지고 있는 왕의 또 다른 모습이었다. 이미 왕의 꿈을 좇아 각자의 뜻을 걸고 있는 백성들이 있었다.

"모두 사실이라면 이해는 됩니다. 형님 덕분에 전쟁터에서 죽어가며 일하던 남자들은 새로운 땅을 위해 일하기 시작했고, 오크들은 모두 거친 황무지가 아닌 우리 인간들이 살고 있는 이런 땅을 원했겠지요. 거기다 마라드가 개입한다면 자발적이고 뭐고 할 것도 없이……."

한마디를 하면 백 마디를 알아챈다. 스캇은 내심 폴든의 기지에 감탄했다. 그는 폴든을 바라보며 말했다.

"걱정되었지, 특히 그 부분이. 하지만 나는 벨과 카라포엔을 믿는다."

믿는 것 외에는 할 수 있는 것이 없었으니까. 폴든은 그런 사실들을 짊어지고 가는 스캇이 느낄 부담감을 알 수 있었다. 그는 약했던 것이 아니라 상대적으로 너무나도 커다란 짐을 지고 있던 것이다.

"그리고 신흥 국가의 오크들과 인간을 잇기 위한 교두보로 이 베른을 점거하시겠다는 거군요. 단기적으로는 전쟁의 재발을 막는 거겠지요. 맞습니까?"

"역시."

폴든은 고개를 끄덕였다. 그의 머릿속에는 이미 수많은 계획들이 펼쳐지고 있었다. 스캇은 흥미로운 표정을 지으며 그를 바라봤다.

"그렇다면 아까 했던 이야기를 마저 하겠습니다. 지금부터 나라의 모든 기반은 제국을 대적한다는 가정하에 최소 안정치를 목표로 합니다."

"나는 전쟁을 할 생각은 조금도 없다."

스캇은 확고한 신념이 담긴 목소리를 내뱉었다. 폭력과 전쟁이야말로 자신이 가장 싫어하는 것이 아닌가.

"나약한 소리를 하는 평화주의자가 어찌 왕이 될 수 있겠습니까. 지키기 위한 무력의 의미에 대해서 잘 알고 계신 분이……."

폴든은 자신의 안경을 바싹 들어올리며 스캇을 질책했다. 스캇은 그제야 폴든이 말하려는 의미를 뒤늦게 깨달았다.

"그렇군. 내가 잘못 생각했다."

폴든은 그의 표정이 바뀐 것을 보고 나서야 다음 이야기를 이어나갔다.

"제국은 나라가 완성되는 시점까지 조금도 개입을 하거나 방해를 하지 않을 겁니다."

"어째서?"

사실 그랬다. 스캇이 하는 많은 일들은 이미 제국에 노출되어 있었다. 하지만 그들은 스캇을 방해하지 않았고, 그럴 때마다 그는 방금과 같은 질문을 스스로에게 해야 했다.

폴든은 당연하다는 듯이 말했다.

"끝내주게 매력적인 사업이잖습니까. 제가 제국의 황제라

고 해도 마찬가집니다. 잘 키운 다음, 껍질만 깨끗하게 벗겨
내고 야금야금 집어먹을 생각입니다만."

스캇은 인상을 썼다. 폴든이 표현한 내용이 잘 이해가 되지
않는다는 표정이었다.

폴든은 자신의 머리를 쓸어 올리며 다시 말했다.

"요컨대 나라가 완성된 후 무력으로 제압하면 그 땅에 일
귀놓은 신천지가 모두 제국의 것이 될 것이고, 북유적이나 나
후리 광야에 많은 관심을 가지고 있는 제국의 새로운 위성도
시로서 태어나게 될 것이라는 겁니다. 천하 유일의 제국도 쉽
사리 못할 일을 용과 오크까지 동원해 가면서 하고 있으니 응
원이라도 해줘야 하지 않겠습니까?"

그의 말이 맞다. 제국이 지금 스캇을 제지할 이유는 없었
다. 지금 싹수를 자르는 것보단 다 키운 다음 뺏는 것이 더 편
하고 좋은 방법이었다. 폴든은 지금 제국의 심리를 꿰뚫고 그
것을 역이용하라는 조언을 하고 있었다.

"끄응. 그렇다면 군사력을 기르라는 말인가. 수만의 오크
와 드래곤으로도 부족한 것은 사실이다."

"그건 당연한 이야기입니다만 특별히 중요한 것이 있습니
다. 반드시 갖춰야 할 것."

폴든은 두 손가락을 들어올렸다. 스캇은 잠시 승리의 브이
제스처로 착각했지만 곧 그가 말하는 뜻을 알 수 있었다.

"두 가지?"

"우선 한 가지는 해군입니다. 제국의 정예병들이 정해진 육로를 통해 공격해 오려면 회색산맥과 나후리 광야를 건너야 합니다. 두 지역 모두 대륙에서 가장 위험도가 높은 지역이죠. 그들은 최소한 베른으로 진격하기 위해 회색산맥 대신 다리아렌 왕국까지 바다를 건너야 할 것입니다. 그런다 해도 나후리 광야를 피할 방법이 없지요. 제가 말하는 요지는 곧 대부분의 전투가 바다 위에서 벌어진다는 겁니다. 수만의 오크가 있어도 쓸 곳이 없는 게 바로 이 이유입니다."

아무리 난공불락의 요새라 해도 제국의 물량 공세를 이겨 낼 방법은 없었다. 스캇의 머릿속에서 오스왈드 만을 가득 메운 제국의 군함들이 떠올랐다.

과연 대륙의 절반을 차지하고 있는 제국의 위용이 자연스럽게 실감되었다.

"그럼 또 다른 한 가지는?"

"수만의 오크와 드래곤이라는 옵션을 유명무실하게 만드는 괴물들, 제국 10용사입니다."

폴든의 말이 끝나자, 절망에 가까운 예상이 둘의 머리에 그려졌다. 제국 10용사는 그런 존재였다.

"음······."

스캇도 모르고 있던 부분은 아니었다. 한 명 한 명이 정말 괴물같이 강했다. 만약 열 명이 한꺼번에 공격해 들어온다면 모든 이론과 숫자를 무시한 피의 향연이 벌어질 터. 절대로

간과할 수 없는 부분이었다.

그는 다소 낮은 목소리로 물었다.

"해결책은?"

"제 계획대로라면 해군은 사업의 성장과 함께 만들어 나갈 수 있습니다. 당장 몇 년 앞을 보는 것이 아니라면 제국과 싸워 이기진 못해도 최소 30년 이상의 장기전으로 만들 수 있는 비책도 있습니다. 우리는 대륙암이라는 엄청난 두께의 요새 속에서 싸우는 셈이니까요. 하지만 10용사는 다릅니다. 제 이론으로 어떻게 할 수 있는 상대가 아니지요. 이런 것은 제 전문이 아닙니다. 형님이 직접 하셔야 합니다."

폴든은 확신에 넘치는 목소리로 말하고 있었다. 그리고 그가 꺼낸 말은 마치 동네 꼬마의 농담 같은 이야기였다.

"제국 10용사에 필적하는 위명으로 전 대륙의 마음을 사로잡으시는 겁니다. 또 다른 영웅으로서."

스캇은 대답 대신 인상을 썼다. 영웅이 되라고? 그런 것으로 10용사를 상대할 수 있단 말인가.

"내가?"

"예, 형님의 능력이라면 반드시 가능합니다. 제국과의 전면전을 막을 수 있는 최선의 방법은 대항할 수 있는 충분한 군세를 준비하고, 그 군세에 가장 큰 위험 요소인 제국 10용사를 막는 것. 그렇게만 해도 제국과의 전쟁을 피할 수 있습니다."

하나하나가 괴물 같은 이들이다. 하지만 언젠가는 반드시 넘어야 할 벽이다. 폴든은 스캇의 얼굴을 바라보며 다시 한 번 설명했다.

"가장 좋은 방법은 그들과 직접 맞서 싸우는 것이겠지만, 현실성이나 시간적인 문제를 고려하자면 불가능하다고 볼 수 있습니다. 하지만 외교는 단순한 숫자 놀음이 아닙니다. 그들의 무력이 아무리 절대적이라고 해도, 대의와 명분이 없다면 그들은 움직일 수 없습니다."

그가 말하는 것은 고도의 외교 전술이었다. 가장 껄끄러운 적인 10용사를 상대할 수 있는 방법, 그것은 꼭 무력의 수치에만 국한된 문제가 아니었다.

"우리가 하는 일이 단순한 건국이 되어선 안 됩니다. 세상이 거부할 수도 있는 파격적인 혁명입니다. 논리적인 계획과 진행만으로는 성공할 수 없는 무모한 시도입니다. 형님이 오크들에게 보여주셨던 것처럼, 그리고 이 베른의 젊은이들에게 보여주셨던 것처럼 전 대륙의 마음을 움직일 수 있는 거대한 흐름이 필요합니다."

"거대한 흐름?"

"그것은 시류, 곧 시대의 흐름입니다. 그것은 전설, 곧 살아 있는 영웅의 행보입니다. 형님이 또 다른 영웅으로 이 대륙에서 인정받게 된다면 10용사들은 형님을 적으로 두지 못할 겁니다. 만국의 정의로 행세하고 있는 제국도 야욕을 노골적으로 드러내진 못하겠지요."

스캇은 자신의 턱수염을 긁적였다. 영토 개간과 군사력 확보에도 벅찬 시점인데 자신만 홀로 빠져나가 다른 일을 해야 한다는 것이 마음에 걸렸다. 폴든은 그런 그의 마음을 알기라도 하듯 걱정 말라는 투로 이야기했다.

"모험가 벨과 흑룡 마라드, 그리고 오크들의 대변자 카라포엔을 신뢰하셨던 것처럼 저와 네파드님을 신뢰하시면 됩니다. 베른은 제가 책임지겠습니다. 제가 아직 못 미더우십니까?"

"이미 뜻을 논한 동생에게 형이 어찌 불신을 품겠나. 다만 이 모든 일의 주범으로서 가장 많은 책임을 지고 열심히 일해야 할 내가 여행이나 떠나야 한다는 사실이 한심스럽다."

"제국 10용사의 절반만 쳐들어온다 해도 나라의 존망이 위태롭습니다. 형님께서 하실 일들이야말로 십만의 군사보다 나라에 더 필요합니다. 형님의 능력과 위명이 새로운 나라의 정통성을 만들고 외세로부터의 침략을 막아줄 것입니다."

"음."

폴든의 목소리는 딱딱하고 날카로웠다. 하지만 스캇은 그 가운데 숨어 있는 걱정을 느낄 수 있었다. 이 동생은 스스로 5%도 되지 않는다고 말했던 그 확률에 자신의 인생을 걸고 있었다. 스캇은 깍지 낀 두 손을 굴리며 생각에 잠겼다.

내가 베른을 폴든에게 덥석 맡겨 버려도 괜찮은 걸까.

"언제 출발하는 게 좋을까? 또 언제 돌아오는 게 좋을까?"

"당장 출발하셔서 최대한 빨리 오시는 게 좋습니다."

폴든은 사안을 굉장히 시급하게 보고 있었다. 제국을 적으로 두려는 그들의 계획이 알려지는 것은 말 그대로 시간문제였다. 10용사가 먼저 움직인다면 모든 노력과 수고는 가치없이 무너지게 될 것이 확실했다.

폴든의 그런 마음을 전부 이해한 스캇은 자신의 입술을 잘근잘근 씹으며 물었다.

"네 능력으로 베른을 집어삼키는 데 얼마나 걸릴 것 같나?"

지금 이 사람은 막연한 예측이나 목표를 바라는 것이 아니다.

폴든은 여태껏 들어왔던 그의 허스키한 목소리가 무척이나 무겁게 들려온다고 느꼈다. 자신의 손바닥에 땀이 흥건한 듯했다. 맡길 만한 재량인지 알아보려는 심산인지, 무작정 목표가 높은 것을 바라는 것인지 그로선 알 수 없었다.

폴든은 비교적 안전한 대답을 내뱉었다.

"5년입니다."

"내게 허락된 시운이 두렵다. 3년으로 줄여라."

그의 말은 짧고 간결했다. 시간에 목숨을 걸어야 하는 것은 비단 스캇만이 아니었다. 자신이 베른을 장악하고 군사력을 확보하는 일도 그만큼이나 시급한 문제였다.

폴든은 자신의 한계를 넘는 대답을 하고 있었다. 아니, 분명 스스로 넘어야 할 과제였다.

"…예, 알겠습니다."

명령이 내려졌으면 그저 복종하면 된다. 잠깐 사이 폴든의 마음을 어지럽히던 고민은 스캇의 한마디로 깔끔하게 정리되었다. 스캇은 바지를 털며 자리에서 일어났다. 폴든은 정중하게 물었다.

"어디에?"

"뭐, 전설이 되어야지."

스캇은 걷기 시작했다. 오늘 아침 폴든이 이미 바라봤던 등이다. 하지만 그 넓이가 달랐다.

폴든은 자리에서 벌떡 일어났다. 자신의 모든 말을 듣고 그대로 실천해 주시는 주군의 신뢰에 보답할 수 있는 길은 오직 하나, 주어진 명령을 완벽히 이행하는 것.

폴든은 그의 등을 향해 허리를 직각으로 숙였다.

"감사합니다!"

"…부탁하마."

스캇이 학원을 완전히 벗어날 때까지도 폴든은 숙인 허리를 들지 못했다.

그는 기어코 한 번 더 눈물을 흘려야 했다. 평생 보인 적 없었던 남자의 눈물이었다. 그리고 폴든은 다시 한 번 다짐했다. 이 남자를 기필코 왕으로 만들고야 말겠노라고, 제국도

넘보지 못할 그런 나라의 왕으로 만들어 드리겠다고.

스캇은 자리를 떠난 직후 공장을 찾아가 네파드에게 모든 일을 설명했다. 또다시 몇 년이 걸릴지 모르는 여행을 떠나지만 그것이 스캇의 뜻이었기에 네파드는 단 한마디도 반박하지 않았다.

폴든에 대한 이야기를 할 때는 그의 눈썹이 꿈틀거렸지만 그것도 잠시, 그는 스캇이 하는 말을 모두 믿고 따르겠다고 대답했다. 앞으로 조직은 네파드와 폴든이 함께 꾸려가야 했다. 자신을 향한 완벽한 신뢰를 보이는 네파드였다. 구차한 설명을 할 필요도 없었다.

그는 간단한 인사를 남기고 바로 짐을 챙겨 나왔다. 딱히 가려는 곳이나 생각해 둔 방법은 없었다. 당장은 세상을 돌아다니며 소문을 얻는 것이 더 중요했고 또 감응으로 실력을 분별하는 방법도 있었다.

스캇은 도시의 입구 근처에 늘어서 있는 이동 마차 중 적당한 것을 골라 타 요금을 냈다. 일반인들이 이용할 수 있는 교통수단 중에서는 가장 편하고 빠른 편에 속하는 것으로서 중간중간 있는 정류장에서 식사나 수면을 할 수 있는 시스템을 갖추고 있었다. 스캇은 어디로 가는지 묻지도 않은 채 마차에 몸을 맡겼다.

마차는 스캇이 한 번도 가본 적 없는 남쪽 평원을 향해 달리기 시작했다. 몇몇 중소국가들이 옹기종기 붙어 있는 남쪽 평원은 수십 년 전에 끝난 전쟁의 잔혼을 농지로 뒤덮고 있었다. 마차는 금세 다리아렌 왕국령을 벗어났다.

지금 그가 탄 마차가 향하는 곳은 대륙 제1의 광업 도시인 체로제였다.

"신사 분께서 그리 젊어 보이진 않습니다만, 의외로 신기한 것에 관심이 많은 것 같소."

"명성이라는 것은 항상 좋은 흥밋거리가 되지요. 어르신께서는 뭔가 알고 계신 듯합니다."

스캇은 한 친절한 노인과 말문을 트게 되었다. 중간에 거쳐 가는 정류장에서 합승한 그 노인은 웬만한 도시의 정보통 못지않은 해박한 지식을 가지고 있었다.

"아무래도 10용사에 필적하는 명성과 실력이라면 악명의 10공적을 들 수 있겠지요. 10용사에 비하면 자주 순위가 변동됩니다만… 손자 자식을 만나면 들려주려고 한 것인데… 궁금하십니까?"

"무료한 여행에 좋은 위로가 되겠습니다. 부탁드립니다."

그가 해주는 이야기는 제국 10공적에 관한 것이었다. 스캇은 그가 하는 이야기를 주의 깊게 새겨듣기 시작했다.

제국 10공적은 제국 10용사와 함께 만든 제국의 명성 제도로서 악명을 떨치고, 제국의 민심을 어지럽히며 실력이나 영향력으로 가장 큰 위험성을 가지고 있는 자들을 이른다.

기준은 어디까지나 제국이 정하는 것이었지만 대부분 대륙 내에서 손꼽히는 위험 인물들이었다. 10위는 항상 공적의 칭호를 얻자마자 용사들에게 바로 잡히는 소위 '준' 공적이었다. 하지만 9위부터는 오랜 세월 그 위명을 잃지 않고 있는 진짜배기 악당들이었다. 노인의 말로는 그랬다.

9위는 '광검 라쥬마쥬'라 불렸다. 오랜 옛날 제국 10용사의 첫 번째를 당당하게 차지하고 있던 전설이자 제국 역사상 최강의 검객이라 불렸던 쥴라우예바는 자신의 이름과 같은 명검을 가지고 있었다.

최강의 검객이었던 그도 잔혹한 운명 앞에선 죽음을 피할 수 없었던 것일까. 쥴라우예바는 자신이 가장 믿었던 동료에게 배신당해 죽임을 당하고, 그의 검은 숱한 사람들의 욕심과 투쟁 사이를 떠돌며 비운의 명검으로 칭함을 받는다.

신기하게도 최강의 검객이었던 그의 손에서도 깨어나지 않았던 명검 쥴라우예바는 그런 피바다를 거치며 스스로 의지를 가진 검으로 각성하게 된다. 그리고 주인의 정신을 지배하는 마성의 검령으로서 스스로의 의지로 살인을 일삼는다. 몇 번의 주인을 거친 쥴라우예바는 약 30년 전쯤 한 작은 소녀의 몸을 빌려 대륙을 떠돌기 시작했는데, 그 뒤로는 행적이 묘연하고 소식을 찾기 힘들다고 한다. 지금은 그 소녀의 이름을 따서 '광검 라쥬마쥬' 라고 알려져 있다.

8위는 제국의 최남단 레마라카 늪지대에서 살고 있는 수수족(獸手族)의 족장, 가람 쳉오. 늪지대에서 나오는 천연 유황과 유적의 황금을 노린 제국의 수십여 차례에 걸친 토벌을 막아내고, 그 와중 무려 총합 삼천이 넘는 제국병을 처단한 전쟁의 신이었다.

수수족은 동물을 자유롭게 다루는 능력으로 제국의 머스킷 총병마저도 농락시키는 재주를 가지고 있었다. 그중 족장인 가람 쳉오는 수십 미터의 몸길이를 가지고 있는 영물 불도마뱀을 부려 지금도 제국병들에게 크나큰 두려움을 주고 있다.

7위는 회색산맥에서 극소수만이 생존하고 있는 장인족(長人族)의 과학자, 데르바 스몰쵸프 박사였다. 장인족은 인간의 두 배에 가까운 긴 다리와 뾰족한 귀, 그리고 뾰족한 턱을 가지고 있는 소수민족이었다.

인간보다 훨씬 더 발전된 문명과 지식 수준을 가지고 있는 현자들이었지만, 제국의 영토 확장 시기에 합병을 거부해 결국 멸종의 위기에 놓이게 되고 극소수만이 현재 몬스터가 들끓는 회색산맥에서 살고 있었다.

그들은 시와 음악을 즐기고 감성적으로 과학에 접근할 줄 아는 대륙 최고의 로맨티스트들이다. 그중 가장 유명한 데르바 스몰쵸프 박사는 누구보다도 제국에 대한 복수심에 불타

오르는 사람이었다.

그는 가끔씩 해괴망측한 발명품을 만들어 제국을 몇 번이고 떠들썩하게 만들었다. 그의 최근 발명품으로는 기계용(器械龍), 이산화탄소 발생기, 풍선 버섯 등이 있다.

6위는 대륙의 극동에 있는 시계 사막을 다스리는 왕, 옌 후엔의 오른팔이자 대륙 유일의 어쌔신 길드 마스터 사베인이었다. 제국이 동쪽으로 진출하지 못했던 결정적인 이유가 되었던 어쌔신 길드의 수장으로서 제국의 요인들을 여러 차례 살해한 암살의 전문가였다.

무엇보다 그가 위험한 것은 반 제국 사상을 옹호한다는 것이었고, 그것 때문에 이미 10용사들과 여러 차례 부딪쳐 왔었다. 하지만 지금까지 자리를 굳건히 지키고 있는 대륙의 최강자 중 한 사람이었다.

5위는 용병들에게 신이라 일컬어지는 역사상 최고의 용병, 전신(戰神) 라우하프였다. 다른 용병들은 공식적으로 제국에게 인정을 받고 있는 데 비해 라우하프가 이끄는 '달그림자 용병단'은 용병단 전체가 제국의 공적으로 쫓기고 있었다.

이는 제국의 영토 확장 시기에 그들이 적으로 싸웠기 때문이며 라우하프가 제국의 10용사 중 두 명을 직접 저승으로 보냈기 때문이다. 그의 나이가 이제 60이 넘었지만 아직도 그의 명성과 실력은 변하지 않았다고 한다. 현재 달그림자 용병단은 최남단의 무국적 지역을 떠돌고 있었다.

4위는 스캇도 이미 간접적으로 알고 지낸 안개의 마녀, 에르힛 카샤였다. 그녀는 다리아렌 왕국을 중심으로 활동하는 메트로콘타임들의 수장이었다. 그녀의 주 목적이 세간에 알려지진 않았다.

하지만 자신의 실험을 위해 300여 명의 아이를 납치해 실험 재료로 사용한 악랄한 사실이 밝혀져 제국의 공적 중 4위에 버젓이 이름을 올린 신흥 악당이었다. 그녀는 최근 몇 년간 대륙에서 자취를 감춰 아무런 소식도 들을 수 없다고 한다.

3위는 '무저갱의 숲'을 다스리는 종족 엔트라헬의 수호자 메라리투 라헬이었다. 남쪽 평원의 한가운데 위치한 무저갱의 숲은 전술적인 위치로는 최고의 요충지로서 많은 국가들이 공략을 시도했지만 아무도 벗어나지 못해 말 그대로 무저갱이라는 이름이 붙은 숲이었다.

지금도 무저갱의 숲은 무국적 지대로서 어떤 나라도 다스리고 있지 않았다. 들어갔다 무사히 나온 사람이 지극히 적기 때문에 엔트라헬이라는 종족에 대해서도 막연하게 알려져 있을 뿐이었다. 어째서 그들의 수호자가 3위까지 올라가게 되었는지 자세한 내역은 밝혀지지 않았지만 사람들 사이에선 꽤나 무시무시한 악마들로 소문이 퍼져 있었다.

2위는 북해를 다스리는 해왕 셰라프였다. 그가 다스리는 해상 국가 '담눈'은 대륙과 멀리 떨어진 섬을 거점으로 활동하고 있었다. 그들은 바다가 곧 영토였고 배가 곧 집이었다.

대륙에서 유일하게 북해 너머 타 대륙에 닿을 수 있는 실력을 가진 그들은 북해 전체를 자신들의 영토라 주장하며 수없이 많은 제국의 전함들을 침몰시켰다. 셰라프가 직접 지휘하는 초준급 거함 트리아곤(Tri—agon)의 선미에는 용의 두개골이 무려 세 개나 붙어 있다고 전해진다. 하지만 그들이 대륙의 연안으로 오는 일은 그리 많지 않았다.

마지막으로 제국 공적 1위는 이름도 능력도 알려져 있지 않았다. 다만 '열리지 않은 마을' 출신이고 서점 주인이라는 것 외에는 아무것도 알려진 것이 없었다.

그가 제국에 어떠한 악영향을 끼쳤는지, 어떤 일을 해왔는지도 세상은 모른다. 제국 10용사의 1위를 맡고 있는 메이드 '올렛'과 같은 출신이라는 사실이 전부였다.

그렇게 공적 1위에 관한 이야기를 마지막으로 노인의 이야기가 끝났다.

"굉장합니다. 정말 자세히 들을 수 있었습니다. 어르신, 손자의 이야깃거리로 준비해 가기엔 너무 큰 정보들이 아닙니까?"

"사실 일하는 곳이 이런 정보를 많이 취급하는 곳입니다. 큰 도시마다 두어 개씩 있는 조합 연맹에서 일하고 있지요. 우리는 정보가 곧 돈이거든요."

스캇은 말없이 고개를 끄덕였다. 그 역시 조합 연맹에 관한 이야기는 많이 들었다. 얻고 싶은 정보가 있고 충분한 돈이 있다면 주저 말고 이용해야 할 곳이라고.

노인은 자신의 조끼에 달린 주머니에서 파이프 담배를 꺼내며 불을 붙이려 하자 스캇은 재빨리 자신의 라이터를 꺼내 그의 불편을 덜어주려 했다.

"제가 붙여 드리지요."

스캇이 상체를 들어 노인의 앞까지 다가가자 갑자기 노인이 스캇의 멱살을 잡아챘다. 콱! 그는 영문을 모른 채 그 상태로 노인을 바라봤다.

"제가 쓸 만한 정보를 알려 드리지요. 제 이야기를 들어주신 대가입니다."

"듣겠습니다."

여전히 스캇은 멱살을 잡힌 채 노인을 바라봤다. 노인의 표정에 별다른 변화는 없었다. 그리고 느껴지는 메시지도 전혀 특별한 것이 없었다. 악의없는 그의 표정을 바라보며 스캇은 별다른 동요 없이 그의 말을 기다렸다.

이윽고 노인의 입에서 나온 말은 스캇을 경악케 하기에 충분했다.

"현재 공적 10위에 올라온 것은 나후리 평야에 위치한 오크 도시의 최강자, 하프오크 노노미야 호휀입니다. 이 소리는 그녀가 모든 10용사들의 타깃이 되었다는 말이지요. 아시겠습니까, 개들의 왕이시여."

"너는 누구냐!"

스캇은 노인을 거칠게 밀어내며 외쳤다. 마차 안에는 단둘뿐이었지만 그리 넓은 공간이 아니기에 노인은 밀려나며 반대편 벽에 부딪쳐 버렸다. 하지만 그는 태연한 표정으로 옷매무새를 가다듬은 뒤 자리에 앉았다.

"진정하십시오."

스캇은 그의 기운에서 어떤 이상한 것도 발견할 수 없었다. 지극히 평범한 노인일 뿐이다.

"자신의 능력을 과신하다 보면 알 수 없는 상황에 대해서 적응하지 못하는 불상사가 일어나기도 합니다. 당신의 그 능력이 모두에게 통용되는 것은 아니지요. 특히 제국 10용사 같은 강자들이라면 말입니다."

"내가 궁금한 건 당신의 정체와 노노미야의 안위다."

자신의 실력으로 상대를 가늠하지 못한 적은 있었어도, 지금은 조금 달랐다. 노인은 완전하게 평범한 사람의 메시지를 내뱉고 있었다. 스캇의 마음에는 지금도 그가 그저 평범한 노인이라는 확신을 가지고 있었다.

실력을 숨기는 것과 실력이 없는 것은 다르다. 지금 스캇은 혼란스러워하고 있었다.

"저런… 다행히 10공적은 인간과 유사 인간이라는 한정된 범위 내에서 정해져 있습니다. 제국 10용사와 맞서 싸울 동료

를 찾으실 생각이라면 당신의 취향에 맞는 마물들을 찾아보
셔도 많겠지요. 10용사가 꼭 가장 강하란 법은 없으니까요."

　노인은 스캇의 반응과 관계없이 자신이 하고 싶은 말들을
읊고 있었다. 스캇은 상의 주머니에 넣어놨던 현무의 장갑을
꺼냈다. 적인지 아군인지 확실하게 구분할 수 없었지만 자신
의 상식을 벗어나는 노인을 결코 만만하게 볼 수 없었다.

　기운 자체를 바꿔 버릴 정도라면 10용사에 필적하는 능력
을 가지고 있을지도 몰랐고 바로 지난밤에야 결정한 동료를
모으는 이야기를 훤히 알고 있는 것도 이상했다.

　스캇이 전의를 내뿜자 노인은 태연하게 이야기했다.

　"현무의 장갑이군요. 북해 너머에서 온 마력 제어 기물.
하나 당신은 그저 보호구 정도로 생각하는 것 같습니다. 아
직 1차 각성도 되지 않은 그 녀석이 불쌍합니다."

　"내가 궁금한 건 그런 것이 아니다."

　다른 상황이었다면 흥미로운 이야기였을지도 모른다. 하
지만 지금은 노노미야의 안위를 알고 있는 정체 모를 상대의
이야기일 뿐이다.

　"좋습니다. 하지만 제가 말해봤자 당신은 그것이 진실인지
아닌지 구분할 수 없을 겁니다. 당신은 그동안 스스로의 능력
을 너무 과신하고 있던 것 같군요."

　"진실 여부는 내가 결정하지."

　스캇은 자신도 모르는 사이 불안감에 사로잡혀 가고 있었

다. 마차가 달리며 삐거덕거리는 소리를 내는 것도 짜증났고, 이 좁은 공간에 얼굴을 마주한 채 상대와 붙어 있어야 하는 것도 짜증났다. 스캇은 가슴이 너무나 답답했다.

자신의 능력으로 가늠할 수 없는, 아니, 예측할 수 없는 상대가 바로 앞에 있었다.

"전 '열리지 않은 마을' 출신입니다. 작은 저택의 집사를 맡고 있었지요. 집사라고는 해도 하인이 별로 없었으니 정원사도 저였고 요리사도 바로 저였습니다."

"열리지 않은 마을?"

분명 제국 10공적과 10용사의 가장 높은 자리를 꿰차고 있는 이들과 같은 출신이었다. 충분히 흥미로운 이야기였지만 지금의 스캇에게는 속 시원한 대답은 아니었다. 그가 제국의 편이라면 지금 스캇은 이 노인을 가만둘 수 없었다.

노인이 가지고 있는 정보는 하나같이 너무 위험했다.

"그 이상은 말 못합니다. 그리고 대륙에 퍼져 있는 조합 연맹에서 일하고 있습니다. 작은 도시의 조합장을 맡고 있지요."

"그 조합 연맹이라는 작자들은 모두 당신이 가지고 있는 정보를 가지고 있나?"

계획을 모두 수정해야 할지도 몰랐다. 폴든과 그의 대화가 노출되었다는 사실은 언제든지 제국이 먼저 손을 쓸 수 있다는 소리였다.

노인은 입술을 비죽 내밀었다. 늙은이 특유의 표정이었다.

"긴장하셨군요. 제가 가지고 있는 정보들이 위험하니까 말입니다. 조합 연맹이 가지고 있는 정보들은 하나같이 일반인의 상상을 뛰어넘는 수준이지만 다행히 당신에 관한 정보라면 제가 직접 수집하고 있습니다."

스캇은 주먹을 불끈 쥐었다. 다행이긴 하지만 이 노인을 이대로 보내면 안 된다. 하지만 무력으로 제압하거나 공격할 수도 없었다. 그는 이 노인을 어떻게 막을 수 있을지 고민하기 시작했다.

하지만 노인은 시종일관 태연한 표정이었다.

"아직 끝나지 않았습니다. 지금 저는 제국으로 가는 길인데, 그렇다면 제가 당신의 적이겠습니까, 아니면 동료겠습니까?"

"적."

확신했다. 자신의 편이라면 이런 식으로 다가오지 않는다. 스캇은 그가 가지고 있는 흑심을 자신의 능력으로 느낀 것은 아니지만 본능으로 알 수 있었다. 그저 감이었지만 확신할 수 있었다.

노인은 비릿한 웃음을 지으며 이야기했다.

"정답입니다. 대륙의 모든 중요 정보를 모으고 있는 제국 정보국의 국장이며, 제국 10공적을 분류하고 결정하는 사람이 바로 접니다. 절 죽여서 입이라도 막지 않는다면 아직 공표되지 않은 새로운 열 번째 공적이 전 대륙으로 퍼지게 될 겁니다."

명백한 도발이다. 하지만 스캇은 그 사실을 듣자 그제야 안심이 되었는지 긴장을 풀었다. 엄청난 사실이었지만 그 정도 위치가 되는 사람이라고 생각하니 반대로 그의 마음이 놓인 것이다.

이 사람만 설득하면 노노미야도, 비밀도 지킬 수 있다. 그는 머리를 굴리기 시작했다.

"어쩔 생각으로 나에게 접근했지?"

"사실 당신의 뒤에서 정보를 캐던 것은 당신이 베른에 돌아왔을 때부터입니다. 저도 일이 있고 더 이상 함께 있을 수 없으니 작별 인사라도 할까 해서 이렇게 함께하게 된 것입니다. 그리고 이야기를 들려줄 손자가 있다는 것도 모두 사실이죠."

노인은 자신의 짐 옆에 놓아둔 작은 비닐 주머니를 들어 흔들어 보였다. 그 안에는 귀여운 모양의 과자들이 가득 차 있었다. 그는 흐뭇한 미소를 지으며 과자 주머니를 바라보고 있었다.

"당신에게 관심이 많습니다. 뒤를 캐다 보니 당신의 생각이나 목표를 알 수 있게 되더군요. 객관성을 지키는 것이야말로 정보 습득의 가장 중요한 열쇠인데, 저도 은퇴할 때가 되었나 봅니다."

"확실히 정년은 지나 보이는군."

스캇은 싸늘한 표정으로 대꾸했다. 하지만 노인은 아무렇지도 않게 말했다. 그의 입에서 나온 말은 분명 제국에 대한 반역이었다.

"당신을 돕고 싶습니다."

"가지고 있는 정보를 모두 함구해 주는 것이 가장 큰 도움이겠군, 제국 정보국장."

분노는 아니었다. 하지만 스캇은 속 다르고 겉 다른 이들을 너무 많이 봐온 탓에 자신의 정체를 명확히 밝히지 않는 노인에 대한 반감이 자리 잡고 있었다. 제국의 정보국장과는 절대 동료는 될 수 없는 사이다.

만약에라도 동료가 된다면 최고의 도움이 될 테지만 그의 본능이 노인을 거부하고 있었다.

"좋습니다. 노노미야 양의 신변을 지켜 드리지요. 사실 10위에 오를 만한 공적은 얼마든지 있으니까요. 당신이 지금 하려는 일도 비밀로 해드리겠습니다. 어떻습니까?"

"당신, 처음엔 애꿎은 정보로 날 흥분케 하더니 이제는 당근으로 호감을 유도하려 하는 건가."

"예."

상대하기 힘들다. 스캇은 편두통을 느끼며 관자놀이를 문질렀다.

"좋아. 아무튼 고맙다. 나한테 뭘 바라는 거지?"

"당신이 하려는 모든 일들이 성공하는 것을 바라고 있습니다. 이 나이 먹도록 정보국장으로 일하고 있으니 제국의 모든 진실과 치부를 알게 됩니다. 그래서인지 지금의 제국이 썩 좋아 보이진 않습니다. 내 죽기 전에 당신이 만들 나라가 생긴다면 노후를 그곳에서 보낼 수 있을지도 모르잖습니까?"

스캇은 그의 말의 진실 여부를 판단할 수 없었다. 하지만 눈에 보이는 대로 믿어야 한다면 자신은 노인의 말을 믿어야 했다. 아니, 마음도 그렇게 말하고 있었다. 이 사람은 진실을 말하고 있는 거라고.

다만 자신의 능력으로 알 수 없는 상대의 존재가 거부감이 드는 것은 변하지 않았다.

"그럼 이제 난 안심하고 내 갈 길 가면 되는 건가. 당신을 믿은 채?"

"못 믿어도 별수없습니다. 당신은 나를 막을 수 있는 능력이 없고, 설사 있다 해도 그래서는 안 되지요. 스캇님이시라면."

노인이 가지고 있는 세월의 양만큼이나 힘없는 목소리가 들려왔다. 하지만 그 목소리와 달리 나오는 이야기들은 확고한 자신감이 담겨 있었다. 스캇은 그의 말을 쉽사리 이해할 수는 없었지만 노인이 자신을 대수롭지 않게 생각한다는 것을 느낄 수 있었다.

스캇은 묵묵히 그의 말을 듣고 있었다.

"두 가지 정보를 드리지요. 우선 첫 번째는 다음에 도착할 정류장이 무국적 지역이라는 것입니다. 아마도 무저갱의 숲을 가기 위해선 그곳에서 출발하는 것이 가장 빠르겠지요. 물론 저를 태운 마차는 남쪽으로 달려갑니다. 무저갱의 숲은 아까 말했던 제국 공적 3위를 찾을 수 있는 곳입니다. 들어갈 수는 있지만 나올 수 없는 그곳. 하지만 당신은 누구보다 강한 동료를 찾을 순 있게 될 수도 있습니다. 혹은 어떤 능력을 얻게 될 수도 있겠지요. 제국이라는 공통된 적을 가지고 있는 당신이라면 말입니다."

"돌아올 수 없는 곳을 찾아가라니……."

정보라기보단 뻔히 보이는 덫에 가까웠다. 자신이 동료를 찾고 있긴 했지만 이렇게 알려주는 정보가 달갑진 않았다. 스캇은 인상을 찌그렸다.

"지금도 당신을 믿고 있는 수만의 백성들, 베른에서 일하는 조직원들, 당신을 기다리고 있는 동생들이……."

"그만!"

노인은 이제 그를 자신의 마음대로 휘두르고 있었다. 스캇은 거칠게 그의 말을 끊었다. 다 알고 있었다. 고민할 여지가 없다는 것도.

노인은 한 손가락을 들어 허공을 툭툭 두드리는 시늉을 했다.

"물론 선택은 당신의 자유입니다, 개들의 왕이시여."

뻔히 보이는 덫이지만 들어갈 수밖에 없다. 어쨌거나 그의 말이 사실이라는 것은 확실했다. 애초에 그런 난관들을 이겨내지 않으면 단시간 내에 제국 10용사들을 상대할 수 있는 수준의 위명이나 실력을 얻는 것은 불가능하다.

그는 이것이 설사 덫이라 해도 들어가야 했다. 이겨내야 했다.

"다음 정보는?"

"지금 당신의 실력으로는 수호자 '메라리투 라헬' 은커녕 일반 엔트라헬과도 상대할 수 없습니다. 물론 적이 되지 않을 수 있다 해도 지금의 당신은 너무 약하지요. 너무 약합니다."

인정하고 있었다. 무엇보다 강자들을 설득할 수 있는 가장 좋은 방법은 그 이상의 강함이었다. 그는 그 방법이 필요했다.

"강해질 수 있는 방법이라도 알려줄 생각인가?"

"강자들을 매료시킬 수 있는 가장 쉬운 방법은 더 압도적인 강함 아니겠습니까. 제가 현무의 1차 각성 방법을 알려 드리지요."

노인은 눈을 찡긋하며 스캇의 장갑을 가리켰다. 그의 장갑은 지금도 마치 동물이 숨을 쉬듯 호흡을 하고 있었다. 잠들어 있는 야수와도 같은 모습이었다.

스캇은 자신의 손을 바라보며 물었다.

"1차 각성?"

"그 장갑은 사신봉(四神封)의 마물 중 한 가지입니다. 차원의 지배자들마저 골치 아파하던 다른 차원에서 건너온 사신들을 봉인시켜 둔 물건이지요. 주인의 통제에 따라 그 봉인을 해제시키는 것도 가능합니다. 1차 각성은 가장 기본적인 봉인을 해제시키는 것이지요. 지금은 그저 사용하기 조금 편할 뿐인 마력 제어 기물에 지나지 않습니다. 이건 수박을 껍질째 먹는 행위……."

"알았다."

스캇은 노인이 가끔씩 쓸모없는 소리를 한다고 생각했다. 그는 노인의 말을 자르며 요점을 말해달라는 표정을 지어 보였다.

노인은 헛기침을 한 뒤 다시 말을 시작했다.

"흠. 방법은 쉽습니다. 장갑을 끼면 현무의 소리가 들리겠지요. 그 소리를 좇다 보면 문을 하나 발견할 수 있을 겁니다. 그 잠긴 문에 달린 자물쇠는 오직 당신만이 열 수 있습니다. 간단합니다. 열면 끝나는 겁니다."

"지금 해봐도 될까?"

스캇이 장갑을 바라보며 말하자 노인이 당황한 표정을 지었다. 그가 예상한 상황이었다.

"아, 아닙니다. 보통 여파가 아니기 때문에……."

"역시, 분명 위험성이 있군. 그렇지?"

스캇은 알 수 있었다. 이 노인은 결코 무작정 나를 돕지 않는다. 항상 독과 꿀이 겹쳐 있는 그의 어투를 통해 짐작하고 있었다. 적이든 아군이든 간에 조심해야 했다.

"물론입니다. 만만하게 생각하진 않으셨겠지요?"

"이 정보는 어떻게 얻었지?"

"사신봉입니다, 사신봉. 최소한 이 세계 어딘가에 세 가지는 더 있다는 소리 아니겠습니까. 그 이상은 비밀입니다."

'과연, 현무의 장갑 말고도 다른 마물이 있다는 이야기군.'

스캇은 충분히 납득했다.

"믿겠다. 어차피 더 손해 볼 건 없다. 나는 당신이 정해둔 루트를 그대로 따라가는군."

"제국 최고의 정보력을 가진 사람입니다. 믿으셔도 됩니다."

노인은 약간의 당당한 기색이나 오만함도 드러내지 않았다. 그저 평범한 한 사람이 아무렇지도 않게 말하고 있었다. 스캇은 그런 모습이야말로 정말 믿을 만한 것임을 알고 있었다.

하지만 스캇은 쉽사리 판단하지 않았다. 그는 노인을 노려보며 말했다.

"당신은 내게 이름조차 알려주지 않았다."

"대외적으로 사용하는 이름이 있지만 그게 내 것은 아닙니다. 정보국장은 정보국장, 조합장은 조합장일 뿐."

그 후 둘의 대화는 마차가 정류장에 도착할 때까지 이어졌다. 스캇은 노노미야의 안위와 정보의 누출에 대해서 몇 번 더 다짐을 받았고, 노인은 두 손까지 들어 보이며 그를 납득시켰다.

하지만 결국 스캇은 께름칙한 마음을 털지 못한 채 다음 정류장에서 내렸다.

"조심하는 정도로 안심할 수 있는 곳이 아닙니다. 제가 말씀드린 현무의 각성을 잊지 마시길 바랍니다."

"걱정해 줘서 고맙군."

언덕을 타고 오르는 들바람이 그의 옷깃을 흔들었다. 스캇은 잠시 노인을 바라봤다. 그리고 고맙다는 표시로 고개를 끄덕이고는 몸을 돌렸다.

스캇이 정류장으로 들어가자 마차는 마부를 바꿔 태운 뒤 다시 출발했다. 노인은 과자 주머니를 풀었다. 그 안에는 손자를 위해서 샀다는 과자가 들어 있었다. 그는 과자를 하나 꺼내 자신의 입에 넣었다.

노인은 만족한 표정을 짓고 있었다.

"운이 좋으면 영혼을 뺏기는 정도로 끝나겠고, 나쁘면 바로 아공간행이겠군요. 과연 한 나라의 건국왕이 될 만한 명운을 가지고 있는지 궁금합니다. 기대하지요."

Chapter 20

헤렘의 달을 향해

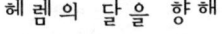

스캇은 정류장에서 몇 가지 물품을 챙겼다. 친절한 직원은 다른 마을로 향하는 길을 알려주려 했지만 그는 손을 내저으며 밖으로 나왔다.

"수고하시오."

평원과 산맥의 중간 부분에 위치한 정류장은 협곡의 초입에 위치해 있었다. 마찻길은 협곡의 곳곳으로 나 있었지만 그가 바라보는 곳은 그 어떤 길조차도 없는 방향이었다.

"과연, 무저갱의 숲이란 말이지? 이름답다."

검은색의 숲이었다. 보기에는 다른 숲과 다름없었지만 빽빽이 들어찬 푸른색들의 집합은 마치 검은색을 띠고 있는 것처럼 보였다. 스캇의 능력으로 보기에는 대지의 흐름이 그 숲을 교묘하게 피해 가고 있는 것처럼 느껴졌다.

그는 풍체(風體)를 이용해 그곳으로 달리기 시작했다. 사람이 다니기엔 험난한 지형이었지만 능력자인 그에게 크게 문제될 것은 없었다.

"음."

한참을 달리던 그는 어느 순간 멈춰 섰다. 협곡의 중심부까지 들어온 것은 아니지만 이미 스캇의 사방이 숲으로 둘러싸여 있었다. 그는 잠시 자신이 지나온 숲과 앞으로 펼쳐진 숲을 비교해 봤다.

주위를 둘러보던 그의 코끝이 자연스레 찡그려졌다. 분명이 숲은 자신을 거부하고 있었다.

"주인이 있는 곳이었군. 실례하겠소."

스캇은 들고 있던 짐을 내려놨다. 그리고 아무도 없는 전방을 향해 허리를 숙이며 인사했다. 분명 이곳은 평범한 숲이 아닌 누군가의 영역이었다. 그는 노인에게 들었던 '엔트라헬'이라는 종족을 떠올렸다.

한참을 숙이고 있던 스캇이 고개를 들자 숲의 기운이 조금 변한 것이 느껴졌다. 그는 조심스럽게 한 걸음 앞으로 발을 내딛었다.

크르르르…….

그 순간 그의 품 안에 있던 현무의 장갑이 울음소리를 냈다. 그것은 들짐승이 경계할 대상을 보고 낮게 목을 울리는 소리와도 같았다.

스캇은 주위를 둘러보거나 긴장하는 일도 없이 정면을 응시하고 있었다. 자신의 눈에는 아무것도 보이지 않았지만 그의 능력은 분명 말하고 있었다, 누군가가 자신을 보고 있다고.

"대화할 생각이 없으시다면 허락으로 알고 들어가겠습니다."

더 주저할 생각은 없었다. 자신의 짐을 챙긴 그는 숲 속으로 한 걸음씩 나아갔다. 극도의 풍체를 사용하고 있는 그의 몸은 마치 정령과도 같은 반투명의 모습을 띠고 있었다.

그는 풍체를 회수하고 숲의 기운에 가장 동화되기 쉬운 목체(木體)의 기운으로 능력을 전환했다.

"자, 이제 나는 숲이다. 나무다."

스캇의 발걸음은 더 이상 가볍지 않았다. 그가 한 걸음씩 앞으로 나아갈 때마다 묵직한 무게감이 느껴졌다. 하지만 그는 기분이 좋은 듯 콧노래까지 흥얼거리며 전진했다.

숲이야말로 그에게 있어서 고향과도 같은 곳이다. 아무리 무저갱이라 불리고 어두컴컴한 외견을 하고 있다 해도 숲은 숲이었다. 그는 몇 년 만에 느껴보는 숲의 충만한 기운을 온몸으로 받아들였다.

"다른 숲과 비교하자면 몇 배는 되겠군."

그가 말하는 것은 크기나 면적이 아닌 밀도였다. 숲 특유의 충만한 생명력은 일반인도 느낄 수 있을 정도로 공기 중에 깊게 배어 있었다.

대낮이었지만 숲 속은 마치 동굴 속처럼 어두컴컴했고 사이사이로 내리쬐는 가느다란 햇빛이 운치를 더하고 있었다. 스캇이 한 걸음씩 내디딜 때마다 밟히는 이끼들은 부드러운 카펫처럼 충격을 그대로 흡수했다.

"가지고 싶다."

단순히 지나가는 말이 아닌 왕으로서의 욕구. 내 나라에, 내 백성들에게 이런 충만한 자연을 주고 싶었다. 하지만 다른 이들의 것을 침략하는 것이 아닌 스스로의 힘으로 일궈낼 수 있는 자연을 주고 싶었다.

그는 개간된 영토에 아름다운 숲을 만들어낼 방법을 머릿속으로 생각하며 계속 전진했다. 이따금 작은 새들이 날아와 그의 어깨나 머리에 내려앉았고 나무로 착각한 다람쥐가 다리를 타고 올라와 소득없이 돌아가기도 했다.

"인간……"

그와 멀리 떨어지지 않은 곳에서 한 그림자가 중얼거렸다. 스캇은 아무것도 모른 채 걷고 있었지만 그 그림자는 일정한 간격을 유지한 채 그의 뒤를 쫓고 있었다.

분명 의지를 발산하는 모든 존재는 스캇의 감응으로 자각

할 수 있었지만 이상하게도 그는 아무런 낌새도 느끼지 못했다. 한참을 걷던 그가 멈춰 선 것은 그로부터 30여 분은 지나서였다.

"신기하다."

스캇의 입에서 목소리가 흘러나오자 그의 어깨에 앉아 동승하고 있던 새들이 푸드덕거리며 날아올랐다. 걷는 나무와 달리 말하는 나무에겐 어지간히 놀란 듯했다.

"하하핫. 미안하게 됐구나."

그는 새들에게 미안했는지 멋쩍게 웃으며 자신의 관자놀이를 긁었다. 스캇은 다시 자신의 관심사를 돌아봤다. 분명 전방에는 신기한 존재가 있었다.

"설마……."

그는 말을 미처 끝내지 못하고 좀 더 빠르게 앞으로 나아가기 시작했다. 그의 감응에 들어온 것은 커다란 문이었다. 검푸른, 그리고 한없이 차가워 보이는 문이었다. 그의 발이 점점 빨라졌다.

"절대로 아니다. 이건 문이 아니야."

스캇은 고개를 저었다. 자신의 능력을 제외한 모든 오감은 문의 존재를 부정하고 있었다. 두 눈에는 그저 평범한 숲이 펼쳐져 있었고, 그 어떤 현실감도 들지 않았다.

하지만 그는 바로 앞에서 커다란 문이 발하는 메시지를 감응으로 느끼고 있었다.

"더군다나 열려 있군."

감응을 펼치고 있는 그의 두 눈에서 밝은 빛이 흘러나오고 있었다. 스캇은 오감으로 읽어낼 수 없는 그런 메시지들을 주로 눈을 통해 받아들이고 있었다. 지금 그의 눈에는 활짝 열려 있는 검은색 문이 보이고 있었다.

그가 쇳덩어리 같은 차가운 문을 향해 손을 뻗자 그의 손등 위로 또 다른 형상이 보이기 시작했다.

"그리드(Grid)?"

그것은 바둑판의 겹선들처럼 스캇의 손 위를 투과하고 있었다. 그가 말하는 그리드라는 것은 컴퓨터 프로그램에서 사용하는 그런 모눈 형태의 도선이었다.

스캇은 그것이 무척이나 기계적이고 정교한 모양새를 가지고 있다고 생각했다. 그는 문을 향해 뻗던 손을 회수해 허공에 펼쳐져 있는 도선을 만지려 해봤다. 물론 허사였다.

"마치 컴퓨터 프로그램과 같은 느낌이다."

그는 허공에 펼쳐져 있는 도선을 만지는 것을 포기하고 그 대신 열려 있는 문 안을 바라봤다. 자세히 바라보면 뭔가 보일 것 같았다. 그가 자신의 정신을 문 안 깊숙이 집중하자 그의 머릿속에 여러 가지 형상이 떠올랐다.

'집… 거리… 평범한 마을이다.'

아니다. 평범하지 않다. 분명 평범한 마을이지만 동시에 강한 이질감도 느껴졌다. 평범한 마을과는 전혀 어울리지 않는 이질감. 무수히 많은 별이 펼쳐져 있는 밤이 마을을 감싸고 있었다. 밤, 밤.

그는 온몸이 빨려 들어갈 것 같은 그 마력에 자신도 모르게 몸을 내맡기고 있었다. 궁금했다. 한 걸음만 더 내딛어도 그곳이 어딘지 알 수 있을 것 같았다. 그는 몸을 움직였다.

'그만둬!'

그러던 스캇의 귀에 날카로운 비명 소리가 들려왔다. 아니, 정확히 말하자면 귀가 아닌 그의 감응이었다. 스캇은 간신히 제정신을 차리고 주위를 둘러봤다.

자신도 모르는 사이 그는 어느새 문의 바로 앞에 서 있었다.

'돌아올 수 없게 돼.'

스캇을 끌어낸 그 목소리가 다시 한 번 말했다. 그의 귀가 아닌 정신으로 직접 전달되는 메시지였다. 그 목소리에 놀란 스캇이 몇 걸음 뒤로 물러나자 그제야 문의 영향력에서 벗어날 수 있었다. 방금 들린 내용이 사실이라면 그 목소리는 지금 자신을 구해준 것이다.

스캇은 감응을 펼쳐 목소리가 시작된 곳을 찾았다. 그가 고개를 돌려 그곳을 바라보자 한 마리의 표범이 자신의 두 앞발에 턱을 괴고 엎드려 있었다.

그르릉…….

"네가 날 살렸는가?"

들려온 목소리의 방향은 그 표범이 확실했다. 그 녀석은 다른 표범들의 얼룩 무늬와 달리 전신이 우윳빛의 털로 뒤덮여 있었다. 그리고 그 표범의 온몸을 담쟁이덩굴이 휘감고 있었다. 그는 대답 대신 낮게 목을 울리며 자리에서 일어났다.

'살던 곳으로 돌아가. 인간이 더 이상 접근한다면 살지도, 죽지도 못하게 될 거야.'

들려오는 목소리는 앳된 소녀의 것이었다. 그 표범을 바라보고 있던 스캇은 목소리가 그, 아니, 그녀의 것이라는 걸 깨달을 수 있었다. 그는 허리를 숙여 예를 표했다.

"살려줘서 고맙다. 하지만 난 안으로 들어가야 해."

'바보. 이곳에 온 인간들은 하나같이 자신의 생명을 우습게 여겼지.'

스캇은 허리를 숙인 채 미소 지었다. 그녀가 '엔트라헬'이라 불리는 이 숲의 주인인지 알 길은 없었지만 그녀의 발언은 인간에 대한 반감을 충분히 드러내고 있었다.

"자신의 생명을 우습게 여기는 것이 아니다."

그는 허리를 폈다. 방금 전까지만 해도 생명을 구해준 은인에게 몸을 낮추고 인사하던 그는 어느새 무게감을 발하고 있었다. 스캇은 자신의 머리를 쓸어 넘기며 그녀에게 말했다.

"자신의 생명보다 중요한 것이 있을 뿐이지."

표범은 알 수 없다는 듯 고개를 갸우뚱거렸다. 하지만 그녀는 순식간에 바뀌어 버린 스캇의 기질을 느끼며 그가 보통 사람이 아니라는 사실을 알 수 있었다. 그런 실력만큼이나 자신감도 있는 것이 분명했다.

여기에 온 모든 인간들이 그랬듯이 말이다.

'좋을 대로 해. 다만 내가 말했던 것처럼 되고 싶지 않다면 더 이상 문의 근처에는 가지 마. 엔트라헬들을 만나고 싶다면 헤렘의 달로 가.'

표범은 몸을 틀었다. 성체보단 새끼에 가까운 그녀의 몸이 스캇의 눈에 들어왔다. 담쟁이덩굴은 마치 옷처럼 그녀의 몸을 휘감고 있었다. 그녀는 고개를 돌려 스캇과 잠시 눈을 마주치고는 빠르게 신형을 날려 사라졌다.

"내가 기척을 느끼지 못한 이유가 있었군."

그녀는 또 다른 목체(木體)였다. 스캇처럼 흉내를 내는 것이 아니라 말 그대로 나무, 그 자체였다. 그가 감응을 펼치자 숲 사이로 그녀가 빠르게 이동하는 것이 느껴졌다. 마치 나무 한 그루가 자유롭게 움직이는 듯했다.

"한 번 해볼까."

스캇은 크게 심호흡을 했다. 감응은 다른 기술들에 비해 위험에 노출되기 쉬운 기술이었다. 그는 숨을 천천히 들이쉬며 마음을 가라앉혔다.

"감응(感應)!"

그는 그녀가 말했던 헤렘의 달이란 것을 찾기 위해 최대한 감응을 넓게 펼쳤다. 그러자 그의 머릿속에 사방의 지형이 그려지기 시작했다. 무척이나 넓은 숲이 협곡 내부를 뒤덮고 있었다.

"한 개가 아니었군."

스캇은 비로소 왜 이 곳이 '무저갱의 숲' 으로 불리는지 알 수 있었다. 정확히 자신이 있는 지점부터 안쪽으로 펼쳐진 숲에는 수없이 많은 문들이 널려 있었다.

셀 수 없을 정도로 빼곡한 그것들을 피해 안으로 전진하는 것은 결코 쉬운 일이 아닐 것이다. 그 문들에서 뿜어져 나오는 검고 차가운 메시지가 숲의 기운과 섞여 어두컴컴한 숲을 만들고 있었다.

"헤렘의 달."

이 문들의 숲을 벗어나면 그 안쪽에는 또 다른 숲이 펼쳐져 있었다. 그리고 그곳엔 누가 봐도 알 수 있을 모양의 호수가 자리 잡고 있었다. 호수는 커다란 초승달의 형상을 하고 있었다. 그곳이 확실했다.

"가자."

그는 들고 있던 가방을 굳세게 잡았다. 표범의 말대로 문이 근처에도 가지 말아야 하는 위험한 존재라면 지금부터 그가 걸어야 할 길은 보통 험난한 것이 아니다. 그는 감응을 최대한 세밀하게 유지한 채 규칙적으로 펼쳐져 있는 문들의 숲을 통과하기 시작했다.

아무도 없는 작은 방에서 두 가지의 목소리만이 울려 퍼지고 있었다. 사방이 기계와 화면들로 가득 찬 이곳은 마치 우주선의 실내와 비슷한 모습이었다.

"차원 이민자가 게이트에 접근했어요."

"접촉하는 즉시 칩으로 모든 사고를 정지시키고 폐기시켜. 그리고 아공간으로 보내는 일까지 바로 끝내고."

처음 상황을 보고했던 여자의 목소리가 다시 이야기했다.

"접촉할 때까지 기다려요? 그럼 시스템이 손상될 거예요."

그녀의 목소리는 결단을 촉구하고 있었다. 가끔씩 안전을 위해 조약보다 앞서 행동해 왔던 상대는 좀 더 고민하는 듯했다.

"서버 기여도를 조사해 봐. 평범한 자는 아니겠지."

그의 말이 끝나자 또 다른 여성의 목소리가 나타나 대신 대답했다.

"그자는 마스터들의 플랜 아이템입니다. 집사님이 보내셨어요."

"젠장, 그럼 시스템과 충돌할지도 모르는 녀석을 그냥 내버려 두라고?"

남자의 목소리가 대상을 알 수 없는 욕지기와 함께 투덜거리자 방금 말했던 그녀가 다시 대답했다.

"저… 그게… 게이트에 접촉한다면 마음대로 폐기처분하랍니다."

"집사님이? 이해할 수가 없군."

"오퍼레이터님, 신상을 파악했습니다. 은하계 4번 행성 출신입니다. 서버 자원 기여도는 2%를 넘는 중요 자원입니다."

기여도를 조사하러 갔던 여자의 목소리였다. 오퍼레이터라 불린 남자는 다소 격앙된 목소리를 내뱉었다.

"혼자서 2%의 기여도를 가지고 있다고? 마스터들의 꼭두각시답군. 좋아. 아무리 중요 자원이라지만 조약은 조약, 게이트에 접촉하는 즉시 폐기처분한다."

"득명. 전달."

"전달. 폐기 대기."

그들의 말이 끝나자 방 곳곳에 설치되어 있던 화면들이 빠르게 바뀌기 시작했다. 방의 중앙에는 지구와 비슷한 모양의 둥근 구체가 떠 있었고, 그 주위를 수많은 모눈 도선들이 뒤덮고 있었다.

스캇은 몇 걸음 더 나아가지 못하고 난관에 빠져 있었다. 문들은 바둑판처럼 규칙적으로 나열되어 있었고 숲은 자연 그대로의 모습을 가지고 있었다. 두 조건이 합쳐져 빠져나갈 수 없는 거대 미로를 형성하고 있는 것이다.

"이대로라면 일주일은 걸린다."

감응도 자유롭게 펼칠 수 없었다. 문의 영향력은 자기장과 같아서 일정한 반경 안으로 그의 정신이 접근하면 빨려 들어가는 것이다. 이미 위험한 고비를 몇 번 거친 그에겐 문과 문 사이가 터무니없이 좁아 보였다.

"할 수 없지. 입구에서 다시 시작하자."

그는 몸을 돌려 표범과 만났던 곳으로 돌아갔다. 지리적 위 치로는 그곳이 입구였다. 스캇은 넓은 터에 앉아 적당히 요기 를 한 뒤 다시 해법을 찾기 시작했다. 이미 해가 지고 있었다.

"좋아. 게임이라고 생각해 볼까."

그는 자신이 쉬고 있던 작은 공터에 날카로운 돌멩이로 지 도를 그리기 시작했다. 이미 그의 감응으로 문의 위치와 숲의 지형이 파악되어 있었다.

곧 그의 앞에 거대한 바둑판 모양의 지도가 완성되어졌다. 스캇은 식은땀을 닦으며 숨을 내뱉었다.

"후우. 이제 길을 하나씩 다니며 지나갈 수 있는 곳과 없는 곳을 체크해야겠지."

하지만 이렇게 많은 길을 일일이 직접 체크하는 것은 보통 위험한 일이 아니다. 문들의 곁을 지나갈 때 몸은 문의 영향 력 밖에 있어도 정신은 감응을 쓰기 위해 그 영향력을 거쳐 가고 있었다. 그래서 그가 몇 번이나 커다란 위험을 겪은 것 이다.

"선영(扇影)."

그가 자신의 미간을 누르며 정신을 집중하자, 곧 스캇과 같 은 모양의 분신체가 나타났다. 평소엔 정신적 피로감이 상당하고 다루는 것이 보통 어려운 일이 아니라 잘 사용하지 않았지만 지금 같은 상황에선 이만한 능력이 없었다.

"좋아. 한번 해보자."

스캇은 연이어 세 명의 분신체를 더 만들어낸 뒤 각각 다른 길로 보냈다. 그는 공터에 앉아 정신을 집중하며 감응과 동시에 분신체들을 조종했다. 그저 걷거나 멈추게 하는 명령이었기에 가능한 일이지 평소 같았으면 이미 정신에 직접적인 타격이 왔을 것이었다.

"동, 동, 북, 막힘. 서, 북, 서, 막힘. 북, 북, 서, 막힘."

그는 돌멩이를 들어 땅에 그려놓은 지도에 하나씩 표시를 해나갔다. 다행히 아공간의 물질로 보이는 문과 애초에 허상으로 이루어진 분신체들은 서로를 끌어당기지 않았다.

그는 어지러움과 함께 지독한 피로를 느꼈다. 지금 그가 하고 있는 일은 보통 힘든 일이 아니었다.

"이런……."

스캇의 코에서 자신도 모르는 새 한줄기 코피가 쏟아지고 있었다. 그는 급한 대로 손등을 들어 훔쳐내었지만 양이 보통 많은 것이 아니라 결국 응급처치를 한 후 다시 시작해야 했다.

숲의 깊은 밤이 순식간에 지나가고 다음날 해가 중천에 올랐지만 그때까지도 스캇은 하던 일을 멈추지 않았다.

"동, 동, 동, 북, 동, 남, 동, 북, 북, 막힘. 서, 서, 북, 서, 서,

북, 서, 남, 서, 막힘."

코에는 피가 잔뜩 엉겨 붙어 있는 천이 박혀 있었고 그는 정신없이 건포와 물을 씹어 먹고 있었다. 분신체들은 일정한 시간이 지난 후 사라지거나 다시 스캇의 곁에 와서 기운을 받아 가야 했다.

수면과 상관없이 온몸의 기력이 떨어질 대로 떨어진 그는 먹는 것으로 체력의 부족함을 채우고 있었다.

"좋아. 내일 중으로 해결하자."

휴식을 선택한 그는 분신체를 회수하고 그대로 자리에 쓰러졌다. 정신은 멀쩡했지만 숨 쉬는 것조차 마음대로 할 수 없을 정도로 피로했다. 스캇은 지도가 지워질 새라 억지로 몸을 굴려 공터의 구석 자리에 몸을 뉘었다.

"후우……."

짐 안에 담배가 있었지만 꺼낼 기력도 없었다. 그가 손을 들어 코를 막고 있던 천을 뽑아내자 말라붙은 피가 먼지처럼 퍼졌다.

"흐응! 이제 좀 살 것 같군."

그는 그 상태로 휴식을 취하기 시작했다. 땅에서 차가운 기운이 올라왔지만 신경 쓸 겨를이 없었다.

스캇이 일어난 것은 다음날 새벽이었다. 그가 몸을 일으키자 온몸의 근육이 뒤틀리는 소리를 냈다.

"끄아악……."

그는 이를 질끈 물고 무릎을 굽혀 일어났다. 고개는 마음대로 돌려지지 않았고 입술도 뒤틀린 상태에서 되돌아가질 않았다. 스캇은 그나마 움직여지는 오른쪽 손을 앞으로 뻗었다.

"니, 니… 엄체(炎體)."

화르륵.

그의 오른손이 난롯불처럼 붉게 달아오르기 시작했다. 그는 그것을 중심으로 온몸의 기운을 전환했다. 순식간에 온몸을 염체화시킨 그는 금세 정상적인 체온을 되찾고 경직된 근육을 풀었다.

"살았다. 후우… 밥 먹고 다시 시작하자."

스캇은 다시 분신체들을 부려 지도를 완성하기 시작했다. 그는 길들을 찾아가며 한 가지 사실을 알 수 있었다. 이 숲은 자연적으로 이루어진 것처럼 보였지만 결코 자연적으로 생성된 것이 아니었다.

시작하는 지점에서 정확히 서, 북, 동 세 방향으로 나 있는 세 개의 길이 그것을 말해주고 있었다.

"누가 만들었는지 나중에 한번 만나봐야겠군."

그는 평소 먹던 분량보다 세 배나 더 많은 음식을 먹어 치우며 밤새 강행군을 했다. 그리고 다음날 해가 떠서야 출구까지 길을 뚫을 수 있었다. 세 개의 길 모두 도착하는 곳은 같은 곳, 헤렘의 달이었다.

"사람이 만들었다면 길이 세 개나 있을 필요는 없겠지. 두

곳은 분신체로 발견할 수 없는 함정이다."

그는 잔뜩 머리를 굴렸다. 취향상 좌측이나 우측으로 틀어지는 길은 그다지 내키지 않았다. 만약 오가는 이들이 있다면 분명 최단거리인 직진을 길로 만들었을 것이다.

"좋아. 북쪽으로 직진."

그는 지도 내용을 모두 외우고 분신체를 앞세운 뒤 길을 따라 나가기 시작했다. 감응은 최대한 펼치지 않을 계획이었다.

"좁군. 읏!"

스캇이 말을 하자마자 사방의 문이 울리며 그를 끌어당기려 했다. 말도 해서는 안 된다. 주위의 메시지에 동화되는 은신 역시 이 상황에선 좋은 선택이 못 된다. 간신히 제 위치를 찾은 그는 한 손으로 입을 가린 채 천천히 한 걸음씩 걸어나갔다.

길이 복잡하긴 했지만 크게 문제될 것은 없었다. 가끔 교차로 같은 안전 지역에 도착하면 그는 감응을 이용해 시작 지점에 그려놓았던 지도를 다시금 확인하고 왔다.

얇고 가느다란 풍체의 감응은 이런 좁은 환경에서 무척이나 효율적으로 사용되고 있었다. 새로운 방식의 감응 역시 이번 미로를 통해 개발한 것으로, 그는 숲의 미로를 뚫기 위해 노력하면서 자신의 기술을 여러 가지 측면으로 발전시킬 수 있었다.

"헤렘의 달."

다행히 스캇이 선택했던 길이 맞았는지 그의 앞에 거대한 호수가 드러났다. 문의 숲을 벗어난 스캇은 그제야 안도의 한숨을 내쉬며 호수로 다가갔다.

"탈출했군! 하하하!"

아직 해가 떠오르지 않은 호수는 안개로 뒤덮여 있었다. 안개는 얼핏 보면 분홍빛을 띠고 있었고, 또 어떻게 보면 푸른 빛을 띠고 있었다.

그가 서 있는 곳은 초승달 모양의 호수 끄트머리였다. 스캇의 눈에는 다른 종족이나 마을의 흔적은 보이지 않았다. 그는 세수를 하기 위해 허리를 굽히고 호수에 손을 뻗었다.

"으흐……!"

손이 얼어붙을 정도로 시린 차가움이었다. 그가 고개를 숙이자 투명한 호숫가에 자신의 얼굴이 투영되었다. 한쪽 뺨이 흙과 피로 범벅이 되어 있었다. 그는 자신도 모르게 인상을 쓰며 얼굴을 닦기 위해 손을 가져다 대었다.

그때 수면에 비치는 그의 얼굴 뒤로 무언가 공중에 떠 있는 것이 보였다. 한두 개도 아닌 무수하게 많은 것들이 공중을 뒤덮고 있었다. 순간 등골이 서늘해진 그는 천천히 고개를 돌렸다.

"괜히 놀랐군. 푸핫!"

그의 눈앞에 드러난 것은 숲의 상공을 가득 메우고 있는 문들이었다. 오랜 시간 감응을 풀지 않고 생활했기 때문에 자신도 모르는 사이 감응을 사용하고 있었던 것이다. 공중에는 수많은 문들이 마치 아파트처럼 규칙적으로 늘어서 있었다.

그것은 하늘로도 끝없이 넓게 펼쳐져 있었고 좌우로도 끝이 보이지 않을 정도로 펼쳐져 있었다. 그 수많은 문들이 거대한 하나의 벽 형태로 뭉쳐 있던 것이다.

"뭐, 정체는 모르겠지만 소름 끼치는군."

그는 두 눈을 비비며 감응을 풀었다. 당장은 지나온 길이다. 더 이상 문이라면 보고 싶지도 않았다. 스캇은 지저분해진 몸을 씻고 식사를 한 후 휴식을 취했다. 호숫가는 평범한 숲과 다름없었다.

그는 해가 서산을 향해 내려가기 시작할 무렵 자리를 털고 일어났다. 밤이 되면 손님이 아닌 침입자로 보일 우려가 많았다. 아직 해가 지기까진 많은 시간이 남아 있었다.

"이번엔 다리에 집중시켜 볼까."

그는 문의 숲을 통과하는 동안 새롭게 익힌 기술을 다른 방향으로 사용해 보기로 했다.

"풍체(風體), 속보(速步)."

반투명하게 변한 그의 다리 주위에 마치 소용돌이와 같은 바람이 휘몰아치기 시작했다. 스캇은 기운을 세밀하게 다룰 수 있게 된 후 능력을 한곳에 집중해 고도의 효율을 발휘하는 방법을 조금씩 깨닫게 되었다.

"얼마나 빨라졌는지 궁금한데… 가볼까!"

쾌속! 그의 신형이 말 그대로 공기를 가르며 앞으로 쏘아져 나갔다. 날카롭게 응축된 바람을 일으키는 두 다리와 공기 저항을 전혀 받지 않는 몸의 조화는 그야말로 엄청난 속도의 이동을 가능하게 했다.

"아앗!"

하지만 속도에 반응이 따라가지 못하는 탓인지 그는 새로운 능력에 적응하는 동안 쉴 새 없이 나무나 돌에 충돌할 뻔했다. 그렇게 휘청거리면서도 거듭 그런 속도로 달린 그는 오래 지나지 않아 반대편 초승달 끄트머리까지 도착할 수 있었다.

양 끄트머리가 서로 닿아 있을 정도로 가까웠으니 거의 한 바퀴를 돈 셈이다. 하지만 그의 눈에 특별한 것이 발견되진 않았다.

"호수의 바깥쪽에 없다면 안쪽에 있겠군."

그는 풍체 대신 은신을 사용하고 다가가기 시작했다. 그다지 거리가 멀지 않기도 했고 자신의 달리기가 처음 보는 이들을 당황하게 할 수도 있었다.

호수의 안쪽은 조금 독특한 느낌의 숲이었다. 나무들이 빽빽이 들어찬 다른 숲들과 달리 하나같이 4미터에서 5미터 간격으로 띄엄띄엄 떨어져 있었다. 그리고 나무들의 크기나 종류가 매우 다양했다. 같은 나무로 보이는 것은 별로 없었다.

'이 나무들은 보통의 느낌이 아니다. 누군가 마법적인 목적으로 키우는 것일까?

개중에는 거대한 크기의 나무도 몇 그루 있었다. 집 몇 채는 합친 듯한 그 크기 때문에 스캇은 고개를 최대한 뒤로 꺾어야 꼭대기를 볼 수 있었다. 숲의 요정들이라면 나무 위에 살고 있을지도 몰랐다.

그는 가장 커다란 나무를 골라 그 위로 올라가 보기로 했다. 정중앙에 위치한 그 나무는 높이가 족히 100미터는 넘어 보였다.

나무를 타는 것은 쉬운 일이 아니었지만 스캇이 걱정할 것은 없었다. 그는 예의 풍체를 시전하며 줄기를 타고 오르기 시작했다.

'나무에 상처라도 나면 싫어하겠지. 조심하자.'

스캇이 엔트라헬이라는 종족에 대해 가지고 있는 이미지는 소설 속에서 봤던 요정이나 엘프와 같았다. 그들은 아름다웠고, 숲과 나무를 끔찍이 사랑했다.

순식간에 중턱에 있는 줄기까지 오른 그는 줄기에 몸을 기대고 잠시 숲을 내려다봤다. 해가 저물고 황혼이 뒤덮은 주황빛 숲의 전경은 말 그대로 작품이었다.

자신이 있는 곳을 둘러싼 호수 '헤렘의 달'과 사방을 뒤덮고 있는 수많은 무형의 문들, 이곳은 무저갱의 숲에서도 가장 중심부였다.

"하하하, 멋지다."

스캇은 올라온 목적도 잊은 채 숲의 경관을 감상하는 것에
빠져 있었다.

두두두둑.

"뭐지?"

앉아 있던 그의 머리 위로 나무껍질이 떨어져 내렸다. 깜짝
놀란 스캇이 고개를 들어 위쪽을 바라봤지만 아무런 인기척
도 느껴지지 않았다. 그는 몸을 일으켜 다시 나무의 곳곳을
둘러봤다.

드드득.

또다시 나무껍질이 떨어져 내렸다. 스캇은 타이밍을 놓치
지 않고 껍질이 떨어진 곳을 바라봤다.

"설마……!"

스캇은 자신이 내뱉은 말을 끝내지도 못한 채 경악하고 있
었다. 그의 바로 앞 둥치에는 지름이 스캇의 키보다 커 보이
는 거대한 눈동자 하나가 달려 있었다. 그리고 그 동공은 정
확히 스캇을 바라보고 있었다.

그는 마른침을 삼켰다.

"아니겠지."

그의 혼잣말에 대답이라도 하듯 그 거대한 눈동자가 감았
다가 다시 떠졌다. 스캇은 놀라움을 진정시킨 후 대화를 시도
했다.

그는 자신의 능력으로 거목에게 메시지를 보냈다.

"나와 대화할 수 있는가?"

다시 그 커다란 눈을 닫았다 연 거목에게서 거대한 메시지가 뿜어져 나왔다. 대지의 울림만큼이나 강도가 심해 일반인들이 듣는다면 정신이 나가거나 기절할 것이 분명했다.

"작은 새가 자네의 콧잔등에 앉아 말을 건다면 기분이 어떻겠는가."

"아."

스캇은 실례를 인정하고 풍체를 이용해 땅으로 내려왔다. 그가 땅에 내려오자 거목의 뿌리들이 땅에 반쯤 파묻혀 꿈틀거리고 있는 모습이 눈에 들어왔다.

"이거 보통 문제가 아닌데."

100미터가 넘는 높이의 거목이 조금씩 움직이고 있다면 누구라도 겁에 질릴 것이 분명했다. 더군다나 이곳은 무저갱의 숲이고 아무도 돌아 나가지 못하는 곳이다. 스캇은 문의 숲이 전부가 아니라는 사실을 충분히 직감하고 있었다.

"침입자를 잡아라!"

그의 나쁜 직감이 적중했다. 땅에서 뽑혀져 나온 뿌리들이 문어의 촉수처럼 그를 뒤덮기 시작했다. 스캇은 풍체를 시전하며 빠르게 움직였다.

뿌리들은 스캇을 직접 공격하는 것이 아니라 바깥쪽으로 그물을 치듯 그를 포위해 왔고, 그 때문에 운신의 폭은 턱없이 적어져 있었다.

'큰일이다!'

그의 능력이라면 뿌리를 뚫고 돌파하는 것쯤은 어렵지 않았다. 하지만 그렇게 되면 곧 자신이 침입자라는 것을 인정하는 셈이 된다. 그는 꿈틀거리는 뿌리들 사이로 빈틈을 찾기 위해 쉴 새 없이 뛰어다녔다.

'공간!'

그의 두 눈에 빈틈이 보였다. 보통의 인간이라면 빠져나갈 수 없겠지만 지금의 그는 바람과도 같은 풍체! 그의 신형이 빈틈을 놓치지 않고 달려나갔다.

"속보(速步)!"

몸의 이곳저곳이 뿌리에 눌렸지만 그뿐이다. 스캇 본인은 아무런 저항이나 충격도 받지 않은 채 부드럽게 빈틈을 통과했다.

'일단 상황을 보자.'

그는 빠져나온 직후 두 발 끝에 능력을 집중시켜 용수철처럼 공중으로 뛰어올랐다. 십여 층은 뛰어넘을 만한 높이까지 올랐으니 호수 주위의 전경이 모두 그의 눈에 들어왔다.

"아하하하……."

기괴했다. 더 표현할 길이 없었다. 호수 안쪽에 있던 나무들이 하나같이 뿌리를 뽑으며 움직이고 있었다. 그의 예상이 맞는다면 이들이 바로 엔트라헬이고 자신을 잡으려 했던 거목은 제국 공적 3위의 수호자라도 될 것이다.

"흐읍."

그는 공기 저항을 최대한 낮추며 계속 발끝에서 바람을 일으켰다. 분명히 스캇은 공중을 날고 있었다. 그 누가 저주가 담긴 물약이 이만한 능력을 가져다줄 것이라 예상이나 했겠는가. 그는 자신의 능력을 개발시키고 다듬어준 노노미야와 카라포엔에게 새삼 고마움을 느꼈다.

물론 그들도 스캇이 날게 되리라는 생각은 조금도 못했을 것이 분명하다.

"이대로 호수 건너편까지 날아간다면 어떨까?"

안전은 보장할 수 있어도 그들과의 대화는 쉽지 않겠지. 노인의 말대로라면 자신의 능력으로 한 명을 상대하는 것도 버겁다고 했다.

스캇이 밑을 내려다보자 움직이고 있는 나무들 중 사람의 형상으로 변화를 하고 있는 이들도 있었다. 그는 독수리처럼 허공을 선회하며 다시 한 번 거목에게 메시지를 전달했다.

"나는 적이 아니다! 침입자도 아니고, 하고 싶은 이야기가 있을 뿐이다!"

"엔트라헬은 인간과 관계하지 않는다. 나, 메라리투 라헬은 이곳에 온 모든 인간들을 처단한다. 더 이상의 이야기는 없다."

그의 메시지가 끝나자 갑자기 호수의 수면에서 수십 개의 뿌리가 뻗어 올라왔다. 그것은 엄청난 속도로 스캇을 향해 덮

쳐들었다. 지상에서와 같은 포위망이 아닌 직접적인 공격이
었다.

"으윽!"

공중에서의 이동이 아직 익숙하지 않은 그는 두 발을 잡혀
버렸다. 그는 애써 바람을 일으키며 벗어나려 했지만 뿌리들
의 엄청난 힘은 그를 호수 안으로 끌어당기고 있었다.

위기감을 느낀 스캇은 품 안에서 현무의 장갑을 꺼냈다. 장
갑의 능력을 사용한다면 그의 능력을 더욱 구체화시킬 수 있
다. 그는 장갑을 끼자마자 몸을 돌리며 기술을 시전했다.

"염체(炎體)! 회축(廻蹴)!"

화르륵!

붉은빛의 거센 불길이 허공에서 원을 그리며 뿌리를 내쳤
다. 그의 발끝은 활활 타오르고 있었다.

하지만 다음 위기가 그에게 닥쳐왔다. 뿌리의 족쇄로부터
벗어난 것까진 좋았으나 풍체가 아닌 그의 몸은 호수로 떨어
져 내리기 시작했다. 일촉즉발! 그는 몸을 뒤틀며 외쳤다.

"흐읍! 수체(水體)!"

스캇의 몸은 별다른 충격 없이 수중으로 빨려 들어갔다. 그
가 감응을 펼쳐 확인하자 호수 밑바닥에서 수백 개의 뿌리들
이 움직이고 있는 것이 느껴졌다. 대화는 둘째 치고 우선 살
아남아야 한다.

그는 양발 끝에 물살을 일으키며 반대편의 호숫가를 향해

나아갔다. 헤엄이라기보단 수중 폭발에 가까운 속력이었다.

"푸핫!"

순식간에 수면 밖으로 뛰쳐나온 그는 반대편을 바라봤다. 엔트라헬들은 웅성거리며 자신을 찾고 있었다. 아니, 이미 발견한 이들도 있었다.

하지만 아무리 위험해도 문의 숲으로 갈 수는 없다. 그는 숲 속으로 뛰어들어 가며 은신을 시도했다.

'이제야 한숨 놓겠군. 좀 기다리면서 상황을 보자.'

그는 숲에 들어서자 안심이 되었다. 은신이 가장 큰 효과를 발휘하는 곳이며 자신에게는 고향과도 같은 곳이다. 스캇은 숨을 돌리며 자연 속에 스며들기 시작했다.

하지만 그가 간과한 것이 있었다. 그를 찾고 있는 엔트라헬들은 나무이며, 숲의 구성원이고, 무엇보다 숲 자체라는 것이다.

'뭐지?'

나무들이 그의 접근을 거부하고 있었다. 아니, 스스로 물러나고 있었다. 그를 중심으로 널따란 공터가 생겨났고 멀리서부터 숲들이 좌우로 갈라지는 것이 그의 눈에 들어왔다.

"후우, 문의 숲으로 가지 않는 한 도망치는 것도 마음대로 안 된다는 소리군."

"틀렸소, 인간. 문들을 넘어선다 해도 우리는 자네를 잡을 수 있소."

갈라진 길에서 나타난 것은 세 명의 엔트라헬이었다. 완전한 인간형으로 변한 그들은 인간과 비슷한 모습을 하고 있었다. 잿빛 피부의 나신 위로 옷이나 갑옷처럼 나무껍질이 온몸을 감싸고 있었다.

그들의 머리는 머리카락 대신 나뭇잎이나 풀들이 뒤덮고 있었고 동공 역시 잿빛이나 녹색 빛을 띠고 있었다.

"소개하지. 인간이고, 이름은 스캇이라고 한다. 다시 한 번 말하지만, 당신들에게 해를 끼칠 생각으로 온 것은 아니다."

"우리는 엔트라헬이오. 나는 마루라헬이고, 좌우에 있는 이 자매님들은 에나레스라헬님과 모로루라헬님이라고 하오. 당신 같은 침입자를 잡는 역할을 하고 있지."

주로 이야기를 하고 있는 것은 가운데에 서 있던 엔트라헬 남성이었다. 좌우에 서 있는 여자들은 말 대신 고개를 숙여 자신을 알렸다.

"이야기가 통하는군. 수호자와 대화를 나눌 수 있을까?"

"오해하지 마시게, 스캇. 그대가 무슨 용무로 이곳에 왔든 그건 우리에게 중요한 문제가 아니라오. 그대가 우리와 대화를 할 수 있다는 놀라운 사실 역시 우리에게 중요한 문제가 아니오. 우리는 이곳에 침입한 인간은 무조건 잡고 처단한다오."

살기가 아닌 지독한 냉정함이었다. 마치 수백 년을 살아온 나무가 생명의 덧없음에 대해 회고하듯 무덤덤한 표정으로 말을 하고 있었다.

스캇은 그들이 내뿜는 메시지를 제대로 느낄 수 있었다. 이들은 그와 교섭할 마음이 눈곱만치도 없었다. 다만 압도적인 실력 차에서 나오는 당연한 여유! 그는 현무의 장갑을 굳세게 당겼다.

"고명하신 엔트라헬의 실력을 볼까!"

"마루라헬. 격투."

마루라헬의 입에서 자신이 할 행동이 선언되자 좌우에 있던 여성들도 한마디씩 이야기했다.

"에나레스라헬. 금제."

"모로루라헬. 포박."

스캇은 이를 드러내며 달려들었다. 당연한 강함, 당연한 실력이 그의 전의를 짓누르고 있었다. 그는 왼쪽 팔꿈치와 오른쪽 발차기를 동시에 내지르며 외쳤다.

"지체(地體), 연충(連衝)!"

팍!

마루라헬은 두 손바닥을 내뻗은 채 각각의 공격을 받았다. 막은 것도, 비낀 것도 아니다. 모든 충격이 그의 손바닥 앞에서 사라졌다. 상대의 두 손바닥으로 흡수된 것이다.

스캇이 그를 노려봤지만 마루라헬은 여전히 무표정이었다.

"옌진."

마루라헬의 손이 절도있게 움직이며 스캇의 허리를 내질렀다. 그는 지체의 속성을 이용해 두 팔을 교차하며 상대의 공격을 비껴내려 했다.

콰득!

"크으윽!"

하지만 만만히 볼 공격이 아니다. 그 굳센 일격을 어렵게 받아낸 스캇은 이를 악물고 다음 공격을 이어갔다.

"선파(禪罷)!"

연충 같은 물리적 기술과는 다른 순수한 내부 충격기! 그의 양손이 상대의 내지른 팔을 향해 내뻗어졌다.

'확실히 들어갔다!'

드드득!

하지만 마루라헬의 몸 곳곳에 있던 나무껍질들이 어느새 모여 그의 충격을 막고 있었다. 그것은 단순한 치장이 아닌 몸의 일부처럼 자유롭게 움직이는 또 다른 피부였다.

"부챤."

마루라헬의 양팔이 마치 줄기처럼 스캇의 팔을 휘감아 들어왔다. 그의 관절이 자유롭게 변화되어 순식간에 그의 두 팔이 담쟁이덩굴처럼 스캇의 팔을 봉쇄시켰다.

"흠!"

스캇이 잔뜩 힘을 주고 벗어나려고 했지만 그럴수록 옭아매는 힘이 강해졌다. 그가 움직일 수 없는 것을 확인하자 그들의 뒤에 있던 여자들이 움직이기 시작했다.

모로루라헬은 서 있는 그 상태로 땅속으로 파고들어 갔고, 에나레스라헬은 공중으로 떠오르며 투명해지기 시작했다. 마치 유령의 모습과도 같았다.

"끝?"

표정은 무표정이었지만 그의 말미에 조소가 담겨 있었다. 스캇은 분개하며 몸을 상대에게 밀어붙였다.

"염체(炎體), 유영(柳影)!"

현무의 장갑이 부르짖었다. 그의 온몸이 불길처럼 타오르며 마루라헬의 몸을 뒤덮었다. 그의 전신은 상대를 태우는 염화가 되어 미끄러지듯 흘러 나갔다.

"사악한 불!"

마루라헬이 분노에 찬 목소리로 외쳤다. 역시나 그의 몸이 타 들어가기 시작했다. 상대의 몸에 가득 밀착한 스캇은 골파(骨破)를 떠올렸지만 휘감겨 들어온 방금 전의 기술을 생각해 볼 때 그런 것이 먹힐 상대가 아닐 것이라 확신했다.

"자매들, 어서!"

마루라헬은 자신의 몸이 타 들어감에도 개의치 않고 스캇을 놓치지 않고 있었다. 스스로의 희생쯤은 당연하다고 생각하고 있는 듯했다. 스캇은 열 손가락에 기운을 집중한 채 그의 어깨를 누르기 시작했다.

"초열(秒熱)!"

엄청난 열기 때문에 노랗게 변하기 시작한 열 손가락이 마루라헬의 어깨를 뚫고 들어갔다. 이대로라면 그의 양팔이 떨어져 나갈 것이 틀림없었다.

그 순간 스캇의 발밑에서 뿌리들이 올라와 그의 몸을 잡아당기기 시작했다. 땅 밑으로 들어갔던 모로루라헬이 분명했다. 그것은 단순히 휘감는 것이 아니라 그의 관절의 약점을 누르며 힘을 빼앗고 있었다.

스캇은 별수없었다. 땅 밑에서 올라온 뿌리들은 그의 정확한 약점들을 공격하고 있었다. 그것은 뾰족하게 근육을 꿰뚫기도 했고 관절을 억지로 비틀기도 했다.

"목체(木體)!'

스캇은 목체를 운용해 온몸을 굳건하게 고정시켰다. 빠져나갈 수 없다면 상대의 공격을 무효화시킨다!

"크으윽!'

그제야 그의 손아귀에서 빠져나온 마루라헬은 자신의 어깨를 부여잡으며 뒤로 물러났다. 새카맣게 타 들어간 손가락 자국이 선명했다. 그는 예의 무표정이 아닌 분노가 담긴 눈길로 스캇을 바라봤다. 스캇은 이제야 속이 시원해졌다는 듯 그를 보며 이를 드러냈다.

"모든 인간이 네 예상대로 움직일 거라 생각하지 마. 일반화의 오류는 패배의 지름길이지."

"에나레스라헬!'

마루라헬은 대답 대신 동료를 불렀다. 에나레스라헬은 그들의 상공을 부유하며 무엇인가 준비하고 있었다. 위에서 그녀의 목소리가 들려왔다.

"금제 시작합니다. 산소 차단, 마력 차단, 원소력 차단."

그녀의 몸을 중심으로 실낱같은 빛줄기가 호선을 그리며 퍼져 나갔다. 그것은 그들의 주위를 둘러싸고 은색의 빛을 내는 막으로 완성되어 갔다.

"마음대로는 안 된다. 염체(炎體)!"

하지만 마음대로 안 되는 것은 바로 스캇 본인이었다. 염체가 자유롭게 사용되지 않았다. 그의 주변을 뒤덮고 있던 수많은 메시지들이 사라져 가기 시작했다.

불길이 타오르는 데 필요한 가장 기본적인 요소인 산소조차도 희박해지고 있었다. 스캇은 호흡의 곤란함을 느꼈다.

"은신(隱身)!"

어렵게 몸을 숨기는 것까지는 성공했지만 묶여 있는 발을 풀어낼 재간은 없었다. 그리고 은신의 순간도 잠시일 뿐, 곧 본래의 형상으로 돌아오기 시작했다.

스캇은 자신의 다리에 박힌 뿌리들로부터 액체가 주입되는 것을 느낄 수 있었다. 무엇인지는 모르겠지만 자신에게 해가 되는 것은 확실했다. 만약에 독이라고 한다면 보통 위험이 아니다.

스캇은 이를 갈며 마루라헬을 바라봤다. 그는 다시 무표정으로 돌아가 있었다. 이런 결과가 당연하다는 듯 말이다.

"인간이 이 땅에 발을 내딛게 되면 그 후로 죽음까지의 모든 결과가 정해져 있소."

마루라헬의 모든 상처들이 회복되기 시작했다. 타 들어간 부분들은 재가 되어 떨어져 내렸고 그의 몸은 경이적인 속도로 변해갔다.

스캇은 자신의 정신이 어지러워지는 것을 느꼈다. 그것이 주입되고 있는 액체 때문인지 산소 결핍 현상 때문인지 알 길은 없었다. 하지만 이대로는 안 된다. 그는 생각하기를 멈추지 않았다. 그가 이 상황을 벗어날 수 있는 방법을.

"간단합니다. 열면 되는 겁니다."

노인의 말이 떠올랐다. 그가 엔트라헬들과 상대하기 위해 반드시 필요하다고 했던 그 힘의 존재가 이제야 떠올랐다. 스캇이 그동안 현무의 장갑에 더 이상 접근하지 않은 채 기본적인 능력들만 사용했던 것은 그것이 귀물이기 때문이었다.

가끔씩 그 짐승의 소리에 집중하려 하면 그의 등골에 소름이 끼쳐 왔다. 제 주인이라도 잡아먹을 것만 같은 그 요기에 질려 스캇은 애써 그 울음소리를 무시해 왔다. 하지만 지금은 다르다. 나는 힘이 필요하다!

'현무!'

크르르르……

그가 정신을 집중하자 장갑에서 거친 호흡 소리와 울음이 들려오기 시작했다. 기다리고 있었다는 투였다. 주인이 원하지 않았기에 숨죽이고 있던 장갑은 다시 거칠게 자신의 존재감을 내뿜기 시작했다.

'어디에 있는가, 문이란……!'

스캇은 두 눈을 감고 그 메시지를 좇았다. 애초에 그런 느낌이나 메시지들과 부대끼며 살아왔던 스캇에겐 남들보다 훨씬 쉬운 일이었다. 마루라헬은 그가 뭔가 하고 있다는 사실은 알았지만 제재할 생각은 없었다. 어차피 자신들이 이기는 것이 당연했다.

'보인다. 그곳에 있었는가.'

그의 눈앞에 거대한 문이 드러났다. 두꺼운 나무 기둥에 철이 덧대어진 낡은 문이었다. 그리고 그 중앙에 붉은빛의 자물쇠가 달려 있었다. 그의 정신은 문을 향해, 자물쇠를 향해 나아갔다.

그의 육체는 겉보기엔 죽은 것이나 다름없었다. 오직 정신만이 차원의 틈을 부유하며 그 문을 만지고 있었다. 그가 자물쇠를 잡아채자 온몸에 오한이 느껴지기 시작했다.

본능이 말하고 있었다. 이건 위험하다.

'주저할 틈이 없다. 아무리 위험해도 이대로 죽는 것보단 낫겠지.'

그는 스스로의 내면과의 싸움을 끝없이 해왔다. 자신의 마음에 티끌만큼의 불신이라도 있다면 이런 녀석은 열리지 않는다. 그는 확신을 가지고 자물쇠를 움켜잡았다.

파캉!

그의 손안에서 자물쇠가 터져 나갔다. 그것은 마치 모래 알갱이처럼 수많은 입자가 되어 사방으로 흩어졌다. 스캇은 거침없이 문을 열어젖혔다.

Chapter 21

북방신 현무(北方神 玄武)

"뭐지?"

마루라헬은 스캇을 바라봤다. 역시 감정의 동요가 느껴지지 않는 무표정이었다. 모로루라헬은 이미 스캇의 생기를 빨아들이고 있었고, 에나레스라헬의 금제도 완벽했다.

하지만 스캇의 몸이 움직이고 있었다. 멈추지 않는 기운이 그의 두 손에서 뿜어져 나왔다. 그의 몸이 공중으로 떠오르기 시작했다.

"모로루라헬! 포박을!"

"할 수 없어요!"

그녀의 말대로 뿌리들이 더 이상 스캇을 옭아매지 못하고 있었다. 그의 몸에 붙어 있던 뿌리들이 하나씩 떨어져 나갔다. 스캇의 몸이 공중으로 뜨고 두 눈을 감은 그의 입에서 이질적인 목소리가 흘러나왔다.

"북방신(北方神) 현무(玄武). 일문(一門). 개문(開門)."

스캇의 주위에 묵빛 안개가 피어오르기 시작했다. 그의 머리 위를 떠돌던 에나레스라헬은 압박감을 견디지 못하고 실체화되어 땅으로 떨어져 내렸고, 땅속에 있던 모로루라헬도 기운을 견디지 못하고 마루라헬의 곁으로 갔다.

"스캇! 무슨 능력을……!"

"너희들이 내 제물인가."

두 눈을 감고 있는 스캇의 입에서 여전히 이질적인 목소리가 흘러나오고 있었다. 마루라헬은 예감할 수 있었다. 제국이 쳐들어왔을 때도 끄떡없었던 이 무저갱의 숲이 지금 엄청난 위험에 빠져 있다는 것을 말이다.

"에나레스라헬은 내 뒤에서 실체 금제를! 모로루라헬은 당장 수호자님께 이 사실을 알려라! 신급의 능력이다!"

모로루라헬은 고개를 끄덕이곤 다시 땅속으로 들어가기 시작했다. 그녀의 이동은 땅 위보다 밑이 훨씬 빨랐다. 그리고 에나레스라헬과 마루라헬은 본래의 모습인 거대한 나무로 변하기 시작했다.

그들 둘이 전력을 다해도 막는 것은 불가능할 것이다. 그 지독한 살기와 위압감이 마루라헬에게 절망적인 확신을 주고 있었다.

'무슨 짓이냐!'

스캇은 열린 문 앞에서 영체로 떠다니고 있었다. 그는 지금 현세에서 어떤 일이 일어나고 있는지 똑똑히 알 수 있었다. 하지만 지금 그의 몸을 움직이는 것은 본인이 아닌 현무였다.

현무의 영체는 스캇의 몸을 휘감았다. 그는 먼 옛날 사신도에서 봤던 것과 마찬가지로 뱀과 거북이가 한 몸이 된 모습을 하고 있었다. 거북이의 모양은 그의 가슴 위에 올라탔고 뱀은 스캇의 온몸을 칭칭 감고 있었다.

'너는 나를 통제할 수 없다.'

뱀의 머리와 거북이의 머리가 동시에 같은 목소리로 말했다. 두 머리가 모두 스캇을 바라보고 있었다. 파충류 특유의 가느다란 동공이 그를 응시했다.

'어쩔 속셈이지?'

'그 노인 덕분에 나는 운신할 육체를 가지게 된 거지. 이젠 네가 나 대신 장갑 속에 봉인되어라, 약한 사람아.'

분명 자신이 알고 있던 사신은 이런 느낌이 아니었다. 한국을 지키는 고유의 사방신이 아니었던가. 하지만 지금 스캇의 눈에 보이는 현무의 모습은 요기가 넘쳐흐르고 있었다.

'나는 약하지 않다. 네 주인은 나다. 그리고 장갑에 들어가야 하는 건 바로 너다!'

스캇이 호기롭게 외쳤지만 현무는 코웃음을 치며 그를 외면했다.

'지금의 상황을 봐. 네 육체는 내가 가지고 있다. 내가 아니었다면 너는 벌써 죽었겠지.'

'나라를 지키던 사방신이 어째서 이런 요물이 되었는가!'

현무의 두 머리가 흠칫 고개를 떨었다. 두 머리 모두 스캇을 잡아먹을 듯한 기세로 그를 노려봤다. 현무는 분노에 찬 목소리로 외쳤다.

'나와 같은 고향 출신이었군! 바로 너희들이 우리들을 이곳으로 내쫓았어! 인간이라는 녀석들이 수천 년 동안 겨레를 지켜온 우리를 봉인해서 이 세계로 팔았다. 바로 네 동포들이!'

스캇은 화가 치밀어 올랐다. 자신의 몸을 잠식하고 있는 현무가 아닌 그들을 팔아치운 인간들에게 분노했다. 팔 게 없어서 나라를 지키는 사방신을 팔았단 말인가!

'나 역시 그들에 의해 팔려서 이곳에 왔다!'

'그렇다고 해도 달라질 건 없어. 나는 네 육체를 가지고 내키는 대로 자유롭게 살겠다. 더 이상 사신봉 안에서 살긴 싫다!'

현무는 거친 숨소리를 내뱉으며 스캇을 위압했다. 당장 문 안으로 꺼져 버리라는 위협에 가까웠다. 하지만 그는 굴복 대신 미소를 지었다.

'문이 한 개가 아니더군.'

'…어쩌라는 거냐!'

스캇은 현무의 흔들림을 놓치지 않았다. 현무는 자신을 강제로 넣을 수 있었다면 진즉에 넣었을 만한 성격이다. 하지만 그는 위압 외에 어떠한 일도 하지 않았다. 스캇의 눈에는 현무가 지금 앙탈을 부리는 것처럼 보였다.

'여덟 개의 문이 보였다. 하나를 열어야 그 안에 있는 다음 문을 열 수 있지. 그리고 네 신격과 능력은 8문 사이사이에 골고루 갇혀져 있을 테고.'

'상관없어! 한 개의 문만 열려도 너를 제압할 수 있다!'

현무의 두 입에서 묵빛의 안개가 쏟아져 나왔다. 뱀의 머리는 식식거리며 그의 눈앞에서 이빨을 드러냈다.

'아니, 그럴 수 없다. 문을 열고 닫는 것은 나만 가능하니까. 그렇지?'

'웃기지 마라. 네 멋대로 정하지 마!'

'내가 정한 건 아냐. 네 존재가 여기 있듯, 이 문이 여기 있듯, 마찬가지로 그 사실들도 내 머릿속에 있었다. 사신봉이란 것을 누가 만들었는지는 모르겠지만 정작 네 녀석은 아무것도 모른 채 으름장만 놓았을 뿐이다.'

현무는 그의 앞에서 길길이 날뛰었다. 하지만 스캇은 그를 부드럽게 제치며 현무에게서 벗어났다. 스캇은 현무의 등껍질을 두드렸다.

'내가 원한다면 넌 평생을 장갑 안에서만 살아야 하겠지.

누구의 손도 닿지 않을 만한 외딴 곳에 널 묻어둘까?

'아니, 아닙니다! 그건 싫어! 들어갈 수 없다!'

현무는 소스라치게 놀라며 몸을 떨었다. 스캇은 파충류의 얼굴로도 얼마든지 감정을 표현하는 것이 가능하다는 사실을 깨달았다. 그는 미소를 지으며 말했다.

'내 말을 잘 들으면 좋은 미래를 보장해 주마. 새로 세울 나라의 사신으로 널 세우고, 다른 신들도 찾아주마. 어떠냐?'

'흐음… 그렇다고 해도…….'

무엇이 어렵겠는가! 나라의 수호신이 생긴다면 스캇이야 말로 기뻐할 수 있는 일이 아닌가. 한 개의 문을 개방한 것만 으로도 엔트라헬들을 짓누르는 힘이다. 스캇은 고개를 끄덕 였다.

'그중 네가 가장 상좌에 앉을 수 있도록 해주지. 사신의 대 장, 북방신 현무. 하지만 지금 네가 날 죽게 내버려 둔다면 나 라도 끝이고 너의 운명도 끝이다.'

'흠… 그래, 좋다. 당장 돌아갈 수 있도록 해주지.'

'좋아.'

그 노인은 각성을 거치며 스캇이 현무에게 먹히길 바라진 않았을까? 그는 인상을 쓰며 노인의 얼굴을 떠올렸다. 하지 만 지금 그것을 신경 쓸 겨를은 없었다. 현실로 돌아가게 되 면 아직 끝나지 않은 전투가 자신을 기다리고 있을 것이다.

그의 눈앞이 바뀌기 시작했다. 한밤중의 숲 속, 자신의 오감이 돌아오는 것이 느껴졌다. 눈앞에는 십여 미터 높이는 되어 보이는 나무 두 그루가 서 있었다. 아니, 정확하게 말하자면 나무의 모습을 한 엔트라헬들이었다.

스캇은 그들이 현무를 상대로 고전하고 있었던 사실을 지켜보고 있었다. 그들의 온몸은 부서지거나 찢겨져 있었고 가만히 있는 스캇을 바라보며 긴장하고 있었다.

"싸우고 싶지 않으니 물러나라."

그의 위압은 효과적이었다. 현무가 얼마나 해놨는지는 모르겠지만 엔트라헬들은 더 이상 아무런 움직임도 보이지 않았다. 그들은 눈치를 살피며 뒤로 물러나고 있었다.

'이건?

그가 자신의 팔을 바라보자 기존의 장갑 대신 묵빛의 건틀렛이 장착되어 있었다. 팔꿈치까지 정확하게 착용되어 있는 그것은 각각 뱀과 거북이의 형상이 새겨져 있었다.

'무슨 능력을 가지고 있는지는 도무지 알 길이 없군.'

현무가 상대를 제압한 것은 자신이 직접 실체화됐기 때문이다. 하지만 스캇은 그 능력을 어떻게 사용해야 하는지 알지 못했다. 그가 생각할 수 있는 여유도 잠시, 스캇의 눈앞에 또 다른 엔트라헬이 나타났다.

"어지간히 해라, 인간."

건장한 중년의 남자처럼 보이는 그는 다른 거목들을 뒤로 물렸다. 돌아가라는 표시였는지 두 거목은 인간의 형상으로 변하며 돌아가기 시작했고 중년의 엔트라헬은 고개를 저었다.

"인간 중에 강한 녀석은 많지만 예의 바른 녀석은 없나 보군."

"먼저 공격한 것도 너희들이고, 내 대화 요청을 거절한 것도 바로 너희들이다."

스캇이 주먹을 말아 쥐자 철컹거리는 소리가 들려왔다. 중년의 엔트라헬은 자신의 머리를 뒤덮은 덩굴을 쓸어 넘기며 한숨을 쉬었다.

"어쨌든 조용히 살고 있는 우리들의 집에 찾아온 것은 바로 너다, 인간. 더 대화하고 싶진 않으니, 이만 물러가라."

"더 대화하고 싶다면?"

"오만방자하군. 내 이름을 알고 있나?"

스캇은 고개를 끄덕였다. 다른 엔트라헬들과 다른 무게감, 익히 느끼고 있었다.

"메라리투 라헬. 이 숲의 수호자."

"그래, 용서하지 않는 자라는 뜻이지. 죽어라."

지독한 살기!

스캇은 고개를 저으며 먼저 달려들었다. 이런 괴물과 싸울 생각은 조금도 없었다. 하지만 강한 자들을 얻기 위해 시작한 여행이 아닌가. 스캇의 몸이 불길로 뒤덮였다.

기존의 수준과는 조금도 비교할 수 없는 엄청난 열기!

"염체(炎體), 강격(剛擊)!"

파악!

그의 주먹이 메라리투 라헬의 손바닥 앞에 막혔다. 마루라헬이 썼던 기술과 같은 것이었다. 그는 불길에도 아무런 영향을 받지 않은 채 다른 손으로 스캇의 목을 움켜잡았다.

"용기는 가상하다만, 그뿐이라면 곤란하지 않겠나?"

스캇을 잡은 그의 손을 통해 기운이 빠져나가기 시작했다. 불이라고 해도 결국 자신의 몸으로 만들어내는 것이다. 스캇은 자신의 생명력이 빨려 들어가고 있음을 느꼈다.

"의지(意志)! 강압(腔壓)!"

그의 몸에서 백색의 빛줄기가 퍼져 나와 메라리투 라헬의 정신을 꿰뚫었다. 여태껏 수백, 수천의 사람들을 고개 숙이게 한 그 기술!

"흐음, 협박은 자신보다 약한 자에게 하는 것이지. 이 나약한 인간아."

지금의 덩치로 따지면 스캇과 비슷한 크기지만 그의 본체는 달랐다. 스캇의 목을 움켜잡은 메라리투 라헬의 몸이 변화하기 시작했다.

"네가 과연 누구를 상대로 싸움을 건 것인지 보여주지. 200년 전 감룡(紺龍) 레잔다일을 죽인 것이 바로 나, 메라리투 라헬이다."

투두두둑!

메라리투 라헬의 온몸이 부풀어 오르기 시작했다. 그의 잿빛 피부 조직 사이에선 줄기들이 뻗어져 나왔고, 그와 함께 전신이 신속하게 팽창했다.

스캇의 두 눈이 크게 떠졌다. 자신의 예측이 맞는다면 메라리투 라헬은 본래의 모습으로 돌아갈 것이 분명했다. 그보다 놀라운 것은 메라리투 라헬 스스로가 용을 죽였다고 이야기한 것이다.

그 정도라면 분명 10용사와 맞서 싸워 이길 수 있는 능력이리라.

"어리석은 녀석. 도대체 무엇 때문에 이 험한 곳까지 들어와서 죽음을 자초하는 것인가. 내 동족들이 아파하는 것이 느껴진다. 무엇 때문에 나를 이토록 분노하게 만드는가."

그의 말은 목소리가 아닌 의지로서 내뿜어졌다. 그는 완전히 변형한 것이 아니라 나무와 인간의 중간 단계의 모습을 하고 있었다. 사람의 형체를 가진 나무에 가까웠고, 나무의 모습을 하고 있는 사람과도 같았다.

다만 그 크기만큼은 드래곤을 압도할 만한 크기였다. 십여 층의 건물 정도의 크기를 가지고 있는 것이다. 본래의 나무의 모습이라면 100미터를 넘겼겠지만 이 정도 크기라 해도 그가 가지고 있는 그 위세가 수그러들진 않았다.

"내… 말을 들어줄 생각이 있다면… 그때 말하지… 쿨럭!"

메라리투 라헬의 거대한 손가락들 사이에 눌려 있는 스캇은 말도 제대로 할 수 없었다. 하지만 그는 애써 여유를 보이며 상대를 자극하고 있었다.

"어리석다, 어리석어. 흥미를 느끼려 해도 네 오만함이 나를 불쾌하게 하는군. 죽어라."

"지금 죽으라는 말……."

스캇의 말이 미처 끝나지 못했다. 그는 고개를 숙인 채 턱을 크게 벌리며 호흡에만 집중했다. 메라리투 라헬의 손가락들이 폐를 짓누르고 있어 숨을 들이쉴 수 없는 상황이었다. 메라리투 라헬은 나뭇잎을 파르르 떨며 의문을 표시했다.

스캇은 어렵게 다음 말을 이었다.

"그 말, 두 번째다. 언행일치(言行一致)가 안 되는군."

메라리투 라헬의 손가락에 자신도 모르게 힘이 들어갔다. 그는 평소 감정을 쉽게 겉으로 드러내지 않았지만 이 나약한 인간의 오만함이 지금 그의 성질을 긁고 있었다.

'봉인에 대한 지식도 알 수 있었다면 능력에 대한 지식도 알려줘! 어디에 있지?!'

스캇은 희미해지는 정신을 애써 붙잡으며 현무의 능력을 찾았다. 그는 정신력만큼은 세상 그 누구보다도 강하다고 자부할 수 있었다. 기절하고 싶어도 기절할 수 없었던 스캇의 과거가 지금의 그를 만든 것이다.

그는 극한의 상황마다 하나씩 얻어갔던 그 깨달음을 이번엔 스스로 찾고 있었다. 어차피 이것이 아니라면 죽을 목숨이다.

'나는 살아야 해! 나는 이자를 이겨야 해! 나는 왕이다, 나라를 세울 왕!'

더 이상 힘이 들어가지 않을 것만 같던 그의 두 주먹이 조금씩 쥐어지기 시작했다. 스캇은 이런 시련 속에서 어떤 것이 가장 큰 힘이 되는지 알고 있었다.

그것은 바로 의지의 관철!

이 정도의 고통으로 쓰러질 것이라면 그동안 고생했던 인생들이 억울하지 않은가! 이 정도의 적을 상대하지 못한다면 앞으로 상대해야 하는 그 수많은 적들은 어떻게 이겨낼 것인가!

"눠라!"

마침내 그의 두 주먹이 굳세게 쥐어졌다. 스캇은 메라리투 라헬에게 자신의 의지를 발현했다. 그것은 누군가를 흉내 내거나 복제한 것이 아닌 그의 순수한 의지였다. 스캇 자신의 의지가 현무의 능력을 업고 상대에게 내뿜어졌다.

"인간, 나에게 너의 생각을 주입시키지 마라."

"너야말로 내게 명령하지 마라!"

스캇의 입에서 웅혼한 외침이 터져 나왔다. 왕으로서의 당연한 기상이 그의 온몸에서 뿜어져 나왔다.

왕을 막지 마라. 왕의 길을 막지 마라!

메라리투 라헬은 순간적으로 움찔거리며 그를 잡고 있던

손을 놓았다. 하지만 전신이 묵빛의 안개로 둘러싸인 스캇은 그대로 허공에 떠 있었다.

전설의 드래곤조차도 밟아 죽였던 그가 일개 인간의 기세에 눌린 것은 일평생 단 한 번밖에 경험해 보지 못했던 일이다. 지금 두 번째의 경험이 벌어지고 있었다.

"이제 전력으로 나오는 것인가?"

"그 정도의 판단력으로 과연 수호자라는 칭호를 받을 수 있겠는가?"

스캇은 도리어 메라리투 라헬을 가르치고 있었다. 그의 새로운 실력을 보고 전의를 느낀 것도 무리는 아니지만 지금 스캇은 싸울 생각이 전혀 없었다.

첫 번째 문을 연 정도로 메라리투 라헬과 싸워 이길 승산이 있을 리 없었다. 아직 그 능력도 제대로 파악하지 못한 자신이 다음 문을 연다는 것 역시 바보 같은 짓이다. 그가 애초에 가졌던 목적대로 상대를 설득하여 동료로 만든다.

그것이 스캇이 가지고 있는 유일한 목표였다.

"아무래도 자네는 이야기를 하고 싶은가 보군."

"듣고 싶다고 확실하게 이야기하지 않으면 말하지 않겠다."

스캇은 다시 한 번 자신의 말을 반복했다. 곧 죽는다 해도 이 자존심만큼은 꺾을 수 없었다. 강자에게 더욱 강하게 나서는 것, 그것이야말로 자신의 의지였다. 이미 그런 강자들에게 충분히 당해온 그였다.

"그래, 인정하지. 듣고 싶다."

메라리투 라헬 역시 스캇이 자신을 이길 수 있을 것이라 생각하지 않았다. 그리고 스캇이 그 사실을 알고 있다는 것도 느낄 수 있었다. 하지만 그는 이렇게까지 호언을 내뱉고 자신감을 잃지 않는 스캇의 모습을 보면서 마음 한구석으로 흠모의 감정을 느끼고 있었다.

"고맙다. 나는 스캇이라고 한다. 현재 제국을 적으로 두고 있다."

제국이란 말이 나오자마자 메라리투 라헬의 온몸이 사시나무 떨듯 떨리기 시작했다. 그것은 분노, 끝없는 분노였다.

"그들은 이 숲을 없애려고 했다. 그리고 동족들을 끌고 가 전장의 방패막이로 삼으려 했다! 우리는 거부했고 그 결과, 지금도 주변의 국가들은 우리 숲을 노리고 있다!"

수호자의 분노는 비단 제국에게만 쏠려 있는 것은 아니었다. 남쪽 산악 지대와 중앙에 있는 평야, 그리고 강의 발원지의 정중앙에 있는 이 무저갱의 숲은 수천 년 전부터 많은 국가들의 침략을 받아왔다.

군사적 요충지로서도 중요했지만 엔트라헬과 같은 강한 힘을 가지고 있는 종족들이 그들에겐 눈엣가시였을 것이다. 수호자인 메라리투 라헬은 모든 외세의 침략을 스스로의 힘으로 막아낸 전설과도 같은 존재였다.

"내가 하고 싶은 것은 복수가 아니다. 나는 강한 자가 약한 이들을 괴롭히지 못하는 그런 나라를 만들길 원한다."

스캇은 말을 하는 와중에도 어렵겠다는 생각을 했다. 스스로의 힘으로 모든 것들로부터 동족을 지켜온 그들이다. 아무리 쌓인 한이 있고 공통된 적을 가지고 있다 하더라도 그것은 별개의 문제다. 동료라면 그의 사상과 의지를 따라야 하는 것이다.

"이상론이다. 네가 말하는 약한 이들에 우리 동족이 포함될 리는 없지 않은가. 우리는 여태껏 이 땅을 지켜왔고 이만큼이면 된다. 가당찮은 소리를 하는군."

"언제까지고 비참한 현실에 안주할 텐가. 잘못된 것은 너희들이 아닌 제국과 인간들이다. 왜 너희들이 인간들에게 눌려 살아야 하는가!"

메라리투 라헬의 전신에서 나뭇잎이 떨어지기 시작했다. 자신이 하고 싶은 말이었다. 왜 우리들이 눌려 살아야 하는가! 하지만 그는 애써 다른 소리를 했다.

"감히 너희 같은 약한 족속들이 우리를 얕보고 있을 줄은 몰랐다. 우리는 너희들이 불쌍하고 약해 보인다."

무패라는 그의 자존심은 쉽게 무너지지 않았다. 실제로 제국의 침략과 용사들도 물린 그의 실력이다. 다른 곳이라면 몰라도 이 땅에서만큼은 승리할 수 있었고, 이 땅만큼은 지킬 수 있었다.

스캇은 자신의 주먹을 메라리투 라헬을 향해 들어 보이며 외쳤다.

"내가 만들고 싶은 세상은 살고 싶은 자들이 마음껏 살아갈 수 있는 세상이다! 다른 자들의 간섭을 원하지 않는 이들이 조용하게 살아갈 수 있는 세상이다! 너희들의 살고자 하는 의지가 인간들의 욕심에 눌린다면 바로 너희들이 약자다!"

스캇은 다른 이들이 들으면 미쳤다고 할 만한 소리들을 주저함없이 내던지고 있었다. 이 대륙에서 손가락 안에 꼽히는 강자를 향해 손가락질을 하는 것도 모자라 이젠 그의 동족을 약자라고 말한다.

하지만 메라리투 라헬은 분노 대신 의문을 보였다.

"우리가 약자라고? 인간의 의지와 욕심에 눌리기 때문에?"

메라리투 라헬은 내심 그의 말이 맞다고 인정하고 있었다. 자신과 동족들은 다른 것은 원하지 않았다. 오직 이 숲에서 조용하게 살고 싶을 뿐이었다. 왜냐면 그들 자체가 숲이었으니까.

하지만 인간의 욕심은 그들을 결코 가만 내버려 두지 않았다. 끊임없이 침략하고 빼앗으려 했다. 개중에는 친구의 얼굴을 하고 다가오는 이들도 있었지만 결과는 같았다. 자신들을 이용하려고 했을 뿐이다.

"내 나라는 종족을 가리지 않는다. 인간 유일주의 같은 것은 독선일 뿐이다. 살고 싶은 백성이 마음껏 살 수 있는 나라를 만들겠다. 약자는 있어도 강자는 없는 나라를 만들겠다. 그러기 위해선 너 같은 압도적인 강함을 가지고 있는 동료가 필요하다."

"이해한다, 왜 제국과 맞서 싸워야 하는지. 그리고 어째서 나 같은 강자가 필요한 것인지도. 하지만 과연 네 나라가 우리 숲을 지켜줄 수 있겠는가?"

스캇은 잠시 주저했다. 솔직하게 말하자면 그의 나라가 이 숲까지 영토를 넓히는 것은 전쟁을 거치지 않고선 불가능한 일이다. 하지만 그는 전쟁 같은 것을 할 생각이 없었다. 하지만 메라리투 라헬의 목소리에선 은근한 기대감이 배어 있었다.

"사실… 내 나라는 너의 숲까지 지킬 만한 힘이 없다. 하지만……."

"이야기는 끝났다, 약한 왕. 네 말뿐인 철학은 잘 들었지만 결과적으로 내 숲에는 도움이 안 되는군."

스캇은 상대의 단호함을 느낄 수 있었다. 자신의 동족을 위하는 일이 아니라면 무엇 때문에 스캇을 돕겠는가. 그의 이상은 좋지만 결국 자신의 이익을 위해 찾아온 뜨내기일 뿐이다. 메라리투 라헬은 속으로 한숨을 내쉬었다.

"내가 기필코 이 숲을 지키겠다. 내 목숨을 걸고 지켜주고야 말겠다!"

"후우… 너의 짧은 삶으로 우리의 생을 감당할 수는 없지.

우리는 너희들처럼 잠깐 살다 죽는 하루살이가 아니다. 사실 너희들 목숨은 그렇게 큰 가치가 없지. 영원을 보장받을 수 있을 만한 강대국이라도 만들고 다시 찾아와라. 나는 수호자일 뿐이지 침략자는 아니다."

스캇은 그의 말에 반박할 수 없었다. 사실 이 일은 아직 만들어지지도 않은 나라를 가지고 담보를 거는 모험과도 같은 행위이다. 메라리투 라헬은 그의 미래나 능력을 믿지 않았다. 그는 자신들에 비해 더없이 낮은 스캇의 수명까지도 고려하고 있었다.

"하지만… 네가 실력으로 날 누를 수 있다면 고려해 보지. 과연 그럴 수 있다면."

메라리투 라헬이 선심을 쓰는 듯 이야기했지만 사실은 조금 달랐다. 그것은 그의 호기에서 나온 관심의 표현이었다. 메라리투 라헬은 지킴이들을 물리친 스캇의 실력이 궁금하기도 했고 자신을 뒤로 물러나게 만들었던 그 능력이 궁금했다.

"실력이란 말이지. 좋아."

스캇은 이를 물었다. 항상 자신의 삶은 모험의 연속이었다. 패배를 겪고 좀 더 강해졌다고 생각하면 어김없이 더욱 강한 상대가 자신의 앞을 가로막았다.

그는 이것이 자신에게 내려지는 운명이라면 여태껏 그것들을 이겨내고 살아온 자신이야말로 진짜 운명이라고 생각하기로 했다.

너무나도 많은 고난들이 그를 짓눌렀지만 어쨌거나 스캇은 지금 이 자리에 당당하게 서 있다. 자신의 존재가 스스로에게 승리의 확신을 주고 있었다. 스캇이 마음 가운데 확신을 가지자 주위에 있는 묵빛의 안개들이 소용돌이를 일으키며 흩어지기 시작했다.

'두 번째 문을 열자.'

스캇의 표정을 바라본 메라리투 라헬 역시 그의 의중을 알아챘는지 전신에서 살기를 내뿜기 시작했다. 그의 등에서 수많은 줄기가 반 호를 그리며 뻗어져 나왔고, 그것은 곧 거대한 공작의 모습과도 같았다. 그리고 그 줄기 사이사이로 수많은 색들의 꽃과 잎들이 피어나기 시작했다.

메라리투 라헬은 자신이 사용할 수 있는 최고의 능력을 준비했다. 그는 손바닥을 뻗으며 말했다.

"원한다면 시작해도 좋다."

그는 더 이상 상대를 깔보지 않았다. 스캇이 가지고 있는 기백과 그 뜻을 인정했고, 또한 그만한 능력이 있다는 사실도 알고 있었다. 자신과 대화를 하는 내내 그는 어렵지 않게 공중에 떠 있었다. 보통 인간이 할 수 있는 것은 아니다.

"북방신 현무. 이문(二門). 개문(開門)."

마침내 스캇의 입에서 나올 것이 나오고야 말았다. 이번엔 현무가 나선 것이 아닌 스캇 스스로의 의지였다. 스캇의 전신을 두르고 있던 묵빛의 안개들이 더욱 짙은 빛을 발하기 시작했다.

그의 건틀렛은 마치 살아 있는 진흙덩어리처럼 꿈틀거리며 그의 팔을 타고 올라갔다. 스캇은 제정신을 유지하고 있기도 힘들었다.

신급의 마물이 아닌 진짜 신(神)이다. 그런 신의 능력을 자신의 몸으로 받아들이는 것은 상상할 수 없을 정도로 위험한 일이었다.

"아아아아아아."

스캇의 몸이 스스로의 통제를 따르지 않고 있었다. 현무가 그를 잠식하려고 했기 때문에 벌어진 일이 아니었다. 그의 몸이 그만한 힘을 감당하지 못하는 것이다. 스캇의 정신은 휘몰아치는 폭풍 속에서 자신의 몸을 잃은 채 방황하고 있었다.

'이것은 능력이라기보단 폭주에 가깝군.'

메라리투 라헬은 섣불리 나서지 않고 사태를 지켜봤다. 상대가 무리한 수를 쓴 것은 알고 있었다. 하지만 이 상태라면 자신은 물론 숲 전체에 악영향을 끼칠 수 있었다. 이대로 스캇이 폭주를 하게 된다면 그 영향력으로 숲이 위험에 빠지게 될 것이다.

그런 그들의 사이로 한 신형이 뛰어들었다. 담쟁이덩굴을 온몸에 두르고 있는 흰색의 표범!

그녀가 메라리투 라헬의 몸을 타고 스캇을 향해 뛰어오르기 시작했다.

"왜 내 눈앞에 나타난 거냐, 그것도 이런 시점에서."

메라리투 라헬은 그녀의 존재를 느끼고 얕은 신음 소리를 내뱉었다. 하지만 표범은 묵묵히 메라리투 라헬의 몸을 타고 올랐다. 그는 그녀의 존재가 조금도 달갑지 않았다.

"네가 개입할 문제가 아니다. 당장 내 눈앞에서 사라져라!"

말뿐인 위협이었지만 그 말을 꺼낸 것이 메라리투 라헬이라면 사정은 좀 다르다. 다른 엔트라헬들이라면 그의 위압 한마디에 고개를 숙이고 움직이는 것조차도 멈췄다. 하지만 그녀는 멈추기는커녕 더욱 빠르게 올라와 결국 메라리투 라헬의 어깨에 도착했다.

"천한 태생. 네가 감히 나의 어깨에 올랐단 말이냐."

그는 말은 험하게 하지만 결국 그녀의 행동을 막진 않고 있었다. 메라리투 라헬은 무력 제압이라면 몰라도 지금과 같은 상황을 해결할 수 있는 능력은 없었다. 하지만 그녀에겐 지금의 스캇을 해결할 수 있는 능력이 있었다.

표범의 몸을 뒤덮고 있던 담쟁이덩굴이 공중으로 뻗어나가기 시작했다. 그것은 스캇의 몸을 향하고 있었다. 애초에 표범의 몸에 붙어 있던 양과는 무관한 엄청난 수의 덩굴이 스캇의 주위를 뒤덮기 시작했다.

"크음……."

메라리투 라헬은 말없이 그녀의 행동을 지켜보고 있었다. 그녀의 몸에서 뻗어 나온 담쟁이덩굴은 그의 어깨에도 단단히 고정되었다. 표범은 그 덩굴을 타고 스캇에게 다가갔다.

그의 주위는 거센 기류와 안개가 섞여 소용돌이를 만들어 내고 있었다. 일반 엔트라헬들은 근처에도 가지도 못할 만큼 엄청난 압력!

하지만 덩굴들은 그 소용돌이에 저항하는 것이 아니라 그 흐름에 따라가며 스캇을 뒤덮고 있었다.

"주인 없는 힘은 있던 곳으로 돌아가."

표범은 어느새 스캇의 바로 앞까지 와 있었다. 그녀는 스캇의 건틀렛에 자신의 머리를 댄 채 의지를 내뱉었다.

"돌아가. 이 숲을 건드린다면 용서하지 않겠어."

소용돌이도, 안개도 그녀의 몸을 덮칠 수 없었다. 구름들의 모양도 스캇을 중심으로 바뀌고 있을 정도로 엄청난 힘이다. 하지만 그녀는 여전히 그 영향력을 무시하고 있었다.

'고작 그런 협박이 먹힐 상대가 아니다.'

메라리투 라헬의 등 뒤로 펼쳐진 줄기들도 그 영향력을 견디지 못하고 세차게 휘날리고 있었다. 하지만 표범은 그 가운데 꼿꼿이 서서 마치 친구에게 하듯 이야기를 하고 있다. 천진난만한 소녀처럼.

"이 숲에 손대지 마!"

스캇의 주위를 떠다니던 덩굴들이 그의 몸에 접촉하기 위해 다가가기 시작했다. 덩굴들은 연처럼 휘날리며 돌풍을 뚫고 스캇의 몸을 휘감았다.

그녀는 스캇의 정신을 통제할 수 없자 스스로 그의 정신과 융합하기 시작했다. 그녀의 능력 중 하나였다.

"돌아가. 돌아가. 돌아가. 돌아가……."

스캇의 목소리가 주위의 기운들을 제압했다. 아니, 정확히 말하자면 스캇의 몸을 빌린 그녀의 목소리였다. 스캇의 입에서 나오는 목소리는 곧 의지를 갖고 사방으로 퍼져 나가던 기운들을 갈무리하기 시작했다.

"나는 네 주인이야. 돌아가!"

메라리투 라헬은 자신의 놀라움을 숨기지 않았다. 그녀는 지금 신격의 존재를 통제하고 있었다. 그녀는 스캇의 정신과 스스로 융합했고, 그로써 스캇을 대신하여 능력을 통제했다.

그의 몸에서 퍼져 나오고 있던 묵빛의 기운들은 그녀로 인해 정리되기 시작했다.

"고마워."

그녀는 그 기운들을 향해 말했다. 그리곤 다시 덩굴을 타고 메라리투 라헬의 어깨로 돌아갔다. 모든 기운이 갈무리 된 스캇의 몸은 어렵게 덩굴에 매달려 있었다.

그리고 그를 잡아먹을 듯 타고 오르던 건틀렛은 어느새 가죽 장갑의 모양으로 돌아가 있었다.

"도와준 것은 고맙다. 하지만 너는 이 숲에 들어올 자격이 없다. 다시 문의 숲 밖으로 나가라."

"내게도 이 숲은 소중해."

그녀는 덩굴과 함께 스캇을 회수해 메라리투 라헬의 어깨에 올려놨다. 그리고 자신은 지면으로 가볍게 뛰어내렸다. 메라리투 라헬은 그녀를 향해 말했다.

"천한 태생. 또다시 이 숲에서 널 만나면 직접 처단하겠다."

"흥."

그녀는 메라리투 라헬의 으름장을 무시한 채 문의 숲 쪽으로 달려갔다.

스캇이 내뿜던 모든 기운들은 정리되었다. 메라리투 라헬이 동녘을 바라보자 어스름이 해가 떠오르고 있었다. 그는 자신의 어깨 위에 쓰러져 있는 스캇을 손바닥 위에 올렸다.

"곤란하군."

메라리투 라헬의 전의가 사라지면서 그의 등 뒤로 퍼져 있던 줄기들도 회수되어 갔다. 그는 천천히 움직이기 시작했다.

"일단 돌아가자."

엔트라헬들은 달의 주기와 함께 변화하며 생활하는 종족이다. 주기의 반은 나무의 모습으로, 또한 다른 반은 인간의 모습으로 살아가고 있었다. 그리고 스캇 같은 외부인이 침입했을 경우 주기와 관계없이 인간형의 모습으로 변해 숲을 지켰다.

그들은 현재 스캇의 침입으로 인해 모두 깨어 있는 상태였다. 지킴이들을 물리치고 수호자와 직접 대결을 하는 그 모습은 엔트라헬들의 더없는 관심거리였다. 그들은 폭력을 싫어했지만 인간은 그보다 더 싫어했다.

하지만 수호자가 직접 나선 전투만큼은 개입할 수 없기에 모두 시종일관 차분한 분위기로 수호자를 기다렸다. 그리고 그들의 예상대로 수호자가 인간을 손에 들고 돌아왔다.

"이 인간을 금제해라. 죽기 직전까지 가뒀다가 문에 넣겠다."

인간형으로 변한 메라리투 라헬은 스캇의 목덜미를 들어 다른 수하에게 넘겼다. 스캇은 호흡을 유지하는 것도 힘들 정도로 약해져 있었다. 다른 엔트라헬들은 한마디 말도 없이 스캇을 받아 들었고, 고개를 숙이며 물러났다.

그들이 수호자에게 갖추는 충성심은 절대적이다. 곧 살아 있는 신과 같은 존재. 자신들의 의견을 수호자 앞에 함부로 꺼내는 일도 없었다.

예정된 때보다 좀 더 빠르게 일어나긴 했지만 헤렘의 달은 평소대로 활기찬 분위기로 돌아갔다. 인간형으로 변한 엔트라헬들은 시를 노래하거나 자연과 교감을 하며 각자의 일상을 보내기 시작했다.

Chapter 22

숲의 구도자, 스캇

스캇이 제정신을 되찾은 것은 메라리투 라헬과의 사건이 있은 후 삼 일 뒤였다. 그동안 그가 정신적으로 겪은 고통들은 말로 표현할 수 없는 것들 뿐이었다. 그는 이번 시도를 통해 무모한 시도가 항상 성공할 수는 없다는 것을 또다시 뼈저리게 느껴야 했다.

"…죽겠군."

그는 벌어지지도 않는 입술을 억지로 움직여 불평을 내뱉었다. 지금 스캇의 몸 상태는 죽기 일보 직전이었다. 제대로 요양을 받아도 회복이 쉽지 않은 상황인데, 지금의 그는 한 거목에 포박되어 있었다.

그가 힘들게 고개를 돌려 자신의 상태를 확인하자 두 팔과 허리 아래는 거목의 둥치 속에 묻혀 있다는 걸 알 수 있었다. 마치 박제처럼 상체만 내민 채 매달려 있는 것이다.

스캇의 예상대로라면 기절해 있던 내내 이 상태였던 것이 확실하다.

"손님을 맞는 접대는 아닌데."

자신이 생각해도 너무 경솔했다. 상대에 대한 정보 없이 무작정 뛰어들어 와 뛰어나지도 않은 말솜씨로 설득을 한다는 것은 무리가 있었다. 어쩌면 스스로의 능력을 지나치게 과신하고 있었는지도 모른다. 노인의 말대로 스캇은 자신도 모르게 능력에만 의지하고 있었다.

고작 이 정도로 세상을 바꿀 생각을 했던가. 그는 씁쓸한 미소를 머금었다. 먹는 것도, 자는 것도, 하다못해 배설에 관한 문제도 일절 해결하지 못했던 몸 상태는 언제 죽어도 이상할 것이 없는 상황이었다.

"왜 죽이지 않았지?"

"우리 종족은 생명을 쉽게 해치지 않소. 그대는 지금 문에 들어간 것이 아니라 내 몸에 갇혀 있지. 이것은 수호자님답지 않게 그분께서 아량을 베푸신 덕이라네."

그의 혼잣말에 대답한 것은 스캇이 달려 있던 거목이었다. 스캇은 흠칫 놀랐지만 바로 평정을 되찾으며 고개를 끄덕였다.

"나 같은 인간 때문에 고생을 하는군. 미안하오."

"역시 다른 침입자와는 다르군. 마음에 드는군. 그대를 풀어주는 것은 힘들겠지만 최대한 배려해 주겠소."

스캇은 이 거목이 다른 엔트라헬들에 비해 착한 심성을 가지고 있다는 것을 느낄 수 있었다. 그리고 이런 궂은일을 하는 것으로 보아 그다지 높은 위치에 있지 않다는 사실도 깨달을 수 있었다.

"오해라오. 수호자님을 제외하면 내가 가장 나이가 많지. 이 헤렘의 달에선 나름대로 존경받는 위치에 있소. 나는 게나 홀라헬이라고 하오, 스캇."

스캇은 미간을 찡그리며 물었다.

"내 생각을 읽을 수 있소?"

"지금 그대의 육체는 나와 연결되어 있으니까. 금제는 여러 가지 기술이 있지. 너무 기분 나빠하지 않았으면 좋겠소."

"아, 괜찮소. 하지만 이래선 다른 생각도 쉽게 하지 못하겠군."

메라리투 라헬이 무슨 생각으로 스캇을 죽이지 않았는지 자신은 알 길이 없었다. 하지만 그는 살아 있다는 사실에 위안을 하며 긍정적으로 생각하기로 했다. 아직은 살아날 기회도, 그들을 설득할 기회도 있는 것이다. 그는 애써 고개를 돌려가며 주위를 둘러봤다.

"궁금한 것이 있다면 알려주지."

"그런가. 수호자는 왜 나를 죽이지 않았소?"

스캇은 상대의 얼굴을 보고 이야기하는 것이 아니라 그런지 질문을 하며 어색함을 느꼈다. 그는 고개를 돌리며 게나홀라헬을 바라보려고 했지만 팔까지 속박되어 있는 터라 이내 포기해야 했다.

"그대의 생명권을 가지고 있는 강자의 배려지. 아니, 죽이고 있는 과정일 수도 있겠군."

"과연. 내가 당신과 이야기를 나누거나 이렇게 당신들의 마을을 둘러볼 수 있는 것도 배려인가?"

헤렘의 달의 내부는 숲이 아닌 공터가 되어 있었다. 그리고 엔트라헬들은 호숫가를 걷거나 두서넛씩 모여 한담을 나누고 있었다. 스캇은 그런 광경들을 편하게 바라볼 수 있었다.

게나홀라헬은 자신의 묵직한 등치를 떨며 이야기했다.

"애송이."

"뭐라?"

스캇이 반문했다. 그 떨림은 마치 웃음처럼 느껴졌다. 스캇은 게나홀라헬의 진의를 알 수 없었지만 기분이 나쁘진 않았다. 수백 년이라는 시간을 살아온 엔트라헬들에게 자신이 애송이로 보이는 것은 당연하다.

"아니, 수호자님께서 그대를 그렇게 부르셨소. 인간들은 하나같이 욕심이 많은 어린아이와 같다고 하셨지. 주어진 인생이나 능력에 비해 너무나도 많은 것들을 꿈꾸고 갈망하는 자들이라고."

"그렇군."

스캇은 고개를 끄덕였다. 다른 이들과의 관계없이 자신들의 영역을 지키며 세월을 보내는 그들다운 생각이다.

"그대는 그중에서도 유독 인간다운 모습을 수호자님께 보여준 자였소. 그대의 꿈과 욕심을 보면서 수호자님이 무슨 생각을 하셨는지는 모르겠소만, 그분은 그런 그대에게 이야기를 해주고 싶으신 거겠지."

"이야기를 한다니?"

"우리 종족은 이런 직접적인 대화들을 좋아하지 않소. 그렇다면 어떻게 대화를 나눌까?"

답변이 아닌 또 다른 질문. 스캇은 곰곰이 생각했다. 그의 눈앞에는 엔트라헬들의 삶이 펼쳐져 있었다. 우리 인간들이 더 적은 수명의 생명들을 바라보며 느끼는 감정은 어떤 것일까.

그 상대적인 시간의 가치가 종족 간의 벽을 만들고 있었다.

"그렇군. 시간의 상대적인 가치라……. 좋은 접근이오."

먼저 스캇의 생각을 읽은 게나홀라헬은 그런 그의 생각을 높게 평가하며 말했다. 그들에게 있어 직접적인 대화라는 것은 일종의 실용적인 도구일 뿐이다. 스캇은 메라리투 라헬과의 대화들을 다시 기억해 냈다. 그는 어린아이와 같은 인간에게 맞장구를 쳐주고 있을 뿐이었다.

생각해 보면 수호자는 질문으로서 스캇의 대답을 기다리고 있던 것이 아니었다. 그는 자신의 행동을 기다리고 있었다.

스캇은 그제야 깨달을 수 있었다. 그가 자신에게 바라는 것.

"당신과 만나게 하는 것. 이렇게 엔트라헬들의 삶을 지켜볼 수 있는 것. 이 모든 상황이야말로 그가 나에게 하는 이야기인가?"

"이제 그대도 알겠지만 수호자님에게 이야기를 하고 싶다면 다른 방법을 선택하는 것이 좋소."

스캇이 했던 말들은 엔트라헬들의 입장에선 아무런 가치가 없는 행동이었다. 그들이 스캇의 대화를 무작정 거부한 것이 아니라 스캇의 접근 방식이 잘못된 것이다.

"무지한 자의 만용이었군."

"이만큼 깨달은 것도 대단하오. 그대는 충분히 영특하오."

게나홀라헬은 거듭 스캇을 칭찬했지만 반대로 스캇은 스스로를 질책하고 있었다.

오크들의 마음을 얻었던 그는 스스로도 모르는 사이 자만심이 생겨 있었다. 그 식견과 언변으로 베른을 제압했던 그는 제대로 된 준비도 없이 무작정 달려들고 있었다. 그는 스스로를 과신하고 있었다.

누군가를 이해하고 알아가는 과정은 능력으로 해결되는

것이 아니다. 대화를 할 수 있고 상대의 마음을 읽을 수 있다고 해서 그들에게 인정받을 수 있는 것도 아니다. 스캇은 가장 기본적인 마음가짐을 놓치고 있었다.

"누구를 위하여 나라가 세워지는 것인가."

"그렇군. 왕이라 했지. 우리를 백성으로 삼기라도 할 생각이오?"

이미 수많은 왕들이 엔트라헬들을 원하고 있었다. 하지만 그들 중 진정 엔트라헬들의 마음을 알아주는 이는 없었다. 친구가 되려 하고 호감을 사려 했지만 어디까지나 자신들의 야욕과 이익을 위해서 움직였을 뿐이다.

게나홀라헬은 왕이라는 존재에 대해 무척이나 부정적인 시선을 가지고 있었다.

"왕이지, 개들의 왕."

스캇이 말했다. 그는 자조적인 미소를 짓고 있었다. 게나홀라헬은 스캇의 생각을 알 수 있었다. 그는 분명 다른 왕들과는 다른 모습이었고, 그만큼이나 다른 생각을 가지고 있었다.

게나홀라헬은 스캇이 전혀 예상하지 못했던 말을 꺼냈다.

"내가 그대를 풀어주면 어떻겠소?"

그 무덤덤한 목소리. 스캇은 자신의 귀를 의심했다. 수호자가 신뢰하는 측근이 지금 수호자의 명령을 배반하려 하는 것인가.

"이해가 되지 않는군."

스캇이 말했다.

"이것이 나의 이야기지. 이것이 내 방식의 금제라오. 내가 그대를 풀어줘도 그대는 이곳을 떠나지 않아. 내 확신하지."

쿵!

게나홀라헬의 몸에서 스캇이 튕겨져 나왔다. 스캇은 고개를 돌려 게나홀라헬을 바라봤다. 그는 수많은 덩굴들이 뭉쳐 있는 형상을 하고 있었다. 메라리투 라헬이 보여줬던 반인반목의 형태였다.

"고맙소."

스캇은 진심을 담아 감사를 표했다. 게나홀라헬은 몸을 부르르 털며 말했다.

"내 선택이 틀린 것이 아니길 빌겠소. 모든 것을 판단하고 행동하는 것은 이제 그대의 자유라오. 그리고 이것이 모두 나의 권한이오."

수천 년의 세월을 살아온 엔트라헬들의 생각은 스캇으로서 도저히 이해할 수 있는 것이 아니었다. 하지만 분명한 것은 그들을 이해할 수 없다면 그들에게 인정받을 수도 없다는 사실이었다.

스캇을 가두고 있던 게나홀라헬은 그와의 몇 마디 대화 후 스캇을 풀어줬다. 그리고 그것이 자신의 금제라 했다.

"내가 만약 도망친다면 어쩔 거요?"

물론 스캇의 순수한 호기심에서 나온 말이다. 게나홀라헬은 진심이라곤 조금도 담겨 있지 않은 그 질문에 무덤덤하게 대답했다.

"그렇다면 내 금제가 잘못된 것이지. 인간이 자신의 꿈이나 목표보다 호기심을 더 중요하게 여긴다는 이야기는 들어본 적도 없소."

인간의 의외성을 모르는 친구로군. 그의 말이 사실이긴 했지만 인간은 엔트라헬보다 수십 배나 더 짧고, 그 때문에 격정적인 삶을 사는 이들이었다. 항상 그들과 같이 현명하고 옳은 판단을 내릴 리 없다. 스캇은 두 종족의 차이를 조금씩 이해하기 시작했다.

하지만 인간은 그 때문에 시간의 소중함을 안다. 잘못된 길이라 하더라도, 현명하지 못한 선택이라 하더라도 불같은 열정과 노력으로 그것들을 극복해 낼 수 있다. 그가 보여줘야 하는 것은 바로 그런 것이 아니었을까.

스캇은 그 자리에서 뒤로 벌렁 누워버렸다. 들풀들이 그의 귓결과 목덜미를 간질였지만 그의 정신은 온통 다른 것에 팔려 있었다. 게나홀라헬은 그를 한참 바라보다가 자리를 떠났다. 호수의 고요와 적막한 달빛만이 오롯하게 그를 감싸주고 있었다.

불청객이 한 명 찾아왔다곤 하지만 헤렘의 달은 그다지 변한 것이 없었다. 엔트라헬들이 인간과 가장 다른 것은 그 지혜나 무력, 겉모습 같은 것들이 아닌 시간의 무게였다.

단순히 수십 배 늘여서 생각할 문제는 아니었다. 그렇다면 스캇이 들이닥친 문제 때문에 한 달 동안 소란이 벌어지고, 일 년 동안 이슈화되어야 하지 않겠는가. 하지만 엔트라헬들은 시간을 다루는 방법이 너무나도 달랐다.

스캇이 그들을 지켜보며 느꼈던 것들을 종합하면 대략 한 가지의 이미지로 정리할 수 있었다. 엔트라헬들은 겉모습 그대로 나무고 숲이다. 나무의 방법으로 시간을 다스리고, 숲의 세월을 가지고 세상을 바라본다.

엄연히 스캇은 금제 중인 몸이었지만 게나홀라헬의 배려로 이렇게 금제 아닌 금제 속에서 편하게 지낼 수 있게 되었고, 그로 인해 엔트라헬들의 생활이나 모습들을 곁에서 지켜볼 수 있게 되었다.

스캇은 자유롭게 돌아다닐 수 있었다. 수많은 엔트라헬들이 각자의 시간을 보내고 있었고, 그 한가운데 스캇이 거하고 있었지만 그들은 신경조차 쓰지 않았다. 이따금 그를 바라보긴 했지만 수호자의 명령과 게나홀라헬의 금제는 유효했다.

하지만 스캇은 불안함을 이겨내기 쉽지 않았다. 그렇게나 배타적인 모습을 보였던 첫 만남에 비해 너무나 평화롭고 고요하지 않은가. 결국 스캇은 수호자에게까지 직접 찾아가 자유를 얻은 자신의 모습을 비춰 보였지만 메라리투 라헬은 그저 나무라도 된 듯 그를 물끄러미 바라볼 뿐이었다.

　게나홀라헬의 선택을 존중한다는 것인지, 아니면 압도적인 실력을 가진 자의 여유인지 알 수 없다. 하지만 마음은 편해졌다. 결국 스캇은 가지고 있던 불안함을 모두 털어버렸다. 그는 느긋하게 엔트라헬들을 관찰하기 시작했다.

　"나무를 이해한다. 숲을 이해한다. 크으……."

　스캇은 호숫가를 따라 걷고 있었다. 이미 엔트라헬들이 기거하는 지역에서 많이 벗어나 있었다. 스캇은 자학이라도 하듯 자신의 관자놀이를 짓눌렀다. 그는 이미 마음에 확신을 내렸다, 이들을 자신의 백성으로 만들겠다고.

　물론 무력으로 제압하는 것이 아니니 이렇게 머리를 굴려야 하는 것이다. 그는 좋은 도움이 되어줄 수 있을 폴든이나 벨을 떠올렸지만 그들은 지금 자신의 곁에 없었다.

　"동료를 모으는 거나 명성을 쌓는 일도 물론 중요하지."

　호숫가에 한 너른 바위에 걸터앉은 스캇은 가방에서 담배를 꺼내 물었다. 불이라면 질색하는 엔트라헬들을 피해 일부러 멀찍이 나온 것도 다 이유가 있었다.

　스캇은 주머니를 뒤지며 라이터를 찾다가 무언가 깨달은 듯 피식 웃었다. 그는 염체를 이용해 오른손 검지에 불을 피워 올렸다. 불꽃은 그의 무지함을 비웃듯 요란하게 떨어댔다.

　자신을 기다리고 있는 이들이 생각났다. 상상도 할 수 없는 크기의 돌덩어리를 상대로 씨름을 하고 있는 수만의 오크들,

매일 밤마다 모여 논쟁과 토론을 벌여대는 학자들, 자신의 꿈과 목표를 믿어준 모든 동료들까지. 지금 스캇은 이러고 있을 시간이 없었다.

"내가 여길 벗어나도 문제될 것은 없다."

그래, 도저히 이해하기 힘든 엔트라헬들에게 언제까지 정신을 놓고 있을 텐가. 그들은 충분히 강하고 자신들을 지킬 수 있었다. 그것보다 자신은 다른 할 일들이 있지 않은가.

"아니, 틀려. 내가 나라를 만드는 건 바로 이런 약자들을 지키기 위함이다. 주객이 전도되었군."

엔트라헬들은 누구보다 오래 살고, 현명한 지혜와 강력한 무력을 가지고 있었다. 하지만 스캇의 눈에는 단지 불쌍한 한 종족으로 보일 뿐이었다. 수많은 나라들의 국경 사이에서 인간들에게 치이며 살아온, 그래서 더 더욱 숲 속으로 숨어들어가는 불쌍한 종족.

"이 숲을 지켜주고 싶다. 하지만 이 땅을 얻기 위해선 치러야 할 대가가 너무 크겠지."

메라리투 라헬이 이 숲을 지켜줄 수 있냐고 물었을 때 당당하게 대답할 수 있었다면 얼마나 좋았을까. 이해받지 못해도 좋다. 그들을 지킬 수만 있다면 상관없었다. 하지만 전쟁이 아니라면, 무력이 아니라면 얻기 힘든 것들이 너무나 많았다. 자신은 너무나도 많은 것을 한꺼번에 바라고 있던 것은 아닐까? 싸움은 싫고 쟁취는 좋다고?

—넌 부족하고 못난 자다. 그런 못난 자의 꿈이라는 건 목
표가 아닌 이상일 뿐이지. 한낱 망상.

　아직 온전히 떨쳐 버리지 못한 패배주의가 스캇의 내면에
서 꿈틀거린다. 스캇은 물고 있던 담배의 필터를 짓이겼다.
예전의 내가 아니다. 자신조차 이기지 못하는 왕이 어찌 천하
를 논할 수 있단 말인가. 그의 두 눈은 호수의 수면을 바라보
고 있었다.

　그곳에는 자신의 또 다른 모습이 남아 있었다. 허세를 부리
고 애써 강한 척했지만 멍청하고 나약한, 무엇보다 패배주의
에 젖어 있는 그, 그는 바로 황운이었다. 황운은 수면 밖의 스
캇을 비웃고 있었다.

　—네가 싸움을, 전쟁을 싫어하는 건 바로 약하기 때문이다.
항상 패배하며 살았던 자신을 바라봐. 네 녀석 주제에 왕이
되겠다고?

　"되겠다고? 아니, 나는 이미 왕이지. 그깟 왕이 뭐 대단한
거라고. 하아!"

　스캇은 한숨과도 같은 웃음을 터뜨렸다. 고개를 들어 별무
리가 가득져 있는 밤하늘을 바라봤다. 저만큼이나 많은 백성
들이 있다. 자신을 왕으로 인정하고 믿어주는 백성들이 있었
다. 자신이 왕이라 불리기 시작한 그 순간부터 왕이란 의미는
그깟 것이 되어버렸다.

　—불과 몇 년 전을 생각해 봐. 첫사랑의 열병으로 삶조차도

포기하고 노숙자가 되었던, 아무 생각 없이 하루를 살았던, 너는 그런 사람이잖아!

"나는 분명 달라졌어. 그런 과거를 꺼내 들먹여야 할 정도로 강해졌어. 일 년은 십 년처럼 흘렀고, 깨달음과 경험은 쇠로 된 정처럼 나의 모난 부분을 깎아냈다. 난 더 이상 그런 것으로 동요하지 않아."

―나를, 네 과거를 부정한다고 해서 사라지진 않아. 넌 평생을 패배하며 살아왔던 녀석일 뿐이야!

"너를 부정한다니, 당치 않아. 나는 스캇이고, 곧 황운이다."

그 말에 많은 무게가 담겨 있진 않았다. 하지만 스캇의 말에 따라 수면이 흔들렸다. 그리고 수면 속의 황운도 흔들렸다. 그 모습이 춤을 추는 것인지, 악을 쓰는 것인지 분간하기 힘들었다. 수면 속에 있는 황운의 머리엔 마치 두 개의 뿔이 달려 있는 듯 보였다.

"그렇군. 그랬어. 내가 이겨내야 할 적이 바로 여기에 있었군. 메라리투 라헬보다, 10용사들보다, 제국보다 먼저 이겨내야 할 적."

무언가 계기가 생긴다고 해서 본질이 순식간에 변하진 않는다. 강한 힘이나 깊은 깨달음을 얻었다 해서 이튿날 아침에 새로운 사람으로서 태어나진 않는다. 스캇은 수많은 인연과 깨달음 속에서 만족하고 안주했던 스스로를 떠올렸다.

"너의 정체는 뭘까. 안일함? 게으름? 패배주의? 혹은 망각? 왕이 되는 꿈을 한 번 꾸고 그것만으로도 세상을 가졌다고 외쳤던 그 풋내기? 밤새워 책을 읽고 철학가들의 말을 빌려가며 웅변가인 척했던 연기자?"

수면 속의 그는 여전히 흔들리고 있었다. 스캇의 머리칼과 깃이 바람에 흔들리기 시작했다. 어느새 스캇의 주위에 꽤나 드센 바람이 불고 있었다. 수면 속의 그는 대답이 없었다. 다만 그 뿔, 뿔이 계속 눈에 들어왔다.

"마치 악마처럼 보이는군. 그렇다면 네 정체 역시 오직 신만이 알겠지. 내가 이겨냈다고 생각해도 넌 끝없이 나를 괴롭히겠지. 또 다른 내가 되어."

두렵다. 그를 인정하자 너무나도 많은 두려움이 찾아왔다. 최근 겁이라곤 내본 적도 없는 스캇이었지만 그 존재감 때문에 등골이 오싹했다. 내가 깨달았다고 생각하는 순간, 자신이 성장했다고 생각하는 순간 그는 이미 스캇의 마음속에 자리 잡고 있었다.

하지만 한편으론 다행이었다. 그는 자신의 가장 큰 적을 발견했다. 어떻게 싸우고, 어떻게 이겨내야 할지 방법을 찾진 못했지만 그는 예전의 황운이 아니다. 부딪치기도 전에 패배하진 않는다.

"나는 스캇이고 황운이지. 나는 너다. 널 부정하지 않겠다. 아니, 하루에도 수백 번씩 머릿속에 각인시키겠다. 맞서 싸우겠다."

완전한 승리란 없었다. 이 깨달음이 지나갔다고 해서 저 뿔 달린 녀석의 구속으로부터 자유를 얻는 것은 아니다. 그 순간 또다시 안일함이 찾아오고 망각이 찾아온다. 그것 역시 저 녀석이 아닌가.

"자, 이제 끝내지. 나는 더 이상 결말을 보기 전에 패배를 논하고 싶지 않다. 그래, 어디 한번 붙어보자."

스캇은 자리에서 일어나 가방을 둘러멨다. 그의 주위에서 휘몰아치던 바람은 잔잔해지기 시작했다. 흔들리던 수면 역시 그 흔들림을 멈춰갔다. 수면 속에서는 여전히 자신이 싸워야 할 숙적이 있었다. 그의 눈빛은 스캇의 눈빛만큼이나 빛나고 있었다.

"풋, 이제 보니 악마가 아니라 송아지처럼 보이는군."

스캇은 애써 상대를 조롱하고 몸을 돌렸다. 그의 머릿속은 확고한 목표와 결단, 의지로 가득 차 있었다. 자신의 약점과 잘못된 부분을 인정하고 앞으로 나아가는 그의 뒷모습에선 예전과 다른 침착함이 묻어나고 있었다.

엔트라헬들이 기거하고 있는 터로 돌아간 스캇은 그전과는 사뭇 다른 모습을 보이기 시작했다. 그래 봤자 그에게 표면적인 관심을 보이는 것은 게나홀라헬 정도였지만, 스캇은 알고 있었다. 메라리투 라헬을 비롯한 많은 엔트라헬들이 자신의 행동 하나하나를 눈여겨보고 있다는 것을.

하지만 그는 자신의 능력을 과신하지 않았다. 그들의 생각을 어렴풋이 알 수 있다고 해서 자신이 원하는 목적을 이룰 순 없었다. 살아온 삶만큼이나 스캇보다 뛰어난 지력을, 무위를 가지고 있는 메라리투 라헬의 마음을 어떻게 움직일 것인가. 진심, 혹 열정만으로는 불가능했다. 아니, 정말 열정다운 열정을 보인 적은 있었던가.

'없다. 그렇다고 인정하자.'

거기에까지 생각이 미친 스캇은 엔트라헬들의 마음을 움직이기 위한 언변이나, 환심을 얻기 위한 노력 대신 다른 방법을 택했다. 그들에게는 없지만 자신에겐 있는 것, 바로 그것이 스캇이 선택한 방법이었다.

"인간이 살아가는 방법은 꽤나 비효율적이고 야만적이군."

스캇의 뒤에서 게나홀라헬의 목소리가 들려왔다. 게나홀라헬의 어투는 조롱이나 비난이 담겨 있진 않았다. 하지만 스캇은 그 말을 들으며 알 수 없는 서늘함을 느꼈다. 이것이 견해의 차이일까?

스캇은 지금 호수 바닥을 휘저으며 물고기를 잡고 있었다.

"종족차라는 거겠지."

게나홀라헬은 스캇의 대답에 고개를 끄덕이며 그의 행동을 지켜봤다. 스캇은 자신의 능력을 사용하지 않은 채 원시적인 사냥을 하고 있었다. 뾰족한 돌칼과 옷을 이용해 만든 어망은 늙은 현자의 관심을 끌기에 충분했다. 평생 천적이라곤 모르고 살았던 둔한 민물고기들은 조악한 견습 어부의 손놀림을 쉽사리 벗어날 수 없었다.

"이 행동이 그대의 이야기인가?"

"그래. 하지만 아직 모르겠지?"

반인반목의 현자는 자신의 덩굴을 흔들며 강한 긍정의 의미를 드러냈다. 마치 도끼라도 맞은 듯 굵게 패인 그의 미간은 한가득 주름이 잡혔다.

"생각해 볼 여지는 있는 것 같군."

오크 도시에서도 그랬고 베른의 학자들을 상대할 때도 마찬가지였지만, 중간 역할을 해줄 수 있는 이가 있다는 것은 스캇의 입장에선 크나큰 행운이었다.

스캇은 자신이 하는 일이 세일즈맨이나 선교사의 모습과 닮아 있다고 생각했다. 그는 다른 왕들의 건국이 어떤 식으로 이루어졌는지 잘 알지 못했지만, 자신의 방법이 평범하지 않다는 것은 알고 있었다. 자신이 원하는 백성을 고르고, 그들의 마음을 얻기 위해 홀로 발로 뛰어다니는 왕.

그런 스캇에게 게나홀라헬은 중요한 열쇠였다. 정복하고 빼앗는 왕에게 수천의 정병이 필요하다면, 자신과 같은 왕이 승리를 얻기 위해선 그와 같은 계기가 필요했다. 스캇은 엔트라헬답지 않은 게나홀라헬의 직접적인 표현들을 통해 많은 것들을 얻고 있었다.

"으랏차!"

스캇은 충분히 잡았다고 생각했는지, 고기가 가득한 어망을 들고 뭍으로 걸어나왔다. 마른땅에 어망을 펼치자 그의 팔뚝만한 민물고기가 사방으로 튀어 올랐다. 조금 늦었지만, 나름대로 생존을 위한 격렬한 몸부림이었다.

"과연, 다른 인간들은 생각도 하지 못할 방법이다."

게나홀라헬이 지적하고 있는 것은 물고기를 잡는 스캇의 행동이 아니었다. 최소한 겉으로는 무관심해 보였던 엔트라헬들이지만, 지금 그의 '방법' 덕분에 모든 시선이 스캇에게 쏠려 있던 것이다.

스캇이 자리를 잡은 물가에는 그가 직접 피워놓은 화톳불이 연기를 피워 올리고 있었다. 스캇의 예상대로라면 불이라곤 수백 년 동안 근접도 하지 못했을 이 천연의 비고에 지금 엄청난 사건이 벌어지고 있는 것이다.

모든 엔트라헬들이 스캇의 행동에 노골적인 반감을 드러내며 지켜보고 있었다.

"장작을 만들기 위해 마른 나무들을 골라 쳐낼 때에도 당신들의 분노가 느껴지더군."

"우리와 나무의 관계를 잘 알고 있는 것이 아니었던가?"

엔트라헬과 나무? 글쎄, 용과 도마뱀일까. 컴퓨터와 계산기? 아니면 정치인과 도둑이라도 되나? 물론 스캇은 머릿속에서 떠오른 말들을 겉으로 드러내진 않았다. 그 대신 씨익 웃으며 멋대로 생각하라는 듯 어깨를 으쓱였다.

"당신과 나는 다른 종족이지. 인간, 그리고 엔트라헬. 우리는 너무나 달라."

스캇은 돌칼로 민물고기의 뼈와 내장을 발라내며 자신의 생각을 내뱉었다. 어느 요리사가 봐도 실소를 금치 못할 어설픈 실력이었지만, 게나홀라헬의 눈에는 그저 생존하기 위한 인간의 거룩하고 진중한 의식으로 보였다.

"다르지. 그걸 굳이 드러내서 어쩌려는 건진 모르겠지만."

스캇은 게나홀라헬이 자신을 꾸짖고 있다고 생각했다. 그의 입장에선 배려였지만 분명 스캇의 행동을 무지에서 나오는 만용이라 생각하고 있을 것이었다.

그는 준비해 둔 꼬챙이에 발라낸 살들을 먹기 좋게 엮어 화톳불 주위에 꽂았다. 검은 연기와 함께 그윽한 향이 사방으로 퍼지기 시작했다. 며칠째 제대로 된 식사를 하지 못했던 스캇은 그 냄새를 깊게 들이마셨다.

"흐으음, 끝내주는군. 게나홀라헬, 학문이란 뭐지?"

고기가 익길 기다리는 스캇의 표정엔 일종의 희열까지 담겨 있었다. 그는 질문을 던져 놓고 자신의 가방을 뒤져 조미료를 꺼냈다. 소금과 후추, 생강 같은 것들은 모두 긴 여행에 빠져선 안 되는 필수품들이다.

스캇은 다른 엔트라헬들의 시선이 따가울 정도로 느껴졌

지만 아랑곳하지 않고 태연하게 자신의 할 일을 했다. 게나홀라헬은 이어 그의 예상보단 빠르고 간결한 대답을 내놨다.

"배우고 익히는 것."

"좋아. 인간 스캇은 엔트라헬—학(學)을 배우고, 엔트라헬인 게나홀라헬은 인간—학(學)을 배우는 거지. 우린 지금 배움의 자세가 필요해."

게나홀라헬은 고개를 끄덕이며 동조했다. 스캇은 노릇노릇해진 고기를 꺼내 조미료를 치기 시작했다. 그 엄숙한 과정 내내 그의 울대가 군침을 삼키는 소리를 냈다. 게나홀라헬은 천 년이 넘어가는 자신의 일생 동안 이만큼 열정적인 인간의 모습을 본 적이 없었다.

"밝혀지지 않은 진실을 찾기 위해선 어떤 방법을 써야 할까?"

"나라면 밝힐 수 있는 다른 진실들을 모아 연역 추리를 하겠소. 이 세상에 밝혀지지 않은 진실이란 없지. 단지 여러 조각으로 나뉘어 있고, 찾는 데 시간이 조금 걸릴 뿐이오."

오만하진 않았지만, 그 자신감이 인간의 것과는 확연하게 달랐다. 스캇은 그들이 가지고 있는 시간의 무게라면 충분히 그럴 수도 있겠다고 납득했다.

스캇은 완성된 요리를 먹기 시작했다. 두 눈을 감고 코를 가까이 가져다 댄 채 쿵쿵거리며 냄새를 맡았고, 입술을 핥으며 긴장감을 고조시켰다. 하나 결코 게걸스럽게 달려들지 않았다. 그는 될 수 있는 한 느리게 식사를 즐겼고, 그것으로서 자신의 행복을 만끽했다.

그 모습은 광합성이나 수분 흡수를 통해 살아가는 게나홀라헬에겐 무척이나 새로운 모습이었다.

"그 밝혀진 진실이 중요해. 우리가 서로를 이해하기 위해선 우선 그 차이를 알고 인정해야 한다. 우리는 너무나 달라. 하지만 그 차이를 숨긴다면 서로를 이해할 수 있을 리 없지."

스캇은 입 주위에 기름을 가득 묻힌 채 열변을 토했다. 정말 열변이라 할 수 있을 정도로 큰 목소리나 격정적인 분위기는 아니었지만, 마디마다 힘이 실려 있었고 뜨거웠다. 그의 이야기는 그런 식으로 다른 이들의 마음을 움직이는 힘이 있었다.

스캇이 다른 꼬챙이를 집어 들자 게나홀라헬은 그의 등 뒤에서 이야기를 시작했다. 그는 자신의 능력을 통해 다른 엔트라헬들 역시 그들의 대화에 귀를 기울이고 있음을 느꼈다.

"그대의 말이 맞소. 우리는 인간이라는 존재를 잘 안다고 생각했지. 하지만 그것은 겉으로 드러나는 모습들뿐이었소. 그것만으로는 그들이 가지고 있는 '결과'들에 대한 설명이 되지 않았소. 우리는 항상 인간들을 '비논리적인 존재'로 생각하고 있을 뿐이었소."

스캇은 식사를 계속하며 그의 이야기에 집중했다. 게나홀라헬은 존경을 받는 위치에 있었고, 그 위치에 적합한 식견을 가지고 있었다. 인간의 방식으로 인간과 대화하는 것, 그것만으로도 인간에 대한 그의 관심을 충분히 느낄 수 있었다.

게나홀라헬은 최소한 다른 엔트라헬들과는 달리 인간에 대한 관심과 열망을 가지고 있던 것이다.

"바로 그거야. 내가 보여줄 수 있는 건 '인간다움'이지. 차이는 분명히 있어. 우린 그걸 서로 찾아내고 인정하는 거야. 그것이 바로 이해라고."

이 단순하고 명료한 논리는 차원 이민자인 스캇이 처음 이 세계에 적응하면서 느끼고 배웠던 것이다. 스스로가 직접 몸으로서 실감했던 내용이었다. 그 당시에는 무척이나 고통스럽고 힘들었던 경험이지만 지금의 스캇에겐 더할 나위 없는 소중한 깨달음이었다.

"정말 새롭군. 그대의 이야기는 나에게 많은 관심과 기대감을 가지게 하오. 다음에는 어떤 '인간다움'을 보여줄 생각이지?"

표현의 차이는 있었지만 스캇은 그의 말을 들으며 '놀라워!'나 '멋지다!'의 뉘앙스를 느꼈다. 엔트라헬들의 감정은 그들의 목소리만큼이나 무미건조했지만 그건 자신의 오해라는 것을 알 수 있었다. 본질과 겉모습이 다른 일은 어디에서나 쉽게 볼 수 있다.

이들은 인간다운 경험을 할 기회도, 필요도 없는 고요의 종족. 하지만 분노도 가지고 있었고 뜨거운 학구열도 가지고 있었다. 다만 인간이 그런 부분에 있어선 더 우위에 있을 뿐이었다. 기쁨을 표현하거나, 눈물을 흘리거나, 환호성을 질러대는 것 모두 인간이 우위였다.

스캇은 처음으로 엔트라헬을 상대로 우월감을 느꼈다. 지금 만찬을 즐기는 자신의 행복을 그들이 얼마나 이해할 수 있을까. 그는 큰 소리로 자랑하고 싶었다. 스캇은 대신 여유있어 보이는 미소를 지으며 대답했다.

"엔트라헬에게 '엔돌핀'과 '아드레날린'이 있는지 궁금해졌다."

"그게 뭐지?"

게나홀라헬의 질문이 바로 이어졌다. 하지만 그의 질문만이 아니었다. 모든 엔트라헬들이 같은 의문을 내뿜고 있었다. 이제야 한 가닥의 실마리를 잡은 스캇은 그들의 마음을 얻을 수 있을 것이라는 확신이 생기기 시작했다. 모든 엔트라헬들의 관심이 자신에게 쏠려 있었다.

스캇은 다시 식사를 이어갔다. 방금 전보다도 훨씬 행복하고 즐거운 모습이었다. 그는 승리감과 포만감을 함께 만끽하며 깊은 미소를 지었다. 그리고 게나홀라헬은 대답하지 않는 왕의 뒤를 바라보며 혼잣말처럼 같은 말을 반복했다.

"그게 뭐지?"

Chapter 23

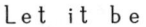

Let it be

혜렘의 달은 늦은 밤에도 그다지 어둡지 않았다. 밤하늘에서 별무리가 내뿜는 빛의 양은 다른 곳과는 비교할 수도 없이 환했다. 그리고 호수에서 반사되는 별빛 역시 숲 전체를 은은하게 뒤덮고 있었다.

습기 가득한 숲 특유의 안개가 밤바람에 걷히자 너른 공터 한편에 모여 있는 엔트라헬들의 모습이 드러났다.

"당신들의 시를 엿들었지. 그리고 느꼈다. 엔트라헬의 문학성이라는 것은 내 식견으로 감히 판단하기 어려울 정도로 훌륭하더군."

둥글게 모인 그 무리의 중심에는 스캇이 있었다. 식사를 마치고 뒷정리를 끝낸 스캇은 그 자리에서 게나홀라헬과의 대화를 계속 이어나갔었다. 그들의 대화를 좀 더 가까이에서 듣고 싶었던 젊은 엔트라헬들이 하나둘씩 용기를 내어 곁으로 다가오고 지금과 같은 무리를 만든 것이다.

스캇은 능력을 이용해 그들의 마음을 끌어당기기 시작했다. 다수를 상대로 이야기를 하는 것은 그의 특기였다. 게나홀라헬에게 이야기를 하던 스캇은 자연스럽게 그들을 대상으로 이야기를 이어나갔다. 하지만 뭔가 계산을 염두에 두고 하는 것은 아니었다. 그저 소탈하게 자신의 생각을 하나씩 꺼내 나갔다.

"하지만 당신들은 감정을 다루는 방법에 익숙지 않더군. 아, 이건 엔트라헬을 폄하하는 것이 아니라, 종족의 차이에 대해서 이야기를 하는 거야. 내 이야기를 계속 들어온 이들은 알겠지만 이 부분에 대해선 차이가 확실하지."

스캇의 주위에 모인 이들은 대부분 게나홀라헬과 같은 적극적인 무리들이었다. 그들은 엔트라헬 중 일부일 뿐이고, 아직 많은 이들은 스캇의 곁으로 오지 않고 있었다.

그는 그들의 마음을 좀 더 끌고 싶었다.

"게나홀라헬, 엔트라헬들에게 음악은 무슨 뜻을 가지고 있지?"

게나홀라헬은 그의 곁에 뿌리를 내리고 앉아 있었고, 스캇은 그 둥치에 기대어 있었다. 그 모습은 무척이나 친근해 보였고 금제를 당하고 있는 침입자와 감시자의 관계로는 보이지 않았다.

스캇이 질문을 던지며 고개를 비스듬히 꺾어 들자 게나홀라헬은 덩굴로 그의 머리를 쓰다듬었다.

"소리로 이루어진 예술. 그 뜻은 인간과 같지. 다만 우리는 인간과 같은 성대를 가지지 못했소. 우리의 대화는 정신적인 측면의 교감에 가깝지. 그래서인지 인간과 같은 수준의 발달은 되지 못했소."

"그 대화 방식이 지나치게 실용적이기 때문이다. 굳이 감정을 내세울 필요도 없고, 그것에 동요될 필요도 없는 실용적인 두뇌가 있기 때문이지. 당신들에게 주어진 시간 역시 지나치게 실용적이라고."

그들은 '실용적'이라는 단어 사이에 내포된 부정적 의미를 느끼고 있을까. 스캇은 헛기침을 하며 목을 가다듬었다. 노래를 썩 잘하는 편이라곤 할 수 없었지만 학생 시절 통기타와 팝송에 빠져 있던 그였다. 사실 공부를 일찌감치 등졌던 그에게 음악은 몇 안 되는 낙이었다.

"내가 방금 당신에게 음악의 뜻을 물어봤지? 사실 인간에게 음악의 뜻 같은 건 없다."

스캇은 반쯤 기대고 있던 허리를 더욱 끌어내리며 게나홀라헬의 둥치에 팔베개를 하고 누웠다. 그의 눈동자에 은빛의 밤하늘이 가득 담겼다.

"누구는 음악을 사랑이라 하고, 누구는 음악을 지독한 마약이라 부르지. 어린 시절, 내게 음악은 자유였다. 탈출구였어. 내가 있던 곳에선 모든 인간들이 그렇게 음악에 울고 웃었다. 지금 나는 음악을 다른 뜻으로 쓰고자 해."

겉으로 드러내진 않았지만 퍽이나 긴장되는 일이었다. 학생 시절에 음악에 빠져 있을 때도 누구 앞에서 노래를 불러본 적이 없는 그였다. 그래서 더 더욱 바른 자세로 설 수 없었다. 학예회 발표하듯 굳은 표정을 하고 부르는 것보다 이렇게 누워 있는 쪽이 더 좋았다.

듣는 이에게나, 자신에게나.

"자, 오늘, 음악은 내 이야기가 되겠지. 들어보겠나?"

고요가, 정적이 주위를 뒤덮었다. 엔트라헬들은 숨을 멈추듯 모든 생각을 멈춘 채 귀를 기울였고 스캇은 약간 떨리는 목소리로 노래를 시작했다. 자리에 누워 밤하늘을 바라보는 모습 그대로였다.

When I find myself in times of trouble, Mother Mary comes to me. Speaking words of wisdom, Let it be…….

어린 시절, 뜻도 모른 채 한글 발음을 밤새 연습장에 옮겨 적으며 외웠던 비틀즈의 불후의 명곡, 'Let it be'가 그의 입에서 흘러나왔다. 썩 좋은 발음이라곤 할 수 없었지만 그들이 영어를 모른다는 사실에 스캇은 마음을 놓고 편히 노래를 부를 수 있었다.

'그냥 놔둬라. 순리에 맡겨라' 라는 그 가사의 본뜻이 더욱 스캇의 마음을 편하게 했고, 깊고 고요한 밤 속, 스캇의 허스키한 목소리가 진리를 노래하고 있었다. 지혜를 노래하고 있었다. 아름다운 운율은 애쓰고 노력하는 목소리보다 나직하게 내뱉는 흥얼거림에서 나오는 경우가 많다.

전문적으로 노래를 배우지 못한 스캇 같은 사람에겐 더 더욱 그랬다. 그런 의미에서 스캇의 선곡은 탁월했다고 할 수 있었다.

그는 노래를 부르며 자신의 학생 시절이 떠올랐다. 자율 학습 시간에 영어 공부를 핑계 삼아 마음껏 가사를 외우고 밤새 방문을 잠그고 이불을 뒤집어쓴 채 기타를 두들기던 못난 외톨이. 게임에 미쳐 있던 시절에도 항상 자신의 삶을 위로해 주던 그 노래가 지금 이계의 밤하늘에 울려 퍼지고 있었다.

'비틀즈, 당신들은 성공한 거야. 지금 당신들 노래가 차원을 넘었다네.'

스캇은 노래를 부르며 많은 의미가 담긴 미소를 지었다. 엔트라헬들은 말없이 그의 노래를 듣고 있었지만 스캇은 그들이 자신의 노래를 어떻게 생각하고 있는지 신경 쓰지 않았다.

단지 노래에 담긴 뜻 그대로, 순리에 맡기며 노래를 흥얼거릴 뿐.

And when the night is cloudy, There is still a light that shines on me. Shine on until tomorrow, Let it be……

구름 덮인 밤일지라도, 여전히 나를 밝혀줄 등불은 있어요. 다음날 해가 떠오를 때까지. 그러니 순리에 맡깁시다.

그래요. 그냥 놔두자구요. 스캇의 마른 입술에선 가사의 의미를 그대로 담은 노랫소리가 흘러나왔다.

Let it be, Let it be… Let it be, Let it be……

콧노래에 가까운 그 흥얼거림이 지난 삶을 위로하고, 지친 이를 치유하고 있었다. 엔트라헬들은 스캇의 노랫소리에 깊이 빠져들었다. 처음 그의 이야기를 듣던 무리들은 십여 명에 지나지 않았으나 노래가 시작되자 헤렘의 달에 머무는 모든 엔트라헬들이 몰려들기 시작했다.

그가 흥얼거리는 노래 자체도 그들의 수천 년의 삶 중 겪어보지 못한 충격이었지만, 지금 스캇의 능력은 노래의 의미를 그들의 정신 깊숙한 곳까지 전달하고 있었다. 물론 자신의 노래에 빠져 있던 스캇은 의도는커녕 다른 어떤 것도 생각할 겨를이 없었다.

마치 숨을 쉬듯 익숙해진 그의 능력이 스캇의 막연하고 깊은 마음에 동조해 엔트라헬들의 마음을 움직이게 된 것이다.

그의 능력은 마치 안개처럼 숲 곳곳으로 퍼져 나가 엔트라헬들의 가슴을 흔들어댔다.

중학생이었던 황운이 처음 라디오에서 'Let it be'를 들었을 때 그 감동, 엔트라헬들은 그보다 훨씬 더 강렬한 충격을 받고 있었다. 그냥 순리에 맡깁시다. 바깥 세상에서 찾아온 철부지 꼬마 아이가 늙은 고목들의 마음을 두들기고 있었다. 그냥 순리에 맡기자구요.

스캇이 기대고 있던 게나홀라헬은 자신도 모르게 몸을 흔들고 있었다. 별빛 아래에서 음악에 맞춰 하늘거리는 거대한 덩굴의 모습은 언뜻 보면 무척이나 기괴해 보였다. 하지만 누구보다 스캇과 가까운 곳에서 그와의 교감을 나눴던 게나홀라헬이기에 당연한 행동인지도 몰랐다.

반인반목의 모습을 하고 있는 이들도, 완전한 나무의 모습을 하고 있는 이들도 있었다. 그리고 인간의 형태로 남아 있는 이들도 있었다. 그들은 누가 먼저랄 것도 없이 어깨를 흔들며 스캇을 따라 노래를 흥얼거리기 시작했다. 숲 전체가 하나가 되어 노래하고 있었다.

애초에 몇 개의 레퍼토리를 준비했던 스캇이었지만 더 이상 다른 곡을 부를 필요는 없을 듯했다. 오늘 이 순수하고 연약한 종족은 수천 년의 세월 동안 쌓인 종족의 한을 이 노래에 풀 것이다. 스캇은 여전히 밤하늘을 올려다본 채 누워 있었지만 그들의 목소리를, 영혼을 들을 수 있었다. 그들의 한을 들을 수 있었다.

'확신하지만……'

스캇은 몸을 옆으로 돌려 엔트라헬들을 바라봤다. 마치 울음과도 같은 그들의 흥얼거림은 스캇의 노래와 관계없이 계속 이어졌다. 수많은 나무들이 노래에 맞춰 좌우로 흔들리고 있었고, 인간의 모습을 한 엔트라헬들 역시 서로 손을 잡거나 어깨동무를 한 채 몸을 흔들고 있었다. 모든 엔트라헬들이 어린아이처럼 하나가 되어 노래를 부르고 있었다.

스캇의 눈시울이 붉게 물들었다. 숨이 가빠지고 괜히 헛바람만 나왔다. 그는 격앙된 표정으로 웃음을 터뜨렸다.

"아… 하하, 하하하……."

스캇은 엄지손가락으로 눈가를 닦았다. 하지만 이미 쏟아져 내리기 시작한 눈물은 그의 손가락을 타고 팔꿈치로 흘러내렸다. 확신하지만, 입 밖으로 내뱉을 수 없는 말, 그 말이 자신의 가슴속을 두들기고 있었다.

스캇은 두 눈에서 흘러내리는 뜨거운 흐름을 감추지 않은 채 자리에서 일어났다. 그는 두 손을 하늘로 펼쳤다.

천재 피아니스트처럼, 전쟁 속의 구도자처럼, 만왕의 왕처럼!

'난 당신들을 사랑해!'

오오, 백성이여. 내 백성이여! 사랑하오. 그대들을 사랑하오! 그 여리디여린 나약함에서 안쓰러움을 느꼈고, 낯선 자를 피하는 그 모습에서 그대들의 두려움을 알았지. 지금은 노래 한가락에 그 한을 쏟아내는 그대들의 모습에서 참을 수 없는 사랑을 느낀다오.

"아아……."

스캇이 신음성을 터뜨리며 손을 뻗던 그때, 대지가 젖어가기 시작했다. 엔트라헬들의 머리 위에 이슬이 맺혔다. 예정에 없던 비가 내리고 있었다. 스캇의 능력인지도 몰랐지만 그 누구도 신경을 쓰거나 관심 두는 이가 없었다. 그렇다. 전혀 중요하지 않은 문제였다.

스캇은 두 눈을 감은 채 고개를 하늘로 쳐들고 있었다. 좌우로 펼쳐든 그의 손바닥 위로 금세 빗물이 고이고, 떨어졌다. 세차게 내리는 비는 노래를 부르고 있는 엔트라헬들의 몸을 타고 흘러내렸다.

그것은 스스로 울 수 없는 그들의 눈물이었다. 오늘, 하늘은 그들이 눈물을 흘리는 것을 허락했다. 하지만 역시 그런 것은 중요하지 않았다. 스캇은, 엔트라헬들은 그저 몸을 흔들며 노래를 불렀다. 밤이 새고, 아침 해가 밝아오도록 그들은 노래를 불렀다. 그들의 한을 풀어내었다.

Let it be, Let it be… Let it be, Let it be…….
순리에 맡기세요. 그냥 그대로 흘러가도록.

Chapter 24

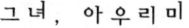

그녀, 아우리미

　놀랍게도 노래는 멈추지 않았다. 다음날이 돼도, 그 다음날이 돼도 마찬가지였다. 항상 같은 이들이, 모든 이들이 노래를 부르는 것은 아니었다. 하지만 귀를 기울이면 분명 어딘가에서 노랫소리가 들려왔다. 스캇은 그 사실로 인해 자신의 노래가 이 종족에게 얼마나 많은 영향을 끼쳤는지 알 수 있었다.

　그들의 답답한 마음과 엉키고 쌓인 한을 풀어준 첫 계기가 된 것인지도 모른다. 스캇은 정말 다행이라고 생각했다. 자신의 이익과 관계없이 그들의 아픔을 이해하고 달랠 수 있다는 사실이 스스로를 기쁘게 했다.

엔트라헬들은 스캇에게 더욱 적극적인 관심을 보이기 시작했다. 그들은 직접 말을 거는 것이 아니라 그의 주위를 배회하거나 곁에서 나무처럼 서 있는 것을 즐겼다. 스캇은 게나 홀라헬의 설명을 듣고 나서야 그런 행동들이 관심의 표현이라는 것을 납득할 수 있었다.

이따금 엔트라헬들은 스캇의 노래를 원했다. 다른 새로운 곡을 바라는 것이 아닌 오리지널의 목소리를 듣고 싶은 마음에서였다. 물론 원곡은 훨씬 아름다운 목소리와 완성도를 가지고 있었지만 그들의 입장에선 스캇의 목소리가 곧 오리지널이었으니까. 그들은 스캇이 오랫동안 머무르길 원하고 있었다.

메라리투 라헬 역시 그에게 무척이나 깊은 감명을 받은 듯했다. 스캇은 사뭇 달라진 그의 온화함을 온몸으로 느낄 수 있었다. 화톳불을 피울 때만 해도 극도의 거부 반응을 보이던 수호자였다. 음악이라는 기적으로 가장 큰 행운을 얻은 것은 어찌 보면 다름 아닌 스캇 본인이었다.

스캇은 아직 알려주고 싶은 것이 많았다. 그 어떤 이해관계나 공통점도 보이지 않던 두 종족이었지만 한 가지 계기를 찾아낸 그의 머릿속에는 봇물이 터지듯 끝없는 아이디어들이 쏟아져 나왔다. 그것은 스캇의 총명함 때문이 아니었다. 진심과 열정을 인정받을 수 있는 상황이 그에게 더욱 큰 용기를 준 것이리라.

하지만 비는 그치지 않고 계속 내렸고, 마찬가지로 노래도 끊이지 않았다. 스캇은 게나홀라헬이 직접 만들어준 덩굴 아래 자리를 잡고선 그들의 모습을 바라보며 말없이 하루하루를 보냈다.

몇 번의 밤과 낮이 지났다. 모든 아픔을 씻겨 내릴 때까지 그치지 않고 내릴 것만 같던 비가 멎었다. 그리고 한 손님이 찾아왔다. 먼 곳에서 스캇을 찾아온 귀한 손님이었다.

"손님이 왔다는데."

게나홀라헬은 덩굴로 스캇의 이마를 쓰다듬으며 말했다. 그늘 아래 누워 있던 스캇은 그의 말을 듣고 몸을 일으켰다. 안 그래도 슬슬 움직여야겠다고 생각한 참이었는데, 의외의 일이었다.

이 헤렘의 달에 찾아왔다고? 날 보기 위해?

"수호자의 곁에 있군."

스캇이 잠시 눈을 감고 정신을 집중하자 그 손님의 존재가 느껴졌다. 무척이나 독특하고 이질적인 느낌이었다. 하지만 그녀는 엔트라헬들과 비슷한 느낌을 풍기고 있었다.

"그녀는… 음, 직접 가서 보는 것이 낫겠군."

게나홀라헬은 서두르지 않고 자신의 말을 정정했다. 그는 둥치 윗부분을 까닥거리며 물기를 털어냈다.

스캇은 자리에서 일어나 기지개를 켰다. 온몸의 뼈가 두득 거리는 소리를 냈다. 그다지 고통스러울 것도 없을 것인데,

그는 잔뜩 인상을 쓰며 신음을 내뱉었다.

"끄으… 다녀오지."

스캇은 풍체(風體)의 속보(速步)를 이용해 몸을 공중으로 날렸다. 그의 몸은 마치 수면 위로 물수제비가 뜨듯 헤렘의 달의 상공을 부유했다. 이미 인간의 기준으로는 충분히 괴물 같은 힘이었다.

'노노미야가 보면 입을 다물질 못하겠는데.'

그의 능력을 가장 부러워하던 것은 다름 아닌 노노미야였다. 아무리 육체의 힘을 극한까지 끌어올려도 스캇처럼 몸에서 바람이나 불을 일으킬 순 없었다.

기술이나 밸런스는 그녀가 훨씬 뛰어났지만 어디까지나 순수한 육체의 힘, 자신의 능력을 부러워하는 것은 무인으로서 당연한 일이라고 생각했다.

오랜만에 그리운 얼굴들이 떠올랐지만 회상할 겨를도 없었다. 순식간에 메라리투 라헬의 곁에 도착한 스캇은 그를 향해 고개를 숙이며 예를 표했다. 그는 인간의 모습을 하곤 한 여자와 함께 스캇을 기다리고 있었다.

그 여자가 바로 게나홀라헬이 말했던 손님일 터였다.

"게나홀라헬의 이야기를 듣고 왔습니다만."

"이제 당사자들이 왔으니 나는 물러나야겠군. 될 수 있는 한 빨리 이야기를 끝내라. 둘 다 이곳에서는 불청객이니까."

메라리투 라헬은 몸을 돌려 다른 곳으로 걸어가기 시작했다. 스캇은 메라리투 라헬의 언짢은 표정을 바라보며 그와 이 여자가 어떤 관계가 있는지 궁금해지기 시작했다. 스캇이 고개를 돌려 그녀를 바라보자 그녀는 정중하게 허리를 숙이며 자신을 소개했다.

"처음 뵙겠습니다. 아우리미라고 합니다."

"내가 스캇이오. 무슨 용무로 이런 곳까지 날 찾아오셨는지?"

이곳에 왔다는 사실만으로도 보통 인간은 아니라는 전제가 붙겠지만, 스캇은 그녀의 겉모습들을 통해 그 사실을 더욱 실감할 수 있었다. 아우리미의 머릿결은 투명한 느낌의 초록빛을 내뿜고 있었고, 느낌으로만 따지자면 몸 전체가 마찬가지였다.

그녀는 흘러내릴 것만 같은 아슬아슬한 천의 옷가슴 부분을 붙잡고 고개를 들었다. 백색의 천은 군데군데 드러난 나신을 온전히 가리지 못하고 있었다. 마치 그리스 신화에 나오는 여신과도 같은 모습이었다.

스캇은 새삼 그런 차림으로 이곳까지 온 그녀의 정체가 궁금해졌다. 그리고 그런 기대에 부응이라도 하듯 그녀가 이야기를 시작했다.

"전 인간이 아닌 일개 영체입니다. 설명하면 복잡하지만 어떤 분을 모시고 있지요. 그분께선 스캇님께 많은 관심을 가지고 계시고 스캇님께서 하시는 일을 돕길 원하신답니다. 조력자로서요."

아우리미는 자신의 손을 들어 허공을 휘저었다. 그녀의 손이 지나간 자리에는 옅은 잔상이 남았고, 그녀는 반투명해진 자신의 손을 스캇에게 보여주며 방금 했던 이야기를 뒷받침했다.

"그래서 홀로 이곳까지 올 수 있었군. 그런데 아우리미님이 모시고 있는 분은 내가 아는 사람이오?"

스캇은 조력자라는 말을 듣자 일전에 카라포엔과 노노미야에게 들었던 이야기가 떠올랐다. 자신이 오크 도시에서 기절을 했을 때 찾아왔던 영체에 관한 이야기.

그의 예상이 맞는다면 그 조력자는 자신을 잘 알지만 정작 스캇 본인은 전혀 모르는 사람일 것이다.

"자세히 설명해 드리진 못하겠군요. 주인님께서는 자신을 밝히길 꺼리시니까요. 제가 찾아온 건 다른 이유 때문입니다."

"잠깐, 혹시 이전에 날 도와준 적이 있지 않소?"

스캇은 애써 다급한 마음을 가라앉히고 더욱 공손하게 물었다. 자신이 이 차원에 도착했던 날 이후로 풀리지 않았던 여러 의문들이 마치 톱니바퀴처럼 이어져 있었다. 그리고 자신의 예상이 맞는다면 지금 눈앞에 있는 이 여자야말로 그 조각난 톱니바퀴들을 이어줄 수 있을 것이다.

아우리미는 고개를 조용히 저었다. 하지만 스캇이 실망한 기색을 얼굴에 띠우기도 전에 그녀의 말이 이어졌다.

"알려 드릴 수 없지만 연관이 없진 않습니다. 제가 했던 일들 중 스캇님께 영향을 끼쳤던 것들도 있었겠지요."

직접 이야기해 줄 생각은 없는 것인가. 아우리미는 공손하게 말을 돌리며 대답을 회피하고 있었다. 스캇은 그것을 대답이라 확신하고 자신의 몇몇 가정들을 확신으로 끼워 맞추기 시작했다. 그녀가 지금 자신의 눈앞에 나타났다는 것은 여간 놀라운 일이 아니었다.

"그래, 그렇다면 이제 이유를 들어볼까요. 말을 막아서 미안하오."

"별말씀을요. 아시다시피 주인님께선 스캇님을 돕길 원합니다. 하지만 겉으로 드러내길 싫어하시고, 또 여태껏 그래 오셨지요. 스캇님이 그런 노골적인 조력을 달가워하실 분이 아니라는 것을 알고 계셨으니까요."

아우리미는 잠시 말을 멈추고 자신의 머리카락을 쓸어 넘겼다. 스캇의 예상대로 아우리미와 그녀의 주인은 자신을 예전부터 지켜보고 있었고, 알게 모르게 자신에게 영향을 끼쳐왔다. 이유도 모를 조력을 그 자신이 용납할 리 없었을 것은 확실하다.

그녀는 스캇의 반응을 조심스럽게 살피며 다시 말을 시작했다.

"더불어 주인님께선 스캇님을 도와드리기 힘든 위치에 있어요. 사회적 명망이나 자리가 말이죠. 하지만 본인이 직접 그 힘든 일을 하시길 원했고, 해야만 했어요. 사실 제가 이런 이야기를 하는 것도 그분께선 바라지 않으실 거예요."

일체의 감정도 드러나지 않고, 조금도 군더더기없던 그녀의 목소리에서 일말의 동요가 느껴졌다. 그런 주인을 곁에서 지켜봐 온 안타까움일까?

스캇은 입을 굳게 다문 채 그녀의 말을 경청했다.

"제가 너무 주제에서 벗어났군요. 주인님께선 스캇님을 도울 수 있는 분을 보내 드리기로 결정하셨어요. 지금 스캇님께 딱 필요한 분이라고 생각하셨지요."

"나를 도울 수 있는 사람이라……."

그렇지. 나는 도움이 필요한 사람이지. 스캇은 씁쓸하게 웃었다. 조력자라는 이가 자신의 일거수일투족을 살펴봤다면 비웃고 있을지도 몰랐다. 혹은 동정이라도 하고 있는 거겠지. 항상 어디를 가나 부딪치고, 무너지고, 주저앉았던 자신의 지난 모습들을 떠올렸다.

"좋소. 어떤 도움을 줄 수 있는지 모르지만, 난 참 많은 도움이 필요한 것이 사실이니까."

하지만 자신을 깎아내리진 않았다. 조금 다른 방식으로 걸어왔지만 스스로가 걸어온 길은 분명 올바른 길이었다. 그런 확신을 가지고 있는 스캇의 자존심이 상처를 입을 일은 없었다.

"제국의 용사를 상대할 수 있을 만한 강한 무위를 가지고 있는 분입니다. 동료를 찾는다면 적합하겠지요."

"나란 녀석에게 비밀이란 없는 건가? 나의 행동을 매일 보고하는 조간 신문이라도 만들어지고 있는 것 같군."

하긴, 일국의 왕이라고 치면 비교적 매스컴으로부터 자유로운 편이지. 스캇이 애써 낙관하자, 아우리미는 고개를 저었다.

"불편하게 해드릴 생각은 없었어요. 하지만 만약 오해를 하고 계시다면 그것도 곧 풀리리라 생각됩니다."

"좋소. 그렇다면 그전까진 잔뜩 오해해야겠군."

뾰로통하다는 말이 어울릴까. 스캇은 불편한 기색을 숨기지 않은 채 냉소를 던졌다. 이유 모를 접근, 그것이 선행이든 악행이든 달갑지 않기는 마찬가지다.

"그리고 덧붙이자면, 그분은 사신봉의 또 다른 사용자입니다. 자신의 목숨을 걸고 쉽사리 모험을 하지 마시라는 의미예요. 좀 더 스스로의 생명을 소중히 여기세요. 자신의 것만은 아니잖아요?"

자신의 것만은 아니다. 스캇의 목에 들어갔던 힘이 조금 빠졌다. 그날의 선택은 분명 무모함이었다. 만약 자신이 죽기라도 한다면 어떤 일이 벌어졌을까. 베른은? 나후리 광야는? 아우리미는 철부지 동생을 꾸짖는 누나처럼 그의 과오를 조목조목 짚었다.

스캇은 스스로의 잘못을 인정했다. 그는 조력자라는 이와 아우리미가 얼마나 자신에 대해서 많은 관심을 두고 있는지 어렴풋 느낄 수 있었다. 굳이 그들이 아니더라도 스캇은 자신의 생명을 소중히 여겨야 한다.

지금은 수많은 이들의 꿈을 짊어지고 있는 왕이었으니까.

"고맙소. 내 그 일은 단단히 반성하리다."

"사실 이 이야기를 해드리는 게 가장 큰 이유였지요. 부디 자신이 어떤 위치에 있는지 깨달으셨으면 하는 거예요. 그럼 그만 가봐야겠네요."

아우리미에 목소리에선 부드러움과 함께 날카로움이 공존하고 있었다. 직무에 충실한 비서와 같은 느낌일까. 잠시 스쳐 지나갔던 동요는 간데없었고, 다시 본디의 모습을 되찾은 그녀는 스캇을 향해 고개를 숙였다.

"혹시… 아우리미님도 이곳 분이 아니오? 엔트라헬들과 비슷한 기운이 느껴지오만."

스캇이 아까 전부터 느끼고 있던 이질감이었다. 손님이라 했지만 손님 같지 않은 친근한 분위기, 그것은 그녀로부터 풍기는 기운이 엔트라헬들과 유사하기 때문이었다. 메라리투라헬의 분위기도 이상했다.

그녀의 용무와 관련된 질문은 아니었지만, 스캇은 아우리미에게도 많은 관심을 가지고 있었다. 이윽고 천천히 고개를 들어올린 아우리미의 얼굴에선 의미를 알 수 없는 표정이 담겨 있었다.

"엔트라헬은 아닙니다. 생령은 생령일 뿐이지요."

일순간 스캇의 능력으로 옅은 회한이 느껴졌다. 그 회한 자체가 옅은 것이 아니라, 겉으로 느끼지 않을 정도로 깊숙이 침잠되어 있는 그녀의 속내였다.

스캇은 손을 내뻗어 아우리미의 손등에 손을 얹었다. 아니, 그의 손이 그녀의 손등을 통과했다고 해야 옳았다. 스캇은 그런 사실에는 개의치 않아 했고, 그저 지그시 아우리미의 눈을 응시했다.

"말해도 되오, 받기만 하고 살 생각은 없으니까."

"제 개인적인 감정일 뿐입니다."

아우리미의 표정은 그녀의 말만큼이나 단호했다. 하지만 그 단호함이 진심에서 나오는 것이 아니라는 것은 스캇도 알 수 있었다. 그는 더욱 자신의 능력을 발산하며 그녀의 마음에 호소했다.

"다시 한 번 말하지만, 받기만 하고 살 생각은 없소. 그냥 오지랖 넓은 못난이의 참견이라고 생각해 주시오."

아우리미는 스캇의 시선을 애써 피했다. 하지만 오래가지 못했다. 무엇보다 그녀의 마음속에서 하고 싶은 말이 있었던 것이 분명했다.

그녀는 눈을 아래로 내리깔며 마음속에 있던 말을 어렵게 내뱉었다.

"그들… 엔트라헬들의 영혼을 자유롭게 해줄 수 있는 스캇님이라면, 제 딸아이도 자유롭게 해줄 수 있을 거예요. 여태껏… 스캇님을 지켜봤던 저는 그렇게 믿어요. 확실하게 믿어요."

아우리미는 갓 소녀에서 벗어난 것처럼 보이는 앳된 용모를 가지고 있었지만 그것은 외양일 뿐, 엄연히 따지자면 그녀는 생령이었다. 딸이 있다고 해도 이상할 것은 없었지만 도대체 그녀의 딸이 누구란 말인가.

잠시 생각에 잠겼던 스캇은 오래 지나지 않아 그 사실을 깨닫고 고개를 끄덕였다.

"아우리미님의 딸이셨군. 이제 보니 비슷하오."

특히 그 차가워 보이는 겉모습 속에 숨겨진 따뜻함이 그랬다. 엄연히 따지면 스캇은 그녀의 딸에게도 도움을 받은 적이 있었다. 본인은 인지하지 못했지만 그것도 여러 차례.

스캇은 숲의 입구에서 자신을 막아섰던 흰 표범을 떠올렸다. 비단 소녀의 목소리가 아니더라도 스캇은 확연하게 알 수 있었다. 그 의지는 흰 표범에게서 나온 것이 아니라 표범의 몸에 붙어 있던 담쟁이덩굴에서 흘러나온 것이었다.

아우리미는 지난 만남을 되새기고 있던 스캇을 향해 안타까운 눈길을 보냈다.

"부탁드려요……."

"알아보겠소."

긴말은 하지 않았다. 어떤 문제인지도, 어떤 상황인지도 몰랐다. 단지 할 수 있는 말은 그것뿐이었다. 하지만 그간 스캇의 행동들을 지켜봐 온 그녀이기 때문일까. 아우리미는 기쁜 기색을 감추지 못하고 연신 고개를 숙였다.

"감사합니다. 감사합니다."

스캇은 내뻗었던 손을 거두고 인사는 됐다는 듯 고개를 털었다. 그는 몸을 돌리고 아우리미의 곁을 떠나기 시작했다. 그녀는 그 의미를 알고 있었다. 항상 그의 모습을 지켜봐 왔으니까.

"정말 좋은 소식이 있을 겁니다. 스캇님께서 마음에 오랫동안 담아두셨던 소식이요."

"그거… 덕담이오?"

스캇은 걸음을 멈추곤 등 뒤로 말을 던졌다. 고개를 돌리지 않아도 그녀의 표정이 떠올랐다. 그것은 아마도 자신의 몸에 남은 향기 때문이라고 생각했다.

"곧, 뵐 수 있을 거예요."

스캇은 머리와 꼬리를 떼어낸 듯한 그녀의 어투가 은근히 마음에 들었다. 그는 피식 소리를 내어 웃고는 걸음을 옮겼다. 더 이상 다른 사람의 이야기에 흔들리는 마음을 가지고 있을 여유는 없었다.

게나홀라헬이 있는 곳으로 돌아가는 방법은 걷는 것을 선택했다. 편리하고 빠른 능력도 좋지만 항상 그것이 최선은 아니다. 돌아가는 길도, 걷는 길도 얼마든지 최선이 될 수 있었다. 은은한 미풍과 적당한 햇살이 스캇을 더욱 기분 좋게 만들고 있었다.

"얼마 전까진 숨 막히듯 답답했었는데, 이젠 숨 막히듯 아름다운 곳으로 보이는군."

이만한 비경(秘境)이 또 있을까. 나무를 바라보면 나무가 보이고, 숲을 바라보면 숲이 보이는 법. 너무 빡빡하게 살다 보면 정말 소중한 것들을 놓치게 되는 법이다. 스캇은 연륜을 가늠하기 힘든 웃음을 지으며 주변 경관을 마음껏 즐겼다.

지나가는 길에 마주치는 엔트라헬들이 아는 체를 해왔다. 직접 말을 걸거나 인사를 하는 것이 아니라, 눈을 마주치는 정도였지만 며칠 전에 비하면 전혀 다른 상황이었다. 그는 무관심과 관심의 차이를 새삼 온몸으로 느끼고 있었다.

'이봐, 주인!'

갑자기 그의 머릿속으로 강렬한 메시지가 전달되었다. 스캇은 미간을 잔뜩 찡그리며 관자놀이를 손으로 눌렀다. 양손에 끼고 있던 장갑이 거칠게 요동치고 있었다.

"현무로군."

'그래, 나야.'

스캇은 현무의 감정이나 어투까지 확연하게 느낄 수 있었다. 먼저 말을 걸었다는 사실도 놀라웠지만 그는 예의 오만함을 가지고 있었다. 분명 마지막에 꼬리를 내렸던 모습과는 사못 다른 모습이었다.

"무슨 일이지?"

'아무래도 지금 자신이 처한 상황을 모르는 것 같아서 말이야. 알려줄까 하고.'

신격의 존재답지 않은 가벼움은 예전에도 가지고 있었지만, 오늘의 건방짐은 그 정도가 심했다. 사람 좋은 편에 속하는 스캇이 그런 생각을 할 정도였으니 보통 건방진 것이 아니다.

"말투가 불쾌하군. 네 이야기를 듣고 싶은 생각이 없어지는데."

'불쾌? 기껏 도와주려고 나타났더니 한다는 이야기가 고작 그거냐?'

"생색이라도 낼 생각이라면 좋을 대로 해라. 또 시끄럽게 떠든다면 당장 장갑을 벗어서 호수 속에 던져 버리겠다."

물론 진심은 아니었지만 효과는 즉효였다. 말은 하지 않았지만 현무가 움찔거리는 것이 느껴졌다. 스캇이 장갑을 슬쩍 당기며 벗는 기미를 보이자 현무의 다급한 말이 들려왔다.

'좋아. 알겠다고! 미안해, 미안하다!'

진즉에 그래야지. 스캇은 누가 우위에 있는지 확실하게 알고 있었다. 현무의 오만함은 다른 이유가 있는 것이 분명했다. 하지만 그가 방금 꺼냈던 이야기가 아직 남아 있었다.

"말해봐."

'위험하다. 죽을지도 몰라! 엄청난 녀석이 오고 있다구!'

침입자인가. 조력자에 이은 급작스러운 만남이다. 스캇은 자신이 여가를 즐길 만한 상황이 아니라는 건 알고 있었다. 하지만 엄청난 녀석이라니, 무슨 일인지 사정을 전혀 알 수 없었다.

"내 목숨을 노리고?"

'그건 모르겠지만, 내가 보기엔 이 숲 전체를 갈아엎을 생각이신 것 같은데.'

"어떻게 알았지?"

'나랑 비슷한 녀석이니까.'

설마 그 동료라는 작자인가? 스캇은 방금 전 아우리미에게 했던 말을 떠올렸다. 그가 감응을 펼쳐 주변을 돌아보자 아우리미는 이미 사라진 뒤였다.

스캇은 뒷덜미가 서늘해지는 느낌이 들었다. 감응을 통해 위험스러운 존재는 느껴지지 않았지만 평소와는 느낌이 조금 달랐다. 마치 거대한 파도가 들이치기 직전의 고요함과도 같았다.

"사신봉인가?"

'아냐, 아냐. 다른 의미다.'

"뭐, 너와 비슷한 녀석이라면 왜 위험한지 알 것 같군."

스캇은 피식 웃으며 윗주머니에 들어 있던 담배를 꺼내 물었다. 숲에서는 웬만하면 피지 않으려 했지만 알 수 없는 불안감이 그의 심리를 지배하고 있었다. 이제껏 현무가 직접 개입했던 일이라면 수호자와 싸울 때가 전부였다.

평소에 아무리 불러도 대답도 하지 않는 현무였다. 그가 직접 나타날 정도니, 긴장해서 나쁠 건 없었다. 스캇은 담배에 불을 붙이곤 자신의 양손을 바라봤다.

"후우… 한 가지 물어보자. 그때 이문(二門)은 개방됐었나?"

'그러니 나와 이렇게 대화를 하고 있는 거 아니겠어?'

과연, 개방할수록 그 영향력에도 차이가 있다는 거군. 그렇다면 앞으로 더 신중하게 다뤄야 할 필요가 있다. 첫 번째 문이 열렸던 것만으로도 자신을 잠식하려고 했던 귀물이다. 이미 다른 사람의 말을 곧이곧대로 믿다가 많은 피해를 봤던 그로선 더욱 조심스러워질 수밖에 없었다.

"난 널 어떻게 다뤄야 할지 모르겠다. 네 능력도 말이지. 알려다오, 당장."

'내가 왜?'

당연한 이야기다. 스스로 통제받는 방법을 굳이 알려줄 필요는 없었다. 하지만 스캇은 대수롭지 않게 말을 이었다.

"그래야 내가 다음 문도 빨리 개방해 볼 수 있지 않겠나."

'오호라!'

현무는 그가 다음 문을 개방하겠다는 말에 내심 쾌재를 불렀다. 그가 문을 개방하면 할수록 자신의 능력도 커질 것이

고, 스캇의 몸을 빼앗을 수 있는 확률도 더욱 높아지게 될 것
이다. 일전에 스캇이 했던 제안이 구미가 당기지 않는 것은
아니지만 그의 몸을 뺏는 것도 현무의 입장에선 얼마든지 환
영할 만한 이야기였다.

하지만 그것이야말로 스캇이 노리던 부분이다.

'흠, 흠. 좋아. 알려주지. 정신을 집중해. 다른 것에 신경
쓰지 말고.'

스캇은 강가에 걸터앉아 자세를 편하게 잡았다. 현무가 스
캇의 평소 모습을 지켜보고 있기는 했지만 스캇의 머릿속까
진 모르는 것이 분명했다. 그는 현무의 설명에 따라 이문(二
門)을 개방하기 시작했다.

Chapter 25

다가오는 위기

바람의 기질이 바뀌었다. 모든 엔트라헬들은 그것을 본능적으로 느끼고 있었다. 항상 안온하게 헤렘의 달 주위를 머무르던 안개들이 바람에 밀려나고 있었다. 이런 일은 이곳에선 처음 있는 일이었다.

경륜있는 이들은 주변의 다른 동족들을 모아 안전한 곳으로 모이게 했고, 수호자 역시 만약의 사태에 대비하는 마음으로 지킴이들을 숲 근교로 보내 정찰을 하게 했다.

게나홀라헬은 심상찮은 분위기가 주변을 뒤덮자 혹시나 하는 마음에 스캇을 찾아 나섰다. 그는 거주지에서 그다지 떨어지지 않은 호숫가에 앉아 있는 스캇을 곧 발견할 수 있었지만, 그 묘한 분위기를 보곤 나름의 직감으로 건드리지 말아야 겠다고 생각했다.

어쨌든 그는 이 사건의 원인은 아니다. 숲의 목소리가 이토록 고요해진 것은 불편한 손님이 찾아왔다는 것이고, 그 손님의 기질을 숲이 거부하고 있다는 소리다. 수천 년을 살아온 엔트라헬 중에서도 메라리투 라헬의 다음 위치에 있는 그였다.

게나홀라헬은 모든 사태를 파악하고 반인반목의 형태로 변하기 시작했다. 이번 사태는 지킴이들만으로 해결되긴 어렵다. 자신이 직접 나서야 할지도 몰랐다.

"마루라헬, 새들을 보냈는데 소식이 없네요."

"수호자님과 식견자님이 움직이고 계시다. 모로루라헬, 이건 보통 일이 아냐."

모로루라헬은 허리 밑으로는 완전히 땅에 파묻혀 있는 듯 상체만 내놓고 있었다. 곁에 서 있던 마루라헬은 걱정스러운 표정으로 하늘을 바라봤다. 어두컴컴한 암운이 이곳을 중심으로 몰려들고 있었다.

엔트라헬 중에서도 가장 탁월한 실력을 가지고 지킴이로서 봉사하던 자신들이 무너진 것이 엊그제 같은데, 며칠 지나지 않아 또다시 이런 일이 생길 줄은 꿈에도 몰랐다.

마루라헬은 이를 지그시 물었다.

"정말 걱정되는 건 에나레스라헬이야. 그녀라면 지금쯤 원흉과 맞닥뜨리고 있을지도 몰라."

"그 정도라면 우리가 직접 찾아 나서요. 무엇을 걱정하는 거죠?"

마루라헬의 심리 상태를 보여주듯 그의 외피가 사납게 꿈틀거리고 있었다. 지킴이들은 다른 이들보다 유난히 감이 좋다. 위험에 대한 감지를 할 수 있는 것이다. 그의 어두운 표정에는 두려움이 담겨 있었다.

"이건 강하고 약하고의 문제가 아냐. 그것과 상관없는 살의, 욕망, 파괴, 분노… 이건 악(惡)이다. 악, 그 자체야."

"당장 그녀를 찾으러 가요!"

사태의 심각함을 깨달은 모로루라헬도 에나레스라헬의 안위가 걱정되기 시작했다. 그녀는 당장이라도 뛰쳐나갈 것처럼 자신의 뿌리들을 꿈틀거렸다.

마침내 결단을 내린 마루라헬은 굳은 표정으로 말했다.

"수호자님이나 식견자님이 움직이신다는 건 우리가 해야 할 일들이 따로 있다는 소리야. 에나레스라헬을 찾아 위험을 전해! 상대와 절대 맞부딪치지 말라고!"

모로루라헬은 고개를 끄덕인 뒤 순식간에 땅속으로 파고들어 갔다. 그녀가 지맥을 이용해 이동을 시작하자 마루라헬은 자신의 능력을 사용했다.

그의 몸에 붙어 있던 외피들이 거칠게 융합하고 증식하기 시작했다. 그것은 마치 나무껍질로 만들어진 갑옷처럼 순식간에 마루라헬의 온몸을 뒤덮었다. 스캇과의 대결에서도 보여준 적이 없는 기술이었다.

눈, 코, 입만 남긴 채 전신을 외피로 감싼 마루라헬은 숲의 외곽을 향해 달려갔다.

"근 백 년간 본 적이 없었던 폭풍우, 폭풍우……. 수호자시여, 우리는 어찌해야 합니까!"

메라리투 라헬은 게나홀라헬이 자신의 곁으로 다가오는 것을 볼 수 있었다. 그들은 이미 반인반목의 형태로 변화한 상태였다. 50미터는 족히 넘는 메라리투 라헬의 모습과 5미터 정도밖에 안 되는 게나홀라헬의 모습은 다분히 대조적이었으나 그 무게감은 큰 차이가 없었다.

"식견자, 자네라면 이미 결론을 내렸을 테지."

"위험한 기질입니다. 이 숲 자체를 태워 버릴 듯합니다."

메라리투 라헬의 가지들이 일제히 분노를 표하며 사시나무처럼 서로 부딪쳐 댔다. 마치 늦가을 낙엽처럼 나뭇잎들이 떨어져 내렸고, 게나홀라헬은 그 모습을 걱정스러운 눈초리로 바라봤다.

"상대가 아무리 강해도 나는 이 숲의 수호자다. 레잔다일보다 강한 녀석일 리는 없을 터. 아닌가?"

"맞습니다. 하지만 이번엔 조금 다릅니다. 살의에 숨겨진 자신감이 느껴집니다. 스캇처럼 무작정 부딪치는 녀석이 아닙니다. 분명히 우리의 힘을 알고 있습니다."

메라리투 라헬의 껍질들이 거칠게 요동쳤다. 알면서도 덤빈다는 것인가. 최근엔 꽤나 조용한 일상뿐이었건만 또다시 이런 일이 벌어질 줄이야. 수호자는 이 종족의 불행한 운명을 모조리 부정하고 싶었다.

"혹시 그 녀석 때문인가?"

"모르겠습니다. 다만 지금 그는 이 일과는 무관한 다른 용무에 빠져 있습니다. 신경 쓸 필요는 없지 않겠습니까."

"개입하지 않는다면 그쪽이 차라리 편하겠지."

외부인은 외부인일 뿐이다. 메라리투 라헬은 냉정한 판단을 내렸다. 여태껏 다른 이들의 도움이라곤 받아본 경험도 없었고, 앞으로 그럴 생각도 없었다. 스캇이 원인이 아니라면 신경 쓸 이유도 없었다.

"지킴이들은?"

"근교로 정찰을 나갔습니다만 충돌은 없을 겁니다. 현명한 이들이지요."

메라리투 라헬은 자신의 시야에 전부 들어오는 헤렘의 달을 둘러봤다. 그의 거대한 몸은 숲의 중앙에서 굳건히 자리 잡고 있었다. 지금까지 쉴 새 없이 많은 침략을 막아냈던 자신이다. 수호자라 불리고 있는 몸이다. 하나 생전 느껴본 적 없는 불안감이 스스로를 위협하고 있었다.

"준비하지."

"예."

에나레스라헬은 생령의 몸으로 숲 외곽을 정찰하고 있었다. 그녀는 신체적 특성상 누구보다 빠르고 확실한 정찰 능력을 가지고 있었기 때문에 홀로 다니는 것이다.

아직 해가 질 때가 아니었건만 검푸른 구름이 숲의 하늘을 뒤덮고 있었다. 결코 자연적인 현상은 아니었다. 대기의 흐름에 유난히 민감한 그녀로선 불쾌한 경험이었다.

"폭풍우로군요. 하지만 대지가 허락하지 않은 비라니……."

에나레스라헬은 물고기처럼 거목 사이를 헤엄치며 침입의 흔적을 살펴봤다. 엔트라헬들 중에서 최고의 실력을 가지고 뽑힌 그녀다. 정찰이나 금제야말로 그녀 최고의 특기였다.

"날 찾았어?"

흠칫.

에나레스라헬은 들려온 목소리를 따라 몸을 돌렸다. 자신과 멀지 않은 곳에 목소리의 주인공이 서 있었다. 분명 방금 전까지만 해도 아무런 기척도 느끼지 못했는데 신기한 일이었다.

그녀는 잔뜩 긴장하며 상대에게 엄포를 놓았다.

"침입자는 돌아가세요. 이곳은 헤렘의 달, 인간이 올 곳이 아닙니다."

"왜 그래? 그렇게 말하면 정말 돌아갈 것이라 생각하는 거야?"

거친 쇳소리가 섞인 목소리의 주인공은 작은 소녀였다. 겉보기엔 예닐곱 살로 보이는 그녀는 푸른색의 원피스를 입고 있었다. 머리에 눌러쓴 밀짚모자가 눈을 가렸지만 에나레스 라헬이 보기에는 무척이나 귀여운 얼굴을 가지고 있었다.

다만, 그 소녀의 오른손에 매달려 있는 녀석이 수백 년을 살아온 그녀에게 두려움과 불안감을 주고 있었다.

그녀는 느리지만 확신이 담긴 말투로 말했다.

"당신은… 인간이 아니군요."

소녀의 오른손에는 그 키의 두 배는 될 법한 거대한 검이 달려 있었다. 정확히 말하자면 손과 온전히 붙어 있는 한 몸의 모습을 하고 있었다. 검신은 소녀의 옷과 같은 푸른빛을 띠고 있었고, 손잡이 부분은 마치 괴물의 드러난 근육 조직처럼 붉은색 힘줄로 연결되어 있었다.

그 힘줄들은 소녀의 손을 잡아먹은 듯 그녀의 오른손과 함께 뒤엉켜 있었고, 손잡이의 중심엔 거대한 눈 하나가 끔벅거리고 있었다.

기괴한 광경이었다.

"인간은 맞아. 남들과 조금 다를 뿐이지."

소녀의 입이 활의 모양을 그리며 빙긋이 웃음을 띠었다. 에나레스라헬의 정신으로 섬뜩한 살의와 파괴욕이 느껴졌다.

위협을 느낀 그녀는 뒤로 물러나며 외쳤다.

"에나레스라헬! 금제! 라미히 올라의 붉은 신성!"

반투명했던 에나레스라헬의 몸이 붉은색으로 물들기 시작했다. 그녀가 한 손을 하늘로 뻗자 붉은색 섬광이 하늘로 치솟았다.

이제 그녀들의 위치를 모든 엔트라헬들이 확인할 수 있을 것이었다.

"잘했어. 모두에게 알려 버려. 한 명씩 상대하기 얼마나 귀찮다구."

소녀는 왼손을 들어 오른손의 손목을 잡았다. 아니, 손에 달린 검의 손잡이를 잡은 모양새였다. 작고 연약해 보이는 몸이었지만 검사로서의 범상치 않은 기도가 뿜어져 나왔다.

"금제. 산소 차단."

에나레스라헬은 몸을 털며 사라지기 시작했다. 어차피 직접적인 대응을 할 수 있는 능력은 없었다. 그녀는 자신의 능력을 이용해 상대를 옭아매기로 했다.

소녀는 길쭉한 미소를 지우지 않은 채 검을 자신의 머리 위로 천천히 들어올렸다.

거대한 검신이 그녀의 몸과 함께 일자로 길게 뻗어졌다.

"산소 따위 없애봤자 날 어쩌진 못해."

"원소력 차단. 마력 차단. 당신은 이 공간에서 벗어날 수 없어요."

소녀의 주위가 본래의 색을 잃고 어두컴컴해지기 시작했다. 그녀는 그것이 마력과 원소력을 제어하는 절대공간인 것을 알 수 있었다.

"뭔가 오해하고 있는 것 같은데……."

키이이이잉.

소녀가 하늘로 쳐든 검에서 날카로운 울림이 뿜어져 나오기 시작했다. 중앙에 달린 커다란 눈이 감았다 떠지는 것을 반복하면서 붉게 충혈되고 있었다.

소녀의 벌어진 입술 사이로 새하얀 이빨이 드러났다.

"내가 자르지 못하는 게 있을 리가 없잖아!"

쿠르르릉!

소녀가 검을 내려치자 귀청이 찢어질 듯한 굉음이 숲 전체를 울렸다. 그녀의 검은 에나레스라헬이 만든 공간을 가르고 그 기세로 주변의 땅까지 갈라 버렸다. 대기에 숨어 있던 에나레스라헬은 그 모습을 보며 경악했다.

'저런 게 가능할 리가……!'

"캬아하하하하! 난 직접 부딪치며 싸우는 게 좋아! 그래서 당신이 싫다구!"

소녀는 거칠게 검을 돌리며 광풍을 일으켰다. 주변의 수많은 나무들이 잘려져 나가기 시작했다. 그녀의 주위에 검푸른 색의 기운이 요동쳤고, 하늘을 뒤덮은 구름도 거칠게 움직이며 천둥소리를 내뿜기 시작했다.

'내 상대가 아냐. 도망가야 해!'

에나레스라헬은 몸을 돌려 그 자리를 벗어나기 시작했다. 분명 대기에 몸을 숨긴 그녀를 볼 수 있을 리 없건만, 소녀는 그녀의 뒷모습을 뚫어져라 바라보고 있었다. 아무런 행동도 하지 않은 채.

"도망가시겠다……? 으랏차!"

소녀가 오른손을 뻗자 검신이 앞으로 뻗어져 나갔다.

분리된 것이 아니라 검과 오른손을 연결하는 근육 조직이 길게 늘어난 것이다. 검은 상상도 할 수 없는 속도로 에나레스라헬을 향해 날아갔다. 번개처럼!

"에나레스라헬!"

반대편에서 달려오던 마루라헬의 눈에 에나레스라헬의 모습이 들어왔다. 그녀는 어깻죽지를 검에 꿰뚫린 채 힘겹게 매달려 있었다.

마루라헬은 평정을 잃은 채 노성을 터뜨렸다.

"침입자! 이게 무슨 짓인가!"

"설명하기 귀찮으니 그냥 다 덤벼! 난 그저 싸우고 싶다고!"

순식간에 검을 회수시킨 소녀는 머리 위로 그것을 흔들며 소리쳤다. 그 천진난만해 보이는 모습에 더욱 큰 분노를 느낀 마루라헬은 일갈을 터뜨리며 소녀에게 달려들었다.

"마루라헬. 격투!"

"이제야 내 취향이 나타났네!"

부웅!

소녀의 거대한 검신이 대각선으로 상대를 그어 내렸다. 마루라헬은 그 엄청난 속도와 파괴력에 응수할 생각도 하지 못한 채 옆으로 어렵게 굴렀다.

"부쟌!"

마루라헬은 땅에 엎드린 채로 팔다리를 줄기로 변화시켰다. 그의 몸은 순식간에 뻗어나가 소녀의 두 다리를 붙잡았다.

"모로루라헬! 너는 수호자께 돌아가 전황을 알려라! 침입자는 검령이다!"

마루라헬이 악을 쓰듯 외치자 멀지 않은 곳에서 누군가 도망치는 낌새가 보였다. 소녀는 마루라헬을 바라보며 비웃음을 지었다.

"얕은 수를 쓰는데? 격투라며?"

"지킴이는 지킴이의 임무에 충실한다!"

"싸울 생각이 없다면 다른 녀석을 찾아야겠네."

부우웅!

그녀의 검이 마루라헬의 두 팔을 내려쳤다.

스캇의 기술도 받아냈던 그 굳건한 육체가 아무런 저항 없이 평범한 나뭇조각처럼 잘려 나갔다.

"크아아악!"

"이 녀석들은 피가 없어서 그런가? 조금… 재미없네?"

소녀는 길게 뻗어 나온 마루라헬의 줄기를 천천히 밟아대며 앞으로 걸어나갔다. 마루라헬의 얼굴이 고통으로 일그러졌다.

그녀는 오래 지나지 않아 땅 밑으로 바쁘게 도망치고 있는 한 존재를 찾을 수 있었다.

"좋아. 메라리투 라헬이 있단 말이지. 일단 저 녀석은 잡고 가야지."

소녀는 마루라헬과 에나레스라헬을 그 자리에 버려두고 신형을 날렸다. 그야말로 쾌속!

그녀는 거침없이 숲을 베어가며 모로루라헬의 뒤를 쫓기 시작했다.

해가 중천에 떠 있을 시간임에도 불구하고 헤렘의 달은 어둠에 잠식되어 있었다. 하늘이 찢어질 듯한 천둥소리는 지금 상공에 떠 있는 구름들이 예의 평범한 구름이 아니라는 것을 말해주고 있었다.

게나홀라헬은 멀지 않은 곳에서 붉은 신성이 하늘 높이 치솟아오르는 것을 발견했다. 그것은 에나레스라헬이 도저히 감당할 수 없는 적을 만났을 때 동족들에게 알리는 위험신호였다.

그가 고개를 돌려 메라리투 라헬은 바라봤지만 메라리투 라헬은 아무런 반응 없이 묵묵히 그곳을 응시하고 있을 뿐이었다.

"에나레스라헬… 무사한가……."

잠시 후 신성이 올라왔던 곳에서 나무들이 쓰러지기 시작했다. 거대한 수목들이 쓰러져 가며 먼지구름을 일으켰고, 그것은 헤렘의 달을 향해 다가가고 있었다. 무슨 이유인지는 모르겠지만 이 숲을 파괴하고 있는 것이 확실했다.

"무슨 짓을!"

웬만해선 감정을 드러내지 않는 엔트라헬들 중에서도 유독 깊이가 남다른 게나홀라헬이었지만, 상대의 그 잔악함에 치를 떨어야 했다.

그는 뒤를 돌아보지 않았다. 수호자의 마음이 어떨지는 굳이 묻지 않아도 알 수 있었다. 메라리투 라헬이라는 거대한 존재의 분노가 이미 이 숲을 뒤덮고 있었다.

콰르릉!

숲의 이곳저곳에서 번개가 내리치기 시작했다. 그리 크진 않았지만 다발적으로 쏟아지고 있었다. 그의 예상대로라면 이 숲 전체가 불길에 휩싸일 수도 있을 법한 위험 요소다. 자연적인 구름이 아니라는 것은 애초부터 느끼고 있던 것. 이것마저 침입자의 술수라면 결코 용서할 수 없는 행위였다.

"모여 있지 마라! 당장 숲 곳곳으로 흩어져서 화재를 진압

하라! 침입자는 철저히 피해라! 나와 수호자님이 상대하겠다!"

기분 나쁜 기운의 정체는 바로 이것이었던가.

번개의 숫자는 점점 더 많아지고 있었고, 불길이나 연기가 숲 곳곳에서 보이기 시작했다. 엔트라헬들은 사태의 위급함을 파악하고 사방으로 흩어졌다. 연기구름은 점점 더 가까워지고 있었다.

"이 숲을 파괴할 생각으로 온 것인가……!"

게나홀라헬의 주위에도 번개가 꽂히기 시작했다. 악의적인 느낌이 너무나도 진하게 묻어나는 일격! 그는 결코 자연 현상으로 치부할 수 없는 그것을 바라보며 치를 떨었다.

게나홀라헬은 걱정이 담긴 시선으로 멀지 않은 곳에 있던 스캇을 바라봤다. 하지만 그는 이런 상황에도 불구하고 여전히 꿈적도 않고 있었다.

'미안하지만 지금은 자네를 신경 써줄 여유는 없다.'

이때 스캇은 장갑 속에 있는 차원의 공간에 들어가 있었다. 호숫가의 앉아 있는 스캇의 몸은 그저 빈 껍데기일 뿐이었다. 그는 지금 현무와 함께 장갑 속의 차원에서 기술을 익히고 있었다. 상황의 위급함을 알고 있었지만 스캇에게는 지금 당장 장갑의 사용 방법을 익히는 것이 더욱 중요한 문제였다.

그의 몸 주위로도 번개가 떨어지고 있었지만 아직까진 이렇다 할 위험이 될 만한 존재는 없었다. 하지만 주변의 정황은 정적인 그의 모습과는 또 달랐다.

하늘에서 번개가 수면 위로 내리쳐지며 방전을 일으켰고, 그로 인해 진한 향의 수증기가 헤렘의 달 주위에서 피어오르며 긴장감을 고조시키고 있었다.

콰르르릉!

마침내 호수 건너편에 있는 나무들까지 무너져 내리고 먼지구름이 호숫가에 닿았다. 게나홀라헬과 메라리투 라헬은 아직 알려지지 않은 침입자를 찾기 위해 두 눈을 부릅떴다.

먼지구름 속에서 한 작은 신형이 푸른빛을 뿌리며 호수의 상공을 날아왔다. 그들은 느낄 수 있었다. 저자가 이 사태의 원흉이며, 결코 호락호락한 상대가 아니라는 것을.

그들의 눈앞에 가볍게 내려선 상대는 게나홀라헬과 메라리투 라헬을 바라보며 말을 건넸다.

"안녕! 그런데 다 어디 가고 둘만 남았어?"

"저 구름과 번개도 네 짓이라면 이미 알고 있을 터. 이곳에 온 목적이 뭐냐!"

메라리투 라헬의 외침에는 분노가 가득 담겨 있었다. 게나홀라헬은 그의 곁에 서서 묵묵히 상대를 지켜보고 있었다. 단신으로 무저갱의 숲을 뚫고 들어온 존재, 이곳에 도착했다는 것만으로도 보통 인물은 아닐 것이다.

소녀는 자신의 밀짚모자를 더욱 깊게 눌러썼다. 그리고 예의 길쭉한 미소를 지어 보였다. 그녀의 눈앞에 있는 두 존재

외에도 한 명이 더 있는 것을 발견했기 때문이다.

그것도 자신이 찾던 존재가.

"거기 있었구나?"

소녀는 메라리투 라헬의 말을 무시한 채 스캇을 바라봤다. 그녀가 마음만 먹는다면 검을 날려 일격에 생명을 취할 수도 있었다. 하지만 그녀는 이런 상황에서도 냉정하게 앉아 있는 스캇을 바라보며 흥미로운 표정을 지었다.

"뭘 하고 있는 거지?"

"목적이 뭐냐 물었다!"

그녀의 주위에서 땅이 갈라지며 수십 개의 뿌리가 솟구쳐 올랐다. 얼마 전에 스캇이 당했던 메라리투 라헬의 기술이다. 자신을 무시한 것에 대한 분노일까. 그때의 것과는 비교도 되지 않는 날카로운 공격들이 소녀를 덮쳐 갔다.

"이런!"

소녀는 만만찮은 속도로 뛰어오르며 그 자리를 벗어났다. 하지만 공중 역시 메라리투 라헬의 영역!

더욱 높게 솟아오르는 뿌리들이 촉수처럼 그녀의 몸을 덮쳐 들어갔다.

"대답하지 않아도 좋다. 나는 너를 처단하겠다. 그 사실은 바뀌지 않는다."

"그건 나보다 더 강한 실력을 가지고 있을 때의 이야기지!"

소녀는 공중에서 자신의 거대한 검을 휘두르기 시작했다.

그 크기만큼이나 파괴적이고 거친 일격들이 광풍을 일으켰다. 그녀의 검놀림에 두꺼운 뿌리들이 하나씩 잘려 나가기 시작했다.

"캬하핫! 3류 기술로는 안 된다구!"

"라미히 올라의 잿빛 구름."

멀찍이 떨어져 있던 게나홀라헬이 그녀를 노려보며 주문을 외우자, 그의 몸에서 덩굴들이 뻗어나가기 시작했다. 덩굴들은 공중에서 검을 휘두르고 있는 그녀를 향해 빠른 속도로 내뻗어졌고, 그와 함께 잿빛의 기운이 덩굴을 타고 따라 올라갔다.

"그 위명에 걸맞은 실력을 보여달라구! 인간들은 나보다 널 훨씬 대단하게 평가하던데?"

그녀의 외양과는 어울리지 않는 날카로운 쇳소리가 듣는 이들을 자극했다. 하지만 여유있어 보이는 그녀의 표정도 순간!

게나홀라헬의 덩굴과 잿빛 기운이 소녀의 몸을 휘감았다. 잿빛 기운의 덕인지 그녀는 자신의 힘을 제대로 발휘하지 못한 채 덩굴에 잡혀야 했다.

"이이익! 잡스러운 기술을!"

"힘이 승리를 결정짓는 잣대는 아니지."

소녀는 자신의 몸을 휘감은 덩굴에서 마음대로 벗어날 수 없었다.

쿠웅!

그녀의 몸은 순식간에 땅으로 추락했다. 덩굴들은 먹이를 노리는 뱀들처럼 계속 그녀의 몸을 뒤덮었고, 원래의 형체를 분간하기 어려울 정도로 수많은 덩굴들이 둥글게 뒤엉키며 공의 형태로 그녀를 감쌌다.

"수호자님, 마무리를……."

"알았다."

휘르르르르륵!

덩굴의 주위에 있던 메라리투 라헬의 뿌리들이 나선을 그리며 회전하기 시작했다. 그것으로 덩굴을 꿰뚫을 생각이 분명했다. 크고 작은 수십 개의 뿌리들이 단 한 점을 노리고 그녀를 향해 다가갔다.

"이딴 거 짜증난다구!"

뿌리들이 덩굴의 공을 꿰뚫을 찰나, 소녀의 악이 받친 외침과 함께 빛이 터져 나왔다.

쩌저저적!

공중에서 정확히 소녀의 몸을 향해 거대한 번개가 내리 꽂혔고 덩굴들이 방전을 일으키며 풀려 나갔다.

"다 꺼져 버려!"

그녀를 중심으로 거대한 광풍이 몰아쳤다. 또다시 그녀의 검이 수많은 덩굴과 뿌리들을 갈라냈고 잿빛 기운들도 물러나기 시작했다.

콰르릉!

그녀의 주위에서 쉴 새 없이 많은 번개들이 쏟아져 내리고 있었다. 하지만 소녀는 아무런 영향도 받지 않는 듯 그 번개들 속에서 수많은 덩굴들을 도륙했다.

"저 쓰레기 같은 고목들을 다 태워 버려! 빨리!"

구름이 그녀의 종복이라도 된 것일까? 숲 곳곳에서 내리치던 번개들이 게나홀라헬과 메라리투 라헬을 향해 꽂히기 시작했다. 악의가 가득 담긴 사악한 번개가 그들의 몸을 사정없이 유린했다.

"크으으윽… 몹쓸 계집! 네 정체를 밝혀라!"

"날 조금이라도 몰아붙인다면 생각해 볼게!"

그녀의 몸이 번개처럼 움직였다. 소녀는 검을 휘두르며 게나홀라헬과 메라리투 라헬의 몸을 베어나갔다. 그들은 잔상이 남을 정도로 빠른 소녀의 움직임에 적응하지 못한 채 그 날카로운 공격들을 어렵사리 받아내고 있었다.

베고 또 베었다. 소녀는 마치 벌목이라도 하는 나뭇꾼처럼 메라리투 라헬과 게나홀라헬을 베어나갔다.

이것이 본디 무적의 수호자라 불리는 메라리투 라헬의 본실력은 아니다. 하지만 하늘에서 내리치는 번개의 견제와 빠르고 날카로운 소녀의 공격들은 상황을 점점 더 난항으로 몰아가고 있었다.

"기분 나빴다고, 네 녀석 따위가 나보다 대단하다는 평가

를 듣는다는 것 말이지. 전쟁터의 살아 있는 사신(死神)으로 불리던 나보다!'

검에 달려 있는 커다란 외눈이 핏줄을 세우며 그들을 노려봤다.

그녀의 검은 광포했고, 사정이란 조금도 없었다. 오직 잔학한 파괴를 목적으로 그들을 몰아붙였다.

"네 이년……! 내 본실력을 알지도 못하면서 허언을 지껄이는구나!"

메라리투 라헬은 아직 제대로 된 기술을 쓰지도 않은 상태였다. 그가 반인반목 상태에서 줄기들을 마음껏 펼치기만 한다면 손끝 하나 움직이지 않고 상대를 제압할 수 있을 터였다.

하지만 인간의 한계를 벗어난 그 검격이 메라리투 라헬을 옴짝달싹하지 못하게 만들고 있었다. 아무리 겉모습일 뿐이라지만 저런 꼬맹이한테 당하고 있는 이 현실은 그에게 너무나도 수치스러웠다.

"주둥이가 승리를 결정짓는 잣대는 아니지. 캬핫핫!"

"닥쳐라!"

"그냥 팍 죽어버리라고. 하도 오래 살아서 치매가 도진 모양이구만! 으랏차!"

소녀는 검을 돌려 하늘 높이 세우고 메라리투 라헬의 둥치를 향해 검을 내려쳤다.

쩌저적!

뇌격의 기운이 담긴 그 일격이 메라리투 라헬의 몸에 그대로 꽂혔고, 그와 동시에 하늘에서 거대한 번개가 그의 몸에 내리 꽂혔다.

"크아아악!"

"아예 반으로 갈라주지!"

쩌억! 쩌억! 쩌억!

그녀는 고기를 다지는 푸줏간 주인처럼 메라리투 라헬의 허리를 연신 찍어댔다. 그 거대한 검에서 내뿜어지는 잔악한 기세가 수십 배, 수백 배의 크기를 가진 거목을 내려치고 있었다.

'생각 외의 결과가… 크윽!'

게나홀라헬은 너덜너덜해진 몸을 제대로 회수하지도 못한 채 그녀의 만행을 바라보고 있었다. 자신들이 기세를 놓치기도 했지만 상대의 실력이 보통이 아니었다. 그 실력이나 모습으로 보아 마성의 검령이 분명했다.

그는 어찌하여 저런 존재가 이 숲에 들어올 수 있었는지 아직도 이해가 되질 않았다. 이곳은 악한 영이 함부로 범접할 만한 곳이 아니었다. 엔트라헬들에게 있어선 성지와도 같았고, 반대로 마성의 검령에게는 천적인 공간이었다.

그런데 태연하게 침입해 들어온 것도 모자라 수호자를 상대로 저런 짓을 벌이고 있다니.

그는 상대를 만만하게 봤던 자신을 탓해야 했다. 혹시나 하는 마음에 스캇을 돌아봤지만 여전히 그 모습 그대로다. 그는 하늘을 저주했다. 인간의 힘이라도 빌리기 위해 실낱같은 희망을 가져 보는 자신이 수치스러웠다.

'수호자님! 제발……!'

메라리투 라헬 역시 상대를 대수롭지 않게 생각했지만 그녀의 공격이 계속 자신의 몸을 베어가자 무언가 잘못됐다는 생각이 들기 시작했다. 기분 나쁜 마력이 상처들을 통해 자신의 몸으로 침투되고 있었고, 상대의 공격을 한 번씩 받아낼 때마다 조금씩 몸에 마비가 오기 시작했다.

소문으로만 들었던 마성의 검령이 어떻게 이 성지, 헤렘의 달에 침입하게 되었는지 알 길이 없었다. 하나 검령이라 해도 그가 반인반목으로서 제대로 능력만 발휘할 수 있다면 능히 상대의 검을 제압할 수 있을 것이다. 하지만 상대의 마성은 메라리투 라헬에게 조금의 기회도 주지 않은 채 그의 행동과 사고를 조금씩 잠식해 가고 있었다.

"왜? 뭔가 이상해? 잘못된 것 같아?"

그녀의 비아냥거리는 목소리가 파공음 사이로 들려왔다. 그들은 조금씩 몸을 움츠리며 뒤로 물러났다.

'도대체… 도대체 이게 무슨 상황이란 말인가!'

게나홀라헬은 지금 자신의 눈앞에 벌어지는 상황을 믿을 수 없었다. 단지 한 명의 검객에게 몰아붙여지리라고는 조금도 상상하지 못했던 것이다. 더군다나 그 절대적인 실력만큼

은 믿어 의심치 않았던 수호자님의 고전은 상대에 대한 공포
를 더욱더 가중시켰다.

'그뿐이 아니다. 동족들이 위험하다!'

사방으로 흩어진 엔트라헬들의 기운들이 하나씩 사라지고
있었다. 그들 중 일부라도 돌아온다면 이 기세를 뒤집을 약간
의 기회라도 있을지 모른다. 하나 누군가에게 공격이라도 당
한 듯 동족들의 기운이 하나씩 약해지거나 사라지고 있었다.

게나홀라헬은 검푸른색의 구름을 바라봤다. 분명 저 녀석
으로부터 내리쳐지는 번개가 곳곳에 흩어져 있는 동족들을
공격하고 있는 것이 분명했다.

'진정 벗어날 방법이 없는가……!'

"캬아하하하핫! 모조리 해체시켜서 장작으로 만들어줄게!
그리고 이 숲 전체로 캠프파이어를 벌이는 거야! 어때? 좋
지?!"

이제 무엇이 베이고 있는지, 무엇을 베고 있는지 구분조차
가지 않게 되었다. 단지 거대한 검 한 자루가 미쳐 날뛰는 말
처럼 지상 위에 존재하는 모든 것들을 미친 듯이 베어대고 있
을 뿐이었다.

게나홀라헬은 평생 겪어본 적 없었던 공포가 자신의 마음
속을 정복해 가는 것을 느꼈다. 그것은 바로 죽음에 대한 공
포!

"그만둬!"

그때였다.

단발의 외침과 함께 한 신형이 그 중심으로 뛰어들었다. 담쟁이덩굴을 몸에 두르고 있는 우윳빛의 표범이었다. 게나홀라헬은 예상하지 못했던 그 등장에 놀랐지만, 곧 막연한 기대감으로 그 표범을 바라봤다.

크르르릉!

표범의 발톱이 허공을 긋자 마치 종이가 찢어지듯 공간이 벌어졌다. 표범이 공간의 벌어진 틈새에 이빨을 들이대자 정신없이 날뛰던 소녀가 그 자리에 멈춰 섰다.

"넌… 뭐야?"

"하지 마. 번개도 하지 말고, 나무를 헤치는 것도 하지 마."

표범이 만들어낸 틈새에는 소녀의 한쪽 다리가 빠져나와 있었다. 그리고 멈춰 선 소녀의 한쪽 다리는 또 다른 틈새에 빠져 붙들려 있는 상태였다. 일종의 강제적인 공간 이동을 행한 것이다.

표범의 날카로운 이 바로 앞에 그녀의 새하얀 다리가 드러나 있었다. 하지만 소녀는 되레 흥미로운 표정을 지었다.

"너도 엔트라헬이냐?"

"아니. 그게 무슨 상관인데?"

대조적이었다. 날카로운 쇳소리로 묻는 소녀와 귀여운 여자 아이의 목소리로 이야기하는 표범.

소녀의 앵두 같은 입술이 다시 움직였다.

"꼭 죽여야 하는지, 아니면 좀 가지고 놀다 죽여도 되는지 결정해야 하거든. 히힛!"

분명 후자인 탓일까. 그녀는 익살맞게 웃어 보였다.

소녀는 틈새에 빠진 자신의 발을 아무렇지도 않게 빼내곤 표범을 향해 걷기 시작했다. 오른손에 붙들린 거대한 검만 아니라면 그 한들한들한 자태에 아무런 적의도 느끼지 못했을 정도로 부드러운 몸짓이었다.

"강하다고 소문이 자자한 수호자님께서 왜 날 상대하지 못하는지 알려줄까?"

표범은 다가오는 자의 적의를 느끼며 그 자리에서 벗어나려 했다. 하지만 마음먹은 대로 몸을 움직일 수 없었다.

밀짚모자를 눌러쓴 소녀는 계속 천천히 한 걸음씩 다가왔다. 그제야 표범은 뭔가 잘못됐다는 것을 느낄 수 있었다.

"마성의 검령은 세 개의 능력을 가지고 있지. 그 어떤 상대도 유린하는 디스트럭티브 스워드(Destructive Sword), 가지고 있는 악의를 그대로 표출할 수 있는 악뢰(惡雷)."

소녀는 자신의 검을 앞으로 빼 들었다. 검의 가운데 달린 커다란 눈이 표범을 뚫어져라 쳐다보고 있었다.

"그리고 마지막으로 상대 심령과 육체를 마음대로 구속할 수 있는 게마의 눈(Ghema's Eye)."

소녀는 왼손으로 쓰고 있던 밀짚모자를 벗어던졌고, 그녀의 얼굴이 드러나자 표범은 그 얼굴을 똑똑히 볼 수 있었다.

눈이 있어야 할 자리엔 눈 대신 흉터 자국이 자리 잡고 있었다.

그것은 불에 덴 상처처럼 잔뜩 일그러진 채 눈이 있어야 할 부분을 메우고 있었다.

"게마의 눈이 어떤 것인지는 말 안 해도 알겠지?"

충분히 알고 있다. 표범은 자신을 바라보는 눈동자의 시선을 잘 알고 있었다. 검에 달린 거대한 눈이 자신을 바라보던 그 순간부터 몸이 말을 듣지 않았던 것까지도.

"나, 나도 해칠 거야? 이 숲처럼?"

"그럼, 그럼. 키히히힛!"

"아, 안 돼……."

표범은 그녀를 노려보며 낮게 그르렁거렸고, 표범에게서 나온 여자 아이의 목소리는 겁에 질려 떨고 있었다. 소녀는 의외의 사실을 발견했다는 듯 왼손으로 표범을 가리키며 말했다.

"너, 표범이 아니었구나?"

표범은 아무런 대답도 하지 않았다. 잠시 대답을 기다렸던 소녀는 콧방귀를 뀌며 표범의 머리 위에 자신의 발을 올려놨다. 표범은 눈을 크게 부릅뜨고 그 발을 내치려 했지만 몸이 마음대로 움직여지지 않았다.

"뭐 어쨌든, 중요한 건 아니니까. 자, 그나저나 내 능력을 좀 보라구. 넌 아무런 행동도 할 수 없을걸."

퍼억!

그녀의 발이 표범의 머리를 짓눌렀다.

소녀는 발끝으로 그 머리를 천천히 짓이겼다. 표범은 고통이 심한 듯했지만 비명조차 마음대로 지를 수 없었다.

"무슨 짓이야!"

"시끄러워."

게마의 눈이 다시 한 번 깜박이자 더 이상 그 목소리도 들리지 않았다. 소녀는 만족한 듯 빙그레 웃음을 지으며 표범을 천천히 밟기 시작했다.

그때 게나홀라헬과 메라리투 라헬은 그녀들의 행동을 주시하며 대화를 나누고 있었다. 그들에겐 기세를 역전시킬 수 있는 절호의 기회였다.

'괜찮으십니까?'

'외상일 뿐이지. 다른 조직으로 메우면 그만이야. 그나저나 일방적으로 밀리던 게 저 눈 때문이었을 줄이야……'

'분명 영향력에서 벗어나야 정상일 것인데, 아직도 몸의 마비가 마음대로 풀리질 않습니다.'

번개는 여전히 숲의 곳곳에 내리쳐지고 있었지만 그들은 집중 공격의 영향력으로부터 벗어나 있었다. 하지만 게나홀라헬의 심령과 육체는 여전히 상대의 능력에 구속되어 있었다.

'나는 모두 풀렸다. 기회를 봐서 능력을 만개(滿開)하고 뒤

를 치겠다.'

그가 말하는 능력이란 스캇과의 마지막 대결에서 사용하려 했던 기술이며, 레잔다일을 죽였던 기술이다. 그것이라면 검령의 능력들과도 능히 겨뤄볼 수 있을 터였다.

게나홀라헬은 그 소녀를 바라봤다. 그녀는 여전히 표범을 짓이기고 있었다. 우득거리는 소리들이 들려오는 것으로 봐서 뼈가 부서지도록 밟고 있는 것이 분명한데, 그녀의 능력 때문인지 표범은 아무런 비명도 지르질 못했다.

그는 표범에게 안쓰러운 마음이 들었다. 자신들이 당하고 있던 것을 막아준 장본인이다.

'수호자님, 가능하시다면 저 아이를 구해줄 수 없겠습니까?'

'저 녀석은 우리 동족도 아닐뿐더러, 이 숲에 들어와선 안 되는 불결한 태생이다. 동물 따위에 기생하지 않고선 살아갈 수 없는 돌연변이를 내가 구해줘야 할 이유가 있는가?'

'저 아이의 친모(親母)도 우리 동족 대신 팔려가지 않았습니까. 수호자께선 정녕 그들을 용서해 주실 수 없는 겁니까?'

메라리투 라헬은 아무런 대답 없이 표범이 당하는 모습을 바라봤다. 게나홀라헬 정도나 되어야 수호자에게 이만한 말을 꺼낼 수 있는 것이다. 다른 엔트라헬은 의견은커녕 인사조차도 쉽사리 할 수 없는 것이 바로 수호자의 위치이자 위엄이었다.

그럼에도 불구하고 게나홀라헬이 그렇게까지 말을 꺼낸 것은 상당히 파격적인 일이었다. 스캇 같은 인간도 허용한 자신들인데, 이제 와서 구태연한 혈통을 빌미로 목숨을 구해준 자가 당하는 것을 지켜보고 있어야 한다는 것이 게나홀라헬의 마음에 걸렸기 때문이다.

자신의 몸이 마성에서 벗어났다면 주저함없이 저 표범을 구했을 것이다. 무던히도 밟혀 이제는 흙과 피로 범벅이 된 표범을 바라보며 게나홀라헬은 고통 아닌 고통을 느꼈다.

"꺄핫핫! 아직 안 죽었어? 이제 슬슬 움직일 수 있게 해줄까? 고통에 몸부림치는 모습도 보고 싶은걸?"

'수호자님……!'

'그만 해라. 난 동족을 구하는 것이 우선이다. 다른 일에 내가 나선다면 어찌 수호자라 불릴 수 있단 말이냐.'

그의 마음을 이해하지 못하는 것도 아니었다. 전력을 다해 맞서 싸워야 할 상대다. 그리고 자신의 승패는 곧 동족의 멸절과도 관계되는 일이었다. 동족을 위해서라면 당연히 냉정한 결정을 내려야 하는 것이다.

하지만 게나홀라헬은 납득할 수 없었다. 이런 비겁하고 구차한 모습이 자신들의 모습이라는 것을 인정할 수 없었다. 항상 누구보다 현명하고 강했던 엔트라헬들이다. 자신을 구해줬던 자에게 은혜를 갚진 못할망정, 그것을 지켜보고 있어야 하는 현실이 부끄러웠다.

무엇보다 스캇, 그에게 보여주지 못할 광경이었다. 그가 이런 모습을 본다면 어떻게 생각할 것인가. 오만한 주제에 비겁하기까지 한 자신들을 보면서 뭐라 말할 것인가.

게나홀라헬은 평생 가져 보지 못했던 수치심에 고개를 저었다.

"그만 해라, 꼬맹아."

그때 들려온 낮고 허스키한 목소리.

그 목소리의 주인공이 소녀의 뒤에 서 있었다. 소녀는 피식 웃으며 보란 듯이 하던 일에 충실했고, 그녀의 발밑에선 여전히 붉은 피가 터져 오르고 있었다.

목소리의 주인공은 팔을 뻗어 그녀의 뒷덜미를 움켜잡았다. 그러자 잔인한 폭군은 우스꽝스런 모습으로 허공에 매달렸고, 그 모습을 지켜보고 있던 이들은 소리없는 탄성을 내질렀다.

'스캇⋯⋯!'

Chapter 26

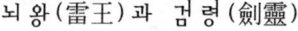

뇌왕(雷王)과 검령(劍靈)

게나홀라헬과 메라리투 라헬은 의외의 상황에 놀랐다. 게
나홀라헬은 더욱 부끄러운 마음에 그를 애써 모른 척하고 싶
었다. 메라리투 라헬은 여전히 말없이 그들을 지켜봤다.

"뭐야? 안 놔?"

스캇이 소녀의 두 배는 넘는 훤칠한 키로 그녀를 들어올리
자 그녀는 소리를 지르며 바동거렸다. 그는 그런 그녀를 자신
의 등 뒤로 던져 버렸다.

거대한 검과 함께 구르며 날아간 그녀는 먼지를 일으키며
땅을 굴렀고, 스캇은 무릎을 굽히고 표범의 앞에 앉아 그녀의
상태를 조심스럽게 살펴봤다.

"조금만 늦었어도 아우리미에게 한 약속을 못 지킬 뻔했군."

다행히 표범의 목숨은 붙어 있었고, 그는 이 자리에 있었다. 이제야 나타났지만 그는 모든 상황을 알고 있었다. 애초부터 지켜보고 있던 것은 아니다.

상처 입은 숲이, 대지가 말해주고 있었다. 어떤 일이 있었노라 그에게 고하고 있었다.

"괜찮으냐? 곧 고쳐 주겠다."

스캇은 숨을 식식거리며 고통스러워하고 있는 표범을 품에 안았다. 표범은 그의 품에 안기자 그동안 내뱉지 못했던 고통이 담긴 신음 소리를 내뱉었다.

"끄응… 끄으응……."

"몹쓸 짓을 당했군."

멀지 않은 곳에 널브러졌던 소녀는 그가 하는 행동을 지켜보고 있었다. 하지만 자신은 안중에도 없는 듯한 스캇의 행태를 바라보며 내심 분한 마음이 들었고, 그녀는 소리를 지르며 스캇에게 달려들었다.

"빌어먹을 새끼! 감히!"

스캇은 고개를 돌려 그녀는 흘깃 바라봤다. 괴물 같은 검이 팔뚝에 달려 있고, 얼굴의 절반이 화상으로 뒤덮인 기괴한 형상, 그리고 그 진득한 살의. 그 모든 것이 위협적이었다.

하지만 스캇은 낮고 조용하게 이야기했다.

"조금만 기다려라. 절대공간."

파캉!

소녀가 휘두른 검이 스캇의 목을 벨 찰나, 검은 그 바로 앞에서 튕겨져 나왔다. 그 충격을 견디지 못하고 뒤로 밀려난 소녀가 다시 그를 노려보자 금색의 막이 그의 주위를 감싸고 있는 것을 발견할 수 있었다.

"무슨 헛짓거리를……!"

"말 그대로 절대공간일 뿐이지. 일일이 설명해 줄 시간이 없군."

절대공간(絶對空間). 평소 기술의 이름을 군더더기없이 짓는 스캇의 센스로는 적당한 표현이었다. 이 능력은 그가 에나레스라헬의 기술을 접한 뒤 생각해 낸 것이었다.

자신의 몸을 변화시키던 기존의 능력에서 벗어나 다른 물질에 직접적인 영향을 줄 수 있을 정도로 능력을 발전시킨 지도 꽤 오랜 시간이 지났다. 절대공간은 그런 그의 능력을 더욱 정갈하게 갈고닦은 것으로써, 정확하게 정해진 지역에 대한 완전한 지배 능력을 얻게 되는 것이었다.

스캇의 몸을 중심으로 약 4m³의 정육면체의 공간이 현재 그의 절대공간으로 지정되었다. 그가 원하지 않는 이상, 그 어떤 메시지도 그 구역 안으로 접근할 수 없는 것이다. 지금 그는 완전한 자신만의 공간을 만들어냈다.

"후우… 소생(蘇生)을 써야 하는가?"

표범을 바라보는 스캇의 표정은 그다지 밝지 못했다. 생명의 위급함을 다투고 있는 이 시점에서 그가 할 수 있는 최선의 행동이었지만, 단 한 번도 시도해 본 적이 없었던 이론상의 능력이었다. 더군다나 실패했던 경험까지 있던 그였기에 그 부담감은 남달랐다.

"행운이란 녀석이 정말 있다면 이쯤에서 한 번 나와줘야지. 부탁한다."

스캇은 마음을 굳힌 듯 피와 흙으로 얼룩진 표범을 자신의 가슴에 안았다.

"소생."

잠시 후 그의 몸에서 밝은 빛이 쏟아져 나오기 시작했다. 그러나 그 빛은 절대공간을 벗어나지 못하고 그 안을 가득 메웠다. 지켜보고 있던 소녀나 엔트라헬들은 경악에 가까운 표정을 지으며 놀라고 있었다.

소생은 그가 오크 도시에서 개발해 냈던 능력이다. 처음엔 나무 인형이나 돌멩이들에 의지를 부여하며 움직여 보려 했던 목적이었지만 번번이 실패했고, 그 이유를 찾다가 발견한 것이 바로 이 능력이었다.

있어야 할 그대로의 모습으로 만들어주는 것, 정확한 개념은 없었지만 그는 이 능력을 데스나이트와의 대결에서도 이용했던 적이 있었다. 하지만 그에 따른 부작용이 있었으니, 자신의 생명력을 깎아야 하는 상황이 있을 수도 있다는 것이다.

이것은 불을 만들어내거나 바람을 일으키던 다른 기술에도 마찬가지였다. 무(無)에서 유(有)를 창조하는 것이 아니라 유를 또 다른 메시지의 유로 바꾸는 것이다.

다른 메시지들을 변환시키는 것은 상관이 없었지만 소생의 경우는 자신의 생명력을 나눠주게 되는 경우도 있었다. 그 때문에 스캇은 몇 번이나 실패했던 경험이 있었다.

'치료 마법도 가능하단 말인가? 보면 볼수록 신기한 인간이야.'

게나홀라헬은 스캇의 모습을 바라보며 또다시 감탄했다. 하지만 소녀는 게나홀라헬처럼 얌전히 볼 수는 없었는지 길길이 날뛰며 소리를 지르기 시작했다.

"내가 베지 못하는 게 존재할 리 없어!"

쾅! 쾅! 쾅!

그녀의 검이 스캇을 감싸고 있는 막을 베어내기 시작했다. 하지만 검은 조금도 막을 상처 입히지 못했다. 같은 공간계의 능력이었던 에나레스라헬의 능력도 거침없이 베었던 검령이다.

하나, 지금 스캇이 만들어낸 절대공간의 방어력은 그런 검령의 파괴력을 무색하게 만들고 있었다.

"네가 뭔데! 네까짓 게 뭔데! 이이익!"

파괴하지 못해도 상관없다는 투였다. 그녀는 번개까지 동

원해 가며 쉬지 않고 상대를 공격해 갔다. 그런 그녀의 행동
은 광기까지 담겨 있는 듯했다.

콰르릉!

그녀의 공격이 얼마나 거셌는지 주변의 대지가 요동치는
듯 흔들리고, 굉음이 숲을 뒤덮었다. 하늘에서 떨어지는 악
뢰(惡雷)들은 대지를 깎아냈다. 하지만 스캇의 절대공간은 여
전히 그대로였다.

잠시 후 정육면체의 공간 속에서 뿜어 나오던 빛이 사그라
지기 시작했다. 그제야 미쳐 날뛰던 검령이 멈추고 번개도 가
라앉았다.

소녀는 잠시 공격을 멈추고 숨을 몰아쉬었다.

'지독하군.'

게나홀라헬은 혀를 찼다. 스캇의 주위는 그가 생전에 본 적
도 없는 파괴력으로 인해 엉망이 되어 있었다. 나무가 자라기
에 딱 알맞았던 융단과 같은 부드러운 흙은 이미 다 파헤쳐져
있었고, 자연적 이론을 무시한 낙뢰들로 인해 대지가 타 들어
가고 있었다.

하지만 스캇의 절대공간은 그대로였다. 풀 한 포기, 돌멩이
하나도 변함없이 그 자리에 그대로 있었다. 스캇은 여전히 엉
망이 된 표범을 품에 안고 있었고, 그의 두 눈은 감겨 있었다.

그때였다.

"저, 저건……?"

평정을 유지하던 게나홀라헬은 자신의 상황도 깨닫지 못한 채 입 밖으로 목소리를 내뱉었다. 경악한 것은 그뿐만이 아니었다. 메라리투 라헬 역시 마찬가지였다.

믿을 수 없는 일이 일어나고 있었다. 강렬하게 내뿜는 빛은 사라졌지만, 여전히 스캇의 주위는 은은한 빛으로 감싸여 있었다. 그리고 그의 주변에 있는 대지에 변화가 오기 시작한 것이다.

그를 중심으로 파괴되었던 헐벗은 땅에서 새로운 생명이 피어나고 있었다. 붉게 드러난 대지의 맨살에서 연녹색의 새 싹들이 태어나고 있었다.

그 생명의 신비에 과연 어떤 형용사가 어울릴까!

그것은 무한한 수명을 가지고 있는 엔트라헬들의 눈에도 명백한 축복이며 기적이었다. 그를 중심으로 마치 수백, 수천 배의 속도로 시간이 흐르듯 엄청난 속도로 풀이 자라나고 있었다.

이름 모를 꽃이 망울을 터뜨리고, 오롯이 뻗어 오른 작은 나무가 잎사귀를 만발했다. 엔트라헬들에게는 인간의 관점으로는 상상도 할 수 없는 엄청난 경험이었다. 메라리투 라헬과 게나홀라헬은 그 모습을 바라보며 어떤 생각도 할 수 없었다.

그저, 그저 멍하니 바라보고 있을 뿐이었다.

"게나홀라헬."

정적을 깬 것은 스캇, 본인이었다. 두 눈을 뜬 스캇은 자리에서 천천히 일어났다. 그의 품에 안긴 표범은 편안한 표정으로 잠들어 있었다.

그녀의 겉모습은 얼룩 하나 없이 새하얀 융단처럼 깨끗해져 있었다. 그리고 그 몸을 감싸고 있던 담쟁이덩굴 역시 풍성함을 자랑하며 본디의 모습으로 돌아왔다.

한참 정신을 놓고 있던 게나홀라헬은 그가 자신을 불렀다는 사실을 조금 늦게야 깨달았다.

"날 불렀는가?"

"잠시만… 이 아이를 부탁한다."

게나홀라헬은 그 말뜻을 이해하곤 자신의 덩굴을 내뻗었다. 그들 사이엔 소녀가 서 있었지만, 무슨 일인지 그저 스캇을 노려보고 있을 뿐이었다.

스캇은 그 작고 약한 생명을 조심스럽게 게나홀라헬의 덩굴 위에 올려놨다. 게나홀라헬 역시 그녀가 깰 새라 얌전히 자신의 품으로 끌어당겼다.

"자, 이제 다음 차례인가."

스캇은 자신의 주위를 무성하게 뒤덮은 덤불을 부드럽게 헤치고 앞으로 걸어나갔다. 소녀는 아무런 움직임도 보이지 않았지만, 게마의 눈이 몇 번이고 깜박거리며 그를 노려보고 있었다.

"너… 도대체 무슨 능력을 가지고 있는 거야? 왜 내 눈이

아무런 영향도 줄 수 없는 거지?'

소녀는 이를 갈며 경악과 분노를 동시에 드러냈다. 저 남자는 게마의 눈으로 지배할 수 없다. 그녀는 저 메라리투 라헬까지 제압했던 자신의 능력이 한낱 인간을 상대로 힘을 발휘할 수 없다는 사실을 쉽사리 믿을 수 없었다.

"천천히 이야기하자. 나라는 녀석에 대해서 너무 부담은 가지지 말고……."

스캇은 천천히 그녀와 이야기를 시작하려 했다. 그런데 그때, 그들의 뒤에서 무게있는 목소리가 들려왔다.

"내가 도와줄까?"

모든 상처를 회복하고 제대로 싸울 준비를 갖춘 메라리투 라헬의 목소리였다. 분명 지금의 그라면 아까와 같은 일은 벌어지지 않을 것이다.

그의 입장에서 인간의 뒤를 돕거나, 중간에 개입하는 지금과 같은 상황은 결단코 용납할 수 없는 행위였다. 하지만 메라리투 라헬은 자신의 자존심보단 동족의 안전을 우선으로 했고, 또한 스캇을 내심 인정했기에 가능한 일이었다.

하지만 스캇은 고개를 저으며 메라리투 라헬을 바라봤다.

"미안하지만 당신은 여기에 낄 권리가 없어. 아무리 이곳이 당신의 땅이라 해도, 내가 허락하지 않겠다."

"무슨 헛된 소리를!"

메라리투 라헬은 자존심에 적지 않은 상처를 입었는지 거센 목소리를 내질렀다. 자신이 먼저 고개를 숙이고 돕겠다고 했더니, 이 오만한 인간은 자신을 아무렇지도 않게 무시했다.

스캇은 차가운 눈빛으로 메라리투 라헬을 응시했다.

"당신 위치나 입장을 모르는 것도 아니니까 이해는 하겠는데, 아무리 생각해도 일족의 수장이라는 자가 뒤에서 숨어 기회를 엿보고 있었다는 것은 마음에 안 든단 말이지. 그것도 자신들을 구해준 저런 작은 아이를 방패로 삼았다는 게 더욱 괘씸해."

게나홀라헬은 자신의 덩굴들을 움츠리며 뒤로 물러났다. 스캇은 자신들이 나눴던 대화를 전부 알고 있었던 게 분명했다. 그는 수치심을 느끼며 뒤로 물러났다. 스캇의 말대로 더 이상 개입하지 않겠다는 의사 표현이었다.

메라리투 라헬은 스캇과 게나홀라헬을 번갈아 바라보다, 결국 몸을 돌려 뒤로 물러났다. 그의 자존심에 앞서 자신이 최초로 인정한 인간이었다. 그런 그에게 모욕을 받았으니 퍽이나 화가 날 법도 하건만, 메라리투 라헬은 스캇의 말에 순순히 따랐다.

"상관없겠지. 네가 처리하지 못한다면 기다리던 내가 처리한다. 순서가 바뀌어도 결과는 변하지 않는다."

메라리투 라헬은 자신의 몸통을 떨며 줄기들을 드러냈다. 아직 만개하진 않았지만 사방을 향해 뻗어 오른 가지들이 서슬 퍼런 창검을 연상시켰다.

"자, 그럼 꼬마 아가씨. 오래 기다리게 해서 미안하네. 그런데 이름이 뭐지? 나는 스캇이라고 한다."

"병신, 네가 하는 꼬락서니에 순순히 따라갈 거라고 생각하면 오산이야."

소녀의 여유있던 표정은 간데없었고, 그녀는 악에 받친 목소리로 응수했다. 스캇은 여전히 자신의 여유를 숨기지 않고 미소를 지었다.

"뭐라 불러줘야 할지 고민이 되니까 곤란하다네. 라쥬마쥬라 불러줄까? 아니면 쥴라우예바라고……."

"닥쳐!"

콰광!

스캇이 미처 말을 끝내기도 전에 쇄도한 소녀의 신형이 스캇에게 부딪쳐 왔다. 스캇은 그녀의 검을 피하지 않고, 자신의 두 손으로 잡아냈다. 어느새 현무의 장갑은 손끝에서 어깨까지 이어진 갑옷의 형태를 이루고 있었다.

"그 이름, 두 번 다시 내 앞에서 꺼내지 마. 그랬다간 팔천삼백 조각으로 네 몸을 해체시켜 버리겠어!"

"좋아, 라쥬마쥬. 마성의 검령이 이곳엔 무슨 일이지? 또 나 때문인가?"

사실 잔뜩 아는 척을 했지만 스캇이 알고 있는 지식은 이 정도가 한계였다. 용케 노인과의 대화를 숙지해 두고 있던 터라, 여러 가지 정황을 고려해 눈치있게 찔러봤을 뿐이다.

"내가 말해줘야 하는 이유가 뭐야?"

"어차피 이런 이야기라도 하지 않으면 치고 받기밖에 더 할까. 그전에 좀 더 서로에 대해 잘 알자는 거지. 뭐, 피차 궁금한 건 많을 텐데."

스캇은 좀 더 그녀의 마음을 흔들어봤다. 그는 지금 현무 이 문을 자유롭게 운용할 수 있게 되고, 또 그 능력을 알고 있었 다.

실제로 맞서 싸우게 된다고 해도 불리할 것은 없었지만, 상 대적으로 라쥬마쥬가 가지고 있는 심리적 불안감을 쉽게 눈 치 챈 것이다.

"헛소리! 난 궁금한 게 없어!"

"그래? 나 말고도 네 눈을 이겨낸 인간이 또 있기라도 했던 가? 이렇게 대놓고 무시하고 있을 정도로?"

마성의 검령이라고 해도, 의지가 있고 생각이 있다면 스캇 의 능력을 피해 갈 수 없었다. 그는 라쥬마쥬가 가지고 있던 가장 큰 의문을 직접 자신의 입으로 말했다.

"그럼… 뭐 어떻게 할까? 치고받고 싸우는 거? 투닥투닥?"

스캇은 자신의 두 주먹을 들어올려 허공에 두들기는 시늉 을 해 보였다. 그에 발끈한 라쥬마쥬는 검을 뒤로 회수하며 물러났다.

"난 전장의 사신이라 불리는 마성의 검령! 오랜 세월 동안 피와 살육 외에는 마음에 둔 것이 없었다. 그런데 네 녀석은 날 대놓고 무시하는군!"

"쳇."

스캇은 마음먹은 대로 일이 돌아가지 않는 것을 느꼈다. 그는 싸움을 피하기 위해 최대한 분위기를 대화로 이끌려 노력했다. 하지만 라쥬마쥬의 살의는 변함이 없었다.

한동안 잠잠했던 번개들이 다시 내리치기 시작했다. 그제야 라쥬마쥬는 본래의 비릿한 미소를 드러내며 검을 치켜들었다.

"게마의 눈에 당하지 않는 인간이라는 건 확실히 흥미로워. 캬하핫! 하지만 수백 년 동안 전장을 누비던 날 꼬마 취급하다니. 내가 널 용서할 것 같아?"

그녀에게는 아직 다른 능력들이 있었다. 검술만으로도 세상에선 그녀를 대적할 이가 몇 없었다. 검령이라는 것은 이름 높은 검이 피를 먹고 자라 의지를 가지게 되는 것. 그녀는 가지고 있는 실력만큼이나 확고한 자신감을 가지고 있었다.

이 인간은 결코 나를 이기지 못한다!

라쥬마쥬는 확신을 가지고 기운을 끌어올리기 시작했다. 메라리투 라헬을 상대할 때와는 비교도 안 될 정도로 살의가 넘치는 기세였다.

"캬아앗! 베고, 베고, 베고, 또 베어버릴 거야!"

부우웅!

그녀의 거대한 검이 스캇을 목을 노리고 날아들었다.

채찍처럼 길게 늘어난 그녀의 오른팔 덕분에 스캇도 예측하지 못한 불의의 일격이었다.

'빙체(氷體), 유영(柳影).'

이문을 개방한 스캇의 능력은 예전과는 비교도 되지 않을 정도로 구체화되었다. 그는 두꺼운 얼음 방패를 만들어내며 상대의 공격을 비껴냈다.

채랭!

얼음 방패가 산산조각이 나며 깨지자 스캇은 뒤로 미끄러지며 몇 개의 방패를 더 만들어냈다. 라쥬마쥬의 검은 뱀처럼 꾸물거리며 목표를 놓치지 않고 스캇을 향해 달려들었다.

"허튼수작!"

라쥬마쥬의 검이 거대한 반호를 그리며 스캇이 만들어낸 방패들을 한 번에 베어내자, 수많은 얼음 조각들이 폭죽이 터지듯 사방으로 터져 나갔다.

'선영(扇影).'

얼음 조각들이 흩어지며 순간적으로 라쥬마쥬의 시야가 봉쇄됐다. 그녀가 검풍을 일으키며 조각들을 제치자 그의 모습이 나타났다. 아니, 그들이었다.

"짜증나! 그딴 짓거리!"

그녀의 눈앞에 나타난 스캇은 한 명이 아니었다. 네 명이 스캇이 일일이 방향을 파악하기 힘들 정도로 빠르게 움직이고 있었다. 그들은 일제히 산개하여 사방에서 그녀를 향해 뛰어들어 왔다.

"스워드퀘이크(Sword-quake)!"

콰르릉!

그녀가 자신의 발 앞에 검을 꽂아 넣자 그 파동으로 인근의 대지가 뒤틀렸다.

라쥬마쥬는 찰나에 생겨난 틈을 놓치지 않고 검과 함께 크게 선회했다. 불의의 일격!

"다 죽엇! 죽어버렷!"

그녀의 검이 네 명의 허리를 가르자 그들은 하나같이 얼음 조각으로 산산조각나며 사방으로 흩어졌다. 네 명이 모두 가짜였던가!

라쥬마쥬는 정신없이 고개를 돌리며 스캇의 위치를 파악했다.

"날 찾나?"

그의 목소리가 들려온 것은 라쥬마쥬의 머리 위였다. 그녀가 고개를 들자 수십 미터 위의 상공을 날고 있는 스캇을 볼 수 있었다.

스캇은 마법사들처럼 공중에 떠 있기만 한 것이 아니라, 허공을 박차며 주변을 선회하고 있었다. 그 모습이 마치 먹이를 찾는 매의 모습과도 닮아 있었다.

"카아아악! 제대로 싸우자!"

"네 손이 얼마나 길게 뻗어질 수 있는지 궁금하군."

스캇은 라쥬마쥬를 은근히 약 올리며 더욱 높은 곳으로 올라갔다. 라쥬마쥬의 모습은 말 그대로 닭 쫓던 개의 형상이었다. 그녀는 잠시 스캇을 바라보다 갑자기 웃음을 터뜨렸다.

"캬하하하핫! 더 높이 올라가도 돼! 악뢰들아! 저 녀석을 공격해!"

쿠르르릉!

하늘을 뒤덮은 검푸른 구름이 맹수가 울부짖듯 천둥소리를 토해냈다. 그제야 스캇은 자신이 뭔가 중요한 것을 잊고 있었다는 것을 깨달았다.

이어서 그의 머리 위로 직격하는 거대한 뇌격(雷擊)!

"크아아악!"

스캇은 빠른 속도로 땅으로 떨어지기 시작했다. 라쥬마쥬는 그의 떨어질 위치를 확인하곤 그 밑으로 달려가 자세를 잡았다. 떨어지는 기세를 이용해 올려칠 심산이었다.

"좋아, 좋아. 화려하게 터져 버리라고!"

라쥬마쥬가 기운을 모으자 그녀의 검이 검푸른 기운을 뿜아내기 시작했다. 왼손으로 검의 손잡이를 단단하게 여며 쥔 그녀는 간격을 맞춰 스캇을 향해 검격(劍擊)을 날렸다.

휘이이잉!

그녀의 검이 떨어지는 스캇의 몸을 정확하게 반으로 갈랐다. 하지만 그녀의 손에는 사람을 베었다는 묵직한 느낌 대신 허공을 가른 듯한 허망함만 남아 있었다. 그의 몸은 신기루처럼 흩어졌다.

"이이잇! 또 짜증나는 짓거리를……!"

"내 연기력이 괜찮았는가?"

스캇은 그녀의 뒤에서 천천히 걸어나왔다. 그는 점점 흐름을 자신의 것으로 만들고 있었다. 라쥬마쥬는 확실히 먹혀 들어갔다고 생각되는 공격이 모두 무산되자 더욱 흥분하며 야수와도 같은 모습을 보이고 있었다.

"저 번개들도, 너의 검도, 그 커다란 눈도 나를 해치진 못해."

"악뢰! 저 새낄 잡아!"

다시 수많은 번개가 사슬처럼 뭉쳐 스캇을 향해 내리쳤다.

메라리투 라헬과 게나훌라헬이 꼼짝 못하고 당했던 기술이었다. 하지만 스캇은 알 듯 모를 듯한 표정을 지은 채 그 자리에 그대로 서 있었다.

"넌… 도대체……."

번개가 내리칠 때마다 스캇의 몸은 신기루처럼 흩어졌다. 분명한 것은 번개들도 그에게 타격을 주지 못한다는 것이었다.

"나는 바람, 얼음, 불, 그 자체로 존재하는 것이 가능한 사람이지. 번개라 해도 다를 것은 없어."

라쥬마쥬는 어이가 없다는 듯 스캇이 말하는 것을 듣고 있을 뿐이었다. 라쥬마쥬의 살의는 여전했지만, 할 수 있는 모든 공격들이 무산되고 있었다. 지금의 그녀는 아무것도 할 수 있는 것이 없었다.

"웃기지 마!"

"네 덕분에 한 가지를 더 배웠군. 뇌체(雷體)."

그의 말이 끝나자 강렬하게 터지는 섬광!

그때, 스캇은 오직 번개로써 존재했다. 그의 몸은 형체를 분간하기 어려울 정도로 빛나고 있었다. 그리고 그 주위에선 전류들이 서로 부딪치며 작은 번개들을 일으키고 있었다.

"너, 정말 사람 맞아?!"

"솔직히 말하자면, 이젠 나도 모르겠다. 하지만 지금 내 상태로 봐선 누가 악마라 불러도, 혹은 신이라 불러도 긍정할 수 있을 것 같군."

그는 자신의 능력을 시험해 보려는 듯 사방으로 쉴 새 없이 움직여 댔다. 말 그대로 번개, 그 속도나 공간은 측정이 불가능했다. 라쥬마쥬는 어이없다는 듯 고개를 저었다.

"빌어먹을 영감탱이, 말도 안 되는 상대잖아!"

"역시 그 노인이 보냈군?"

예측이 불가능한 것은 아니었다. 자칫하면 죽지도 못하는 아공간으로 넘어갈 수 있는 문의 숲을 지났고, 꽉 막히고 무지막지하게 강한 엔트라헬들과 싸워야 했다. 그리고 현무에게 육체까지 빼앗길 뻔했다. 모든 것이 한 사람의 유도 아닌가.

스캇은 다시 육체를 본디의 것으로 변환했다. 상대의 전의를 꺾었다면 그로써 충분했다. 마성의 검령이니 어쩌니 해도 이젠 어찌할 도리가 없을 터였다.

"흥! 헤렘의 달로 침입할 수 있게 해주겠다고 하더군. 그 대신 살인 청부가 붙었지. 눈엣가시였던 엔트라헬들도 쳐죽일 수 있고, 게다가 약한 인간 하나를 죽이면 될 뿐이라니. 그런데 네가 무슨 인간이야! 10용사보다 더 괴물이잖아!"

스캇은 씁쓸하게 웃었다. 이곳에 오지 않았다면, 현무를 개방하지 않았다면, 그리고 라쥬마쥬가 쳐들어오지 않았다면 그는 약한 인간으로 남았을지도 몰랐다. 노인이 어떤 의도를 가지고 있었는지는 모르겠지만, 그 모든 상황들이 결과적으로는 스캇의 능력을 비약적으로 향상시켰다.

"뭐, 중요한 문제는 아니지. 좋아, 라쥬마쥬. 너는 지금 수세다. 도망치는 것도 불가능하겠지. 뒤에서 널 벼르고 있는 엔트라헬들과 두 번째 라운드를 치를 테냐?"

라쥬마쥬는 이글거리는 눈빛으로 스캇을 노려봤다. 눈앞에 있는 인간은 자신보다 강했다. 그것도 압도적으로!

하지만 그녀는 검령. 뒤로 물러나거나 도망칠 생각은 추호도 없었다. 스캇은 그녀의 마음을 읽었는지 자신의 관자놀이를 긁적이며 말했다.

"강함은 결코 절대적인 것이 아니지. 네가 엔트라헬들의 천적이었던 것처럼, 내가 너의 천적일 뿐이다. 뭐, 그래도 싸워야겠다면 상대는 해주겠다."

"다 귀찮아! 나는 베고 죽이는 것 말고는 모른다고! 덤벼! 혼자서 덤비든, 여럿이 덤비든, 그냥 싸워! 죽여! 다 파괴해 버리라고! 어디 한번 날 죽여봐!"

라쥬마쥬는 소리를 지르며 검을 뒤로 빼 들곤 뭐든지 당장에라도 베어버릴 자세를 취했다. 움츠러들고 있는 것같이 보였지만, 실제로는 궁지에 몰린 야수다. 뭐든지 물고 뜯어버릴 기세였다. 자신의 목숨과 바꿔서라도.

"그래, 짧고 굵게 끝내자는 거지."

고오오오.

스캇이 양손을 펼치자 그 손끝에 묵빛의 기운이 맺히기 시작했다. 그의 어깨까지 타고 오른 현무의 기운이 꿈틀거렸다. 단 한순간이라도 실수를 한다면 현무에게 바로 온몸을 잠식당할 것이 틀림없었다.

스캇의 얼굴이 고통으로 인해 가득 일그러졌다.

"하앗!"

순간, 스캇이 허리를 낮추고 라쥬마쥬를 향해 달려들었다. 두 손에 맺힌 기운이 마치 검은 불꽃처럼 일렁였다.

그리고 그녀를 향해 내뻗는 그의 손!

"그래, 날 죽여봐! 내 목을 잡아 뜯어보라고!"

광기에 가득 찬 라쥬마쥬의 목소리가 헤렘의 달을 울렸다. 그녀는 이를 가득 드러내곤 스캇을 향해 검을 내질렀다.

자신의 안위는 조금도 신경 쓰지 않은 채 오직 상대의 목숨만을 노리는 악랄한 술수!

"크윽!"

그녀의 검이 스캇의 어깨를 내리쩍었다. 하지만 스캇의 두 손이 그 검을 붙잡고 있었다. 애초부터 스캇은 그녀를 공격할 생각이 없었다.

"무슨 짓이야!"

스캇의 어깨에서 선혈이 터져 나왔다. 결코 얕지 않은 상처였다. 하나 그는 두 손으로 검의 날을 붙잡고 있었다. 두 기운이 맞부딪치자 그 파장으로 대지가 흔들리기 시작했다.

"네가 검령이든 뭐든 내 알 바 아니다. 하지만 평생 누굴 죽이고 베기만 해야 한다니, 그 무슨 불쌍한 작태냐."

스캇이 잡고 있는 그녀의 검, 그 검이 힘겹게 떨리고 있었다. 파들거리는 그 모양새가 애처롭기까지 했다. 스캇의 손이 더욱 굳세게 검을 조르기 시작했다.

"내가 왜 널 죽이겠냐. 쥴라우예바, 나는 그와 다르다."

게마의 눈이 핏발을 세우며 스캇을 노려봤다. 두 번 다시 부르지 말라 했던 그 이름이 스캇의 입에서 나오자 그녀는 왼손으로 스캇의 뺨을 쳤다.

찰싹!

하지만 그것은 마성의 검령이 하는 공격치곤 너무나 약한 공격이 아닌가.

"닥치라고! 그 이름으로 날 부르지 마! 네가, 네가 뭔데!"

스캇은 말없이 그녀를 응시했다. 검을 잡은 순간, 그는 검령의 모든 과거를 알 수 있었다. 어째서 미쳐야만 했는지, 주인에게 버림받은 검의 말로가 어떤 것인지, 그녀가 왜 줄라우예바라는 이름을 싫어하는지도.

"널 구속하고 있는 것으로부터 해방시켜 주겠다. 태어날 때부터 검이었다고 하더라도… 그저 베고 죽일 뿐인 삶이라니."

"키이이잇! 무슨 짓을 하려는 건진 모르지만, 당장 그만둬!"

스캇은 대답 대신 무표정으로 고개를 저었다. 그는 자신의 기운을 더욱 증폭시켰다. 금방이라도 검을 폭발시킬 기세였다.

"하아앗!"

그의 기합과 함께 묵빛의 기운이 터져 나왔다. 그리고 그가 잡고 있던 검이 산산조각이 나버렸다.

"끼야아아아아아아악!"

참혹한 비명과 함께 온갖 악랄한 기운들이 밖으로 쏟아져 나왔다. 살의, 분노, 증오, 그 모든 악한 기운들이 조각들과 함께 사방으로 퍼져 올랐다.

"크워어어……!"

수도 없이 많은 악령들이 그 안에서 터져 나왔다. 스캇은 그 가운데서 라쥬마쥬를 들어 자신의 품에 안았다. 이제 더이상 흉측한 검이 달려 있지 않은 작은 소녀일 뿐인 그녀를.

머물 곳을 잃은 악령들이 스캇의 주위를 배회했다. 하지만 그 누구도 스캇의 근처로 접근할 순 없었다. 묵빛의 기운이 스캇의 몸을 감싸고 있었다.

"무(無)로 돌아가라!"

스캇은 주저할 것 없이 대지의 목소리를 내뻗었다. 그의 몸에서 황금색의 빛이 터져 나와 사방을 뒤덮기 시작했다.

그 고귀한 생명의 울림!

악령들은 저마다 비명을 지르며 그 형체를 잃어갔다. 그리고 그와 동시에 하늘을 뒤덮고 있던 검푸른 구름이 걷히기 시작했다. 구름 사이로 은은한 아침 햇살이 헤렘의 달을 향해 쏟아져 내렸다.

"끝……?"

스캇이 주위를 둘러보자 지난밤의 사투를 증명하듯 참혹한 광경이 펼쳐져 있었다. 번개는 걷혔지만 여전히 숲 이곳저곳이 불타오르고 있었고, 융단처럼 바닥을 뒤덮었던 잔디는 오간데없이 붉은색의 속살을 사방에 드러내 있었다.

스캇의 어깨에서 울컥거리며 선홍색 피가 쏟아져 나오고 있었다. 그는 자신의 피에 소녀가 젖을세라 고통을 느낄 틈도 없이 그녀를 반대편 손으로 안고, 다른 손으로 상처를 눌렀다.

"괜찮소?!"

그에게 달려온 이는 젊은 청년의 모습을 하고 있는 엔트라헬이었다. 스캇은 그가 누군지 알 수 있었다. 그는 기분 좋게 웃어 보이며 안고 있던 소녀를 상대에게 넘겼다.

"게나홀라헬, 그는 어디에 있지?"

"당신들이 맞붙기 전부터 승패를 깨달은 수호자님은 진화를 하고 있는 다른 동족들을 돕기 위해 바로 떠나셨소."

게나홀라헬이 그녀를 받아 들며 말했다.

정말 동족애는 끝내주는 분이군. 스캇은 고개를 설레설레 저었다. 그는 자신의 남은 기운을 운용해 소생으로 상처를 막았다. 하지만 그 능력에도 한계가 있는 법, 가지고 있는 기운들을 거의 대부분 소진한 그로선 지혈(止血)을 하는 것이 전부였다.

"대단하군. 인간이라곤 생각할 수 없는 능력이오."

"수호자를 만나러 가야겠다."

스캇이 힘겹게 몸을 움직이자, 게나홀라헬은 안쓰럽다는 듯 그를 바라봤다. 아무런 도움도 되지 못했던 부끄러운 자신을 상기하면서.

"내가 데려다 주겠소."

"아니, 그 아이들이나 좀 부탁해. 둘 다 상태가 별로 좋지 않아."

자네만큼이나 안 좋을까. 게나홀라헬은 속마음과 달리 더 이상 그를 만류하지 않았다. 최소한 지금 이 순간만큼은 수호자보다 크고 넓어 보이는 그 뒷모습을 붙잡을 자신이 그에겐 없었다.

스캇은 오래 지나지 않아 메라리투 라헬을 찾을 수 있었다. 그는 인간의 형상을 하고 다른 몇몇의 엔트라헬과 함께 불을 진화하고 있었다. 그는 그 모습을 지켜보며 기다려야겠다고 생각했지만, 먼저 그의 존재를 눈치 챈 메라리투 라헬이 그에게 다가왔다.

"구름이 걷힌 걸 보고 싸움이 끝난 걸 알았지."

"메라리투 라헬, 당신이 정말 존경스럽군."

괜히 수호자가 아니다. 강한 힘과 능력이 있다고 해서 그 때문에 일족의 수장인 것은 아니었다. 스캇은 그를 보며 정말 많은 것을 배울 수 있었다.

"내가 할 소리다. 과연 내 앞에서 조금도 주눅 들지 않았던 그 자신감에 걸맞은 실력을 가지고 있더군. 그나저나 할 말이 있어서 온 것 같은데."

메라리투 라헬의 분위기가 사뭇 달랐다. 인정받았다는 뜻일까. 인간들이 대화를 나누는 방식을 인정하지 않았던 그다. 하지만 지금은 너무나도 인간처럼 그의 말에 응대하고 있었다.

스캇이 말했다.

"한 가지 부탁이 있다."

"제국과 맞서 싸울 힘을 달라던 그때의 부탁 말인가?"

그렇지. 분명 그 목적으로 왔었지. 하지만 스캇은 고개를 저었다. 메라리투 라헬은 그가 다음 말을 시작하기 전에 이미 그의 뜻을 알아챘다.

"그렇다면 그 아이에 관한 이야기겠군."

"엔트라헬들의 문제에 인간이 개입하는 건 웃긴 일이지만, 나를 통해 조금이라도 도움을 얻었다고 생각한다면……"

"그만 하지."

메라리투 라헬의 딱딱한 목소리가 그의 말을 잘랐다.

역시 그 고집을 꺾긴 어려운 일인가? 스캇의 눈에 실망이 스쳐 갔다. 메라리투 라헬은 스캇의 어깨에 손을 올렸다.

"상태가 좋지 않아 보이는군. 그 힘겨운 싸움을 끝내자마자 달려온 너의 마음을 잘 알겠다. 하지만 지금은 숲이 위험에 빠져 있고, 난 지금 수호자로서의 임무에 충실해야 한다."

스캇은 납득한다는 듯 힘없이 고개를 끄덕였다. 그 외곬을 누가 말릴까. 자신의 말이 귀에 들어오지 않는 것도 당연했다.

메라리투 라헬은 스캇의 어깨에 올린 손을 내려놓고 몸을 돌렸다.

"뒷정리가 끝나면, 자네의 노래를 다시 들을 수 있을까?"

스캇은 그의 뒷모습을 바라보며 한없는 부드러움을 느낄 수 있었다. 항상 느껴졌던 경계심도 더 이상 느껴지지 않았다. 그는 자못 놀란 표정을 지으며 대답했다.

"물론이다."

"그 노랫말이 아직도 마음에 남아 나를 흔드는군. 내 이성을 흔들고 내 판단력을 흐리게 해."

메라리투 라헬은 천천히 몸을 돌려 다시 스캇을 바라봤다. 항상 무표정이었던 그의 얼굴이 지금은 조금 달라 보인다고, 스캇은 그렇게 생각했다.

"너의 노래를 들을 때, 그 아이도 함께하도록 하지."

스캇은 빙긋이 미소를 지으며 친한 친구에게 하듯 오른손으로 메라리투 라헬의 어깨를 툭 쳤다. 메라리투 라헬은 스캇의 행동이 이해가 되질 않았는지 고개를 갸우뚱거리며 몸을 돌렸다.

걸어나가는 그의 뒷모습을 바라보자 그제야 긴장이 풀렸는지, 스캇은 근처의 한 나무에 몸을 기대곤 천천히 미끄러져 내렸다. 거의 눕듯이 주저앉은 그는 주머니를 뒤져 담배를 꺼냈다.

"다 잘 끝나서 다행이긴 한데……."

담배를 입에 물고 라이터를 뒤지던 스캇은 갑자기 자신의 행동을 멈췄다. 그리곤 무언가 깨달은 듯 왼손 검지로 자신의 관자놀이를 긁적였다. 그가 손가락을 들어올리자 손가락 끝에 파직거리는 전류가 일어났다. 그리고 스캇이 그 손가락을 담배 끄트머리에 가져가자 이내 불이 붙었다.

가슴 깊숙한 곳까지 한 번에 연기를 들이마신 스캇은 그 상태로 잠시 숨을 멈추고 두 눈을 감았다. 연기의 까슬까슬한 감촉이 그의 폐부(肺腑)를 시원하게 긁어내렸다.

　"후우… 이래선 어디 인간이라고도 할 수 없겠군."

　스캇은 고개를 뒤로 젖히며 연기를 내뿜었다. 담배 연기 사이로 푸르디푸른 아침 하늘이 보였다. 그곳엔 마치 파도를 연상케 하는 하얀 구름이 바다처럼 창공에 펼쳐져 있었다. 담배를 물고 있는 그의 입가에 미소가 한가득 걸렸다.

　"그래, 구름은 그렇게 생겨야 제 맛이지."

Chapter 27

의 외 의 만 남

그날의 사건은 전례가 없는 피해를 가지고 왔다. 엔트라헬
들의 피해는 지킴이들을 제외하면 경미하다고 할 수 있었지
만, 태고의 자연을 간직하고 있던 숲은 회복할 수 없는 상처
를 입었다.

천재(天災) 아닌 천재로 인해 수많은 수목이 불타 버렸고,
라쥬마쥬가 헤집고 다니며 베어댄 나무의 수도 보통이 아니
었다. 헤렘의 달이 본디의 모습을 되찾는 데에는 인간이 상상
도 할 수 없을 정도로 많은 시간이 걸릴 것이다.

하지만 엔트라헬들의 표정은 그다지 어둡지 않았다. 스캇
이 불렀던 'Let it be' 는 여전히 헤렘의 달 어딘가에서, 누군

가를 통해 흘러나오고 있었다. 그 노래가 주는 메시지가 이 우울하고 박식한 종족들에게 크나큰 변화의 계기가 됐음은 말할 것도 없었다.

회복하기 쉽지 않은 상처를 입은 스캇은 그동안 게나훌라헬이 기거하는 터에서 머물렀다. 때때로 청명한 밤하늘이 열리면 그는 어김없이 공터로 엔트라헬들을 모아 노래를 부르곤 했다.

'Let it be' 만큼이나 거대한 파장을 일으킨 곡은 없었지만, 엔트라헬들에겐 스캇이 부르는 곡 하나하나가 희망이고 행복이었다. 스캇은 주옥 같은 명곡들을 아직 잊지 않은 자신의 기억력에 새삼 감사했다.

스캇이 이곳에 찾아온 후 가장 많은 영향을 받은 것은 다름아닌 게나훌라헬이었다. 그는 스캇이 회복을 위해 쉬는 동안 두 명의 아이들을 지극 정성으로 돌봤다. 정신은 멀쩡해졌지만 몸을 제대로 가누질 못하는 표범과, 몸은 멀쩡했지만 어떠한 이유에서인지 깨어나질 못하는 라쥬마쥬였다.

흉측한 모양의 검은 없어졌지만 그녀의 눈은 여전히 상처로 막혀 있었다. 지킴이들을 비롯한 몇몇 엔트라헬들이 그녀의 모습을 보고 기겁했지만, 모든 정황을 지켜봤던 게나훌라헬은 이 소녀는 자신들이 상대한 검령과는 전혀 상관이 없는 인물이라며 몸소 보호하고 나섰다.

그의 행동은 스캇을 향한 보은의 감정에서 나온 것이었다.

그리고 한발 앞서 나가 엔트라헬의 변혁을 몸소 실천하게 된 것이다. 그 덕택에 멸시받고 천대받던 기생식물계에 대한 종족의 입장이 바뀌었다.

이미 대부분의 기생식물계의 엔트라헬들은 멸종되거나 다른 곳으로 떠났지만, 지금 혜렘의 달의 한복판에서 머물고 있는 표범이 그것을 증명했다. 메라리투 라헬이 직접 나서서 결정한 이 내용은 앞으로 그 누구도 반박할 수 없을 터였다.

스캇의 위치나 입장도 조금 변해 있었다. 오크 도시에서처럼 존경받는 선생의 입장은 아니었지만, 그를 침입자로 생각하는 이들도 없었다. 그는 한적한 시골 마을에 찾아온 유랑 음악가처럼 많은 인기와 사랑을 누리게 되었다.

그것이 결과적으로 엔트라헬들의 시선을 바꿔주는 계기가 되었음은 더 말할 것도 없었다. 다른 종족들과 마찬가지로 그들은 인간을 전쟁광이나 탐욕에 찌든 하루살이라고만 알고 있었다. 그런 그들에게 있어 스캇이란 존재는 선입견이라는 녀석이 얼마나 부질없는 것인지 알려주는 살아 있는 증거와도 같았다.

여느 때처럼 달빛이 뒤덮은 숲의 밤, 몇 곡의 노래를 마친 스캇은 엔트라헬들의 무리를 떠나 게나홀라헬의 터로 돌아왔다. 게나홀라헬은 두 아이를 지키느라 자리를 벗어나질 못하고 있었다.

스캇은 잠들어 있는 작은 소녀와 표범을 안고 있는 게나홀라헬을 바라보며 실소를 터뜨렸다.

"푸핫, 미안하지만 당신 정말 잘 어울려."

"그렇소?"

게나홀라헬이 고개를 갸우뚱거리며 말했다. 그는 자신의 몸에서 뻗어낸 수많은 덩굴들로 요람을 만들어 두 아이를 재우고 있던 참이었다. 인간의 형태를 하고 있는 그의 외양은 젊고 지적인 청년의 이미지였다.

스캇은 그의 옆에 걸터앉았다.

"후우… 몸도 거의 회복됐고, 이제 슬슬 떠나야겠지."

그는 밤하늘을 응시하며 말했다. 낮고 허스키한 목소리였다.

"우리들을 백성으로 삼겠다고 하지 않았소? 포기한 것인가?"

게나홀라헬은 적잖아 놀란 눈치였다. 아니, 무엇보다 실망한 기색이 역력했다.

스캇은 두 손을 저었다.

"아니, 아니… 그렇기 때문에 가야지. 지금 내가 이곳에 남아 뭘 할 수 있겠나."

게나홀라헬은 아랫입술을 비죽 내밀고 고개를 끄덕였다. 그가 알기로도 이렇게 언제까지나 쉬고만 있을 사람은 아니었다. 스캇이라는 사람은 그런 사람이었다.

"이미 내 동족들은 그대를 통해 많은 행복을 얻었다고 생각하오만… 그것만으로도 우리는 갚을 수 없는 빚을 진 셈이지."

게나홀라헬이 그답지 않게 과장을 섞어가며 말하자, 스캇은 피식 웃다가 다시 진지한 표정을 지었다.

"살고 싶은 이가 마음껏 살아갈 수 있는 세상, 일어나고 싶은 이가 두 주먹을 굳게 쥐고 일어날 수 있는 세상."

게나홀라헬은 진지한 얼굴로 이야기를 시작하는 스캇을 우두커니 바라보았다.

스캇은 두 주먹을 불끈 쥐어 보이며 말을 이었다.

"엔트라헬들이 마음껏 노래를 부르고, 춤을 출 수 있는 세상! 엔트라헬들이 자신들에게 주어진 그 무한한 시간을 어떻게 보내야 할지 고민 안 해도 되는 세상!"

스캇은 한 손을 뻗어 게나홀라헬의 손을 잡았다. 그리 따뜻하진 않은 식물다운 체온이 그의 손을 통해 느껴졌다.

스캇은 그의 눈을 바라보며 말했다.

"인간과 엔트라헬이 적으로 만나는 것이 아니라, 친구가 될 수 있는 세상."

게나홀라헬은 아무런 말도 할 수 없었다. 이것이 스캇이라는 남자였던가. 이것이 인간이었던가. 복잡한 감정들이 그의 마음속을 휘저었지만 게나홀라헬은 입 밖으로 한마디도 할 수 없었다.

스캇은 아이처럼 환하게 웃으며 게나홀라헬의 손을 더욱
세게 잡았다. 스캇의 허스키한 목소리가 게나홀라헬의 심장
을 찔렀다.

"같이 만들어보지 않겠나?"

게나홀라헬은 가슴이 벅차올랐다. 평생 경험해 본 적이 없
던 기분이었다. 게나홀라헬은 맞잡은 그 두 손 위에 자신의
다른 손을 올렸다. 그리고 그 역시 스캇의 손을 굳세게 잡았
다.

"좋소, 친구."

더 무슨 말이 필요하랴. 짜릿한 전율이 스캇의 뒷덜미를 스
치고 지나갔다. 그의 입에서 헛웃음이 터져 나왔다.

"하하… 친구라."

"뭐가 잘못됐는가?"

"아냐, 아냐. 좋지. 친구!"

스캇의 반응이 꺼림칙했는지 게나홀라헬이 미간을 찡그렸
다. 스캇은 고개를 저으며 그의 어깨의 팔을 걸쳤다. 좋은 친
구가 곁에 있으니, 세상 뭐 하나 두려울 것이 없었다.

"그대가 떠날 때… 나도 데려가면 안 되겠소?"

그에게 세상을 보고 싶은 욕심 같은 건 없었다. 그저 스캇
이라는 친구를 놓치고 싶지 않은 마음뿐. 그 말을 들은 스캇
의 표정이 환하게 밝아졌으나, 곧 그는 정색을 하고 대답했
다.

"그럴 순 없지. 당신이 없다면 이곳은 어쩌고."

스캇이 말하는 것은 불타 버린 숲과 남아 있는 동족들을 이름이었다. 이 헤렘의 달에서 수호자의 위치가 신격 존재와 같다면, 게나홀라헬은 실질적인 지도자와도 같았다. 그동안 헤렘의 달에서 생활하며 그들의 모습을 지켜본 스캇은 게나홀라헬의 위치가 얼마나 중요한 것인지 알고 있었다.

"음, 내가 너무 즉흥적이었나 보오."

"아니, 그런 문제는 아니다. 당신도 나도 할 일이 많잖나."

스캇은 고개를 돌려 잠들어 있는 이들을 바라봤다. 특히나 두 눈을 잃은 채 잠에서 깨어나지 못하는 라쥬마쥬의 모습은 너무나도 안쓰럽기 그지없었다.

그는 손을 뻗어 그녀의 머리를 쓰다듬었다.

"아마 나보다 나이가 많겠지. 검령에게 몸을 뺏겼던 것은 무려 수십 년 전의 일이니까."

"이 아이는 어떻게 하실 생각이오?"

애초부터 숲에서 살던 표범은 괜찮겠지만, 라쥬마쥬는 사정이 조금 다르다. 계속 이대로 잠만 자고 있을 거라는 보장도 없었고, 다름 아닌 인간이었다. 스캇이 곁에서 언제까지나 지켜줄 수도 없는 노릇이었고, 엔트라헬들의 보호를 받으며 사는 것도 쉽지 않은 일일 것이었다.

"정 안 되면 내가 데려가야겠지만 거처가 정해질 때까지라도 이곳에 맡길 순 없을까?"

"음, 내가 결정할 문제가 아니지. 수호자님께 여쭤보겠소."

"지금 당장 부탁해도 될까?"

게나홀라헬은 의외라는 듯 스캇의 얼굴을 바라봤다. 스캇은 다시 한 번 말했다.

"지금 부탁하네."

"뭐 그렇게까지 말한다면, 그다지 어려운 일도 아니오만……."

"서두를 필요 없으니 천천히 다녀오게."

스캇은 자리에서 일어나는 게나홀라헬을 지그시 응시했다. 게나홀라헬은 두어 번 고개를 끄덕이고 천천히 자리를 떠났다.

한참 동안 그의 뒷모습을 지켜보고 있던 스캇은 그가 멀어진 것을 확인한 뒤 나직한 목소리로 말했다.

"갔어. 일어나."

부스슥.

그의 말이 끝나자 곤한 잠에 빠져 있는 줄로만 알았던 표범이 슬며시 고개를 치켜들었다. 그녀는 두 발을 앞으로 죽 빼며 기지개를 켜곤 스캇을 멀뚱히 바라봤다.

"어떻게 알았어?"

"그냥 뭐, 네 목소리가 들렸지. 나와 하고 싶은 이야기가 있는 것 같은데."

스캇은 진즉에 그녀가 깨어 있는 것을 알고 있었다. 방금 전의 상황도 그가 눈치를 주자 게나홀라헬이 눈치있게 자리를 비운 것이다. 그녀는 조심스럽게 스캇의 앞으로 한 걸음씩 걸어나왔다. 아직은 그를 경계하는 모습이었다. 스캇은 갑자기 심술궂은 생각이 들었다.

"이리 왓!"

"뭐, 뭐야!"

스캇은 그녀의 뒷덜미를 움켜쥐곤 자신의 품으로 잡아당겼다. 갑작스러운 스캇의 행동에 놀란 표범은 발톱을 세워 그를 밀어냈지만, 몸 상태가 정상이 아닌 그녀로선 그 행동이 전부였다.

"처음 봤을 때부터 한번 안아보고 싶었지."

스캇은 표범의 머리를 쓰다듬으며 그녀를 자신의 품 안에 놔뒀다. 그제야 그가 자신을 해치거나 괴롭히는 것이 아니라는 걸 깨달은 표범은 고개를 숙인 채 얌전히 있었다.

태어난 이후로 누구에게 보살핌이란 것을 받아본 기억도 없는 그녀였다. 그녀는 스캇의 거칠고 까슬까슬한 손바닥이 그리 싫지만은 않았다.

"몇 살이야?"

스캇이 물었다.

"몰라. 그냥 어리다는 것만 알아. 다들 날 아이 취급 하니까."

스캇은 빙긋이 웃었다. 고양이라고 하기엔 좀 크고 표범이라고 하기엔 너무 작았다. 누가 봐도 아이로 봤을 것이 틀림없다. 그가 표범의 목을 긁자 그녀는 갸릉거리며 목을 울렸다.

"이름은?"

"마리미."

역시, 스캇은 부드러운 미소를 지은 채 고개를 끄덕였다. 그는 조심스럽게 물었다.

"혹시… 엄마 보고 싶지 않니?"

순간, 잠시 정적이 흘렀다. 그리고 마리미는 고개를 저었다.

"난 그런 거 몰라."

굳세게 닫힌 마음과 그 여린 가슴에 새겨진 상처. 스캇은 입을 비죽 내밀었지만, 굳이 그것을 건들 생각은 없었다. 그는 화제를 돌렸다.

"들었니? 이제 넌 이 숲에서 마음껏 뛰놀 수 있어. 수호자도 허락했지."

"별로 안 좋아. 숲이 다 불타 버렸는걸. 친구들도 많이 죽었어."

친구들이 있었구나. 스캇은 그나마 안심이 되었다. 하지만 이번 재난으로 인해 숲의 많은 동물들도 죽었다. 그녀가 그다지 기뻐하지 않는 것도 충분히 이해가 될 법했다.

"너도 인간의 모습으로 변할 수 있어?"

"응."

엔트라헬들은 물론이고, 아우리미도 기본적으로 가지고 있던 능력이다. 정확히 말하자면 마리미는 표범이 아니라, 표범의 몸에 기생하여 살고 있는 담쟁이덩굴이었으니까. 아무래도 상대의 메시지 자체를 읽어버리는 스캇의 능력으로선 이질감이 들었다.

마리미는 스캇이 부탁하기도 전에 불쑥 인간의 형태로 변하기 시작했다. 그런 거침없는 행동들이 그녀의 정신 연령이 그다지 높지 않다는 것을 말해주고 있었다.

순식간에 인간의 모습으로 변한 그녀는 목소리에 걸맞은 작은 소녀의 모습을 하고 있었다. 오동통하게 붉은 물이 오른 볼이 열 살도 안 되어 보이는 그녀의 앳된 얼굴을 더욱 귀엽게 만들어주고 있었다.

스캇은 마리미의 볼을 쭈욱 잡아당겼다.

"이 귀여운 것……!"

"아얏! 아파!"

금세 눈물을 글썽거리는 표정까지, 마리미의 모든 행동과 모습 하나하나가 스캇의 마음에 쏙 들었다. 스캇이 마리미를 안아 들자, 이 작은 아이가 천대와 멸시 속에서 홀로 살아왔던 과거의 모습들이 그의 머릿속을 스쳐 지나갔다.

스캇은 말 한마디 하지 못하고 그저 마리미의 작은 몸을 꽈악 으스러지도록 안았다.

"으으……. 맞다. 나, 너한테 할 말 있는데……."

"너라니, 거참."

그러려니 넘어가야 할까. 애초에 종족과 문화가 다르니 별수없었지만 이 귀여운 아가씨에게 그런 소릴 듣는 것은 스캇으로선 영 탐탁지 않았다. 그는 마리미의 몸을 들어 자신을 바라보게 하곤 또박또박 한 글자씩 이야기했다.

"이왕이면 아저씨라고 불러라."

"아저씨?"

차마 양심상 오빠라는 소리는 못하겠다. 스스로는 아직 젊다고 생각하는 입장이었지만 마리미가 까칠한 수염이 가득한 자신을 바라보며 오빠라고 태연하게 부르는 장면은 스캇 본인도 납득할 수 없었다.

"그래, 아저씨."

"응. 아저씨야. 나 너한테 할 말 있어."

스캇은 쓴웃음을 지으며 고개를 저었다. 설명하는 데 시간이 조금 필요하겠군. 스캇은 허리를 숙여 그녀와 눈높이를 맞췄다.

"뭔데?"

"내가 사는 곳 근처에 사람들이 찾아왔는데, 너를 찾던걸?"

"음… 누군지 알아?"

혹시 또 그 노인과 관계된 인물은 아닐까. 자신과 라쥬마쥬를 순차적으로 보낸 그라면 가까운 곳에서 사태의 추이를 지켜보고 있을 법도 했다.

"나는 잘 모르겠어."

"언제 왔는데?"

"며칠 전쯤에."

스캇은 마리미와의 대화로 이 이상의 정보를 얻는 것이 쉽지 않겠다고 판단했다. 까짓것 가서 만나면 그만이다. 그는 마리미의 양 볼에 손을 척 올리고 풍선을 누르듯 꾸욱 눌렀다. 그녀의 작고 귀여운 입술이 앞으로 밀려나왔다.

"그럼 지금 가볼까? 그 사람들도 만나고, 마리미네 집도 구경하자."

"중물?"

'정말' 이겠지. 스캇은 마리미를 안아 들었다. 그는 가능하다면 그녀가 계속 꼬마 아이인 상태로 있었으면 좋겠다고 생각했다.

그가 갈 채비를 하자 마침 게나홀라헬이 돌아왔다. 아마도 멀지 않은 곳에서 그들이 대화를 하는 모습을 지켜보고 있었으리라.

"어딜 가시오? 내 수호자님께 허락은 받았소만."

"그거 잘된 일이군. 잠깐 이 아이를 데리고 산책이나 하고 오겠네. 라쥬마쥬를 부탁하지."

"그 아이는……?"

스캇은 굳이 말할 필요가 있겠냐는 듯 고개를 흔들었다. 마리미는 스캇의 한 팔에 안겨 그의 가슴에 얼굴을 묻고 있었다. 아마도 그녀는 엔트라헬들을 무던히 두려워하는 듯했다.

"그렇다면 다녀오시오. 이곳은 내가 지키지."

"부탁하네."

스캇은 발끝에 바람을 일으키며 호수 위로 날아올랐다. 가능하다면 뇌체(雷體)의 이동 효율을 느껴보고 싶었지만, 번개와 같은 몸으로 이 아가씨를 에스코트한다는 것은 쉽지 않은 일일 것이다.

마리미는 갑자기 하늘로 날아오르자 겁이 났는지 고사리 같은 손으로 스캇의 옷자락을 움켜잡았다.

"걱정 마라. 아저씨가 있잖아."

"너는 약하잖아."

그 한마디가 스캇에게 비수가 되었다. 나름대로 멋지게 보이고 싶었는데, 마리미가 기억하고 있는 그의 이미지는 메라리투 라헬 앞에서 폭주를 하던 모습뿐인 듯했다.

"그래, 마리미. 어느 쪽으로 가면 될까?"

"달이 있는 쪽으로 가. 그쪽에도 길이 있어."

마리미는 몇 개의 숨겨진 길을 더 알고 있는 듯했다. 문의 숲을 자유롭게 오가는 그녀였으니 이상할 것이 없었다. 스캇은 그녀가 알려준 대로 서쪽으로 따라갔다. 스캇이 건너왔던 방향은 남쪽이었다.

현무의 능력까지 얻게 된 스캇에게 문의 숲은 예전처럼 어렵기만 한 공포의 대상은 아니었다. 더군다나 확실한 길잡이도 있으니 마음이 편했다. 그들은 어렵지 않게 문의 숲을 돌파했고, 그동안 스캇은 마리미에게 존칭을 사용하는 방법에 대해서 교육을 시켰다.

　"너 말고 아저씨. 무조건 아저씨."

　"응."

　서쪽 숲은 혜렘의 달과 달리 정글의 분위기를 띠고 있었다. 질척질척한 바닥과 곳곳에 깔린 늪지대는 보통 사람들은 오가지도 못할 것이 틀림없었다. 스캇은 나무의 꼭대기를 스치며 낮게 날고 있었지만 평소의 마리미는 어떻게 다닌 것인지 새삼 궁금해졌다.

　"마리미, 평소에는 어떻게……."

　"아, 저기가 우리 집이야!"

　마리미는 스캇의 말을 끊고 작은 손으로 맞은편을 가리켰다. 그곳엔 허물어져 가는 유적이 보였다. 그 가운데엔 9, 10층은 될 법한 탑이 비죽 솟아올라 옛날의 위용을 조금이나마 내뿜고 있었다.

　"유적이군."

　"그래도 이 숲은 번개가 안 내리쳤어. 다행이야."

　비행에 익숙해진 마리미는 꽤나 즐거워 보였다. 스캇은 억지로 속도를 늦춰 느리고 부드럽게 목적지를 향해갔다. 꼭 모든 이동이 빨라야만 할 필요는 없었으니까.

왜일까, 이 아이에게 그렇게 많은 호감이 가는 이유는. 스캇은 자신이 직접 구해내고 살려냈기 때문이라고 생각했다. 마리미의 작은 호흡마다 자신의 것 같은 채취가 묻어나는 것 같았다. 자식과도 같은 마음이었다.

행복한 시간일수록 빠르게 지나는 법. 그들은 오래지 않아 유적의 앞에 도착했다. 말이 유적이지 실제로는 훨씬 더 근대의 문명을 가지고 있는 양식이었다. 스캇은 북유적의 지하 도시를 떠올렸다. 그리고 그에 앞서 자신의 고향을 떠올렸다.

"이건… 비행장이군."

"아저씨, 여길 알아?"

비행장의 형상을 하고 있었으니까. 공항이라고 부르던 것들처럼 거대하진 않았지만, 버스만 한 비행기가 오갈 수 있는 활주로가 숲 사이에 묻혀 있었다. 그가 탑이라고 생각했던 건축물은 오래된 관제탑이었다.

"뭐, 그냥 조금……."

"여기야, 여기!"

그의 품에서 뛰어내린 마리미는 한 건물로 달려갔다. 다른 건물과 달리 사람의 손이 스쳐 간 흔적이 보이는 곳이었다.

스캇은 천천히 뒤를 따라 걷다 맨발로 뛰고 있는 마리미를 보곤 기겁을 하며 그녀의 뒤를 쫓았다.

"마리미, 기다려!"

그는 마리미의 뒤를 따라 건물 안으로 들어섰다. 예상외로 건물 안은 어둡지 않았다. 이곳의 밤은 별빛이나 달빛의 세기가 여간한 것이 아니라 한밤중에도 사물을 자유롭게 식별할 수 있었지만, 스캇은 건물 안은 예외일 것이라고 생각했다.

하나 천장은 벽이 아닌 유리로 이루어져 있었고, 그제야 스캇은 이곳이 라운지 등의 용도로 사용되던 곳이라는 걸 막연하게 추측할 수 있었다.

"여기가 내가 사는 곳!"

마리미가 앉은 곳에는 마른풀이 수북이 깔려 있었다. 주위엔 각종 풀이나 마른 열매들을 종류별로 나눠놓은 선반이나, 딱 보면 용도를 알 수 있을 만한 생활용품이 있었다. 하지만 마리미가 직접 사용하는 것은 아닌 듯했다.

"예전엔 같이 살던 사람이 있었나 보네."

"몰라."

마리미의 말투는 어지간히 퉁명스러웠다. 스캇은 산발에 가까운 그녀의 머리를 쓰다듬으며 말했다.

"예쁘고 기분 좋은 곳이네."

"정말?"

스캇은 이곳을 찾아온 사람들이 어떤 사람들인지 궁금했지만 굳이 마리미에게 물을 필요는 없었다. 이미 그들 중 한 사람이 스캇과 마리미의 인기척을 느끼고 이곳으로 다가오고 있었다.

'익숙한 느낌인데.'

차갑고 날카로운, 그리고 무섭도록 강한 그 느낌이 스캇에게 느껴졌다. 예전 같았다면 감응을 이용해야 가능한 일이었지만 지금 스캇의 능력은 그것을 훨씬 상회하고 있었다.

"마리미, 내 곁으로 와라."

스캇은 그녀의 손을 잡아끌곤 입구를 노려봤다. 그가 어째서 이곳에 있는지 알 길은 없었지만, 적인지 친구인지 자신도 그 기준이 모호한 자였다.

"안녕하십니까. 오랜만에 뵙습니다."

그들의 앞에 나타난 남자는 달빛을 등지고 있어 얼굴을 분간하기 어려웠다. 밝고 경쾌한 말투와 신사다운 기품, 파도처럼 흔들리는 흑색의 망토, 스캇은 그를 말없이 바라보며 경계를 늦추지 않았다.

하지만 스캇의 손을 잡고 있던 마리미가 그 정적을 먼저 깨뜨렸다.

"로뮤!"

"마리미? 네가 모시고 왔구나?"

"응!"

마리미는 스캇의 손을 놓고 상대를 향해 달려가려 했지만, 아직 건강이 회복되지 못한 탓인지 이내 비틀거렸다.

"마리미!"

휘이익!

스캇이 그녀의 곁으로 달려가 부축하려 했지만, 로뮤의 망토가 먼저였다. 길게 늘어난 망토는 마리미의 몸을 휘감아 부드럽게 안았고, 이어서 로뮤가 허공을 날아 그녀의 앞까지 다가왔다.

　"네가 어째서 이곳에 있지?"

　"잠시만, 마리미의 상태가 좋지 않으니 먼저 치료하겠습니다."

　북유적의 리치이자 벨의 친구인 로뮤였다. 이곳에서도 한참을 떨어진 북유적에서 어떻게 찾아왔는지 모르겠지만, 스캇은 그가 껄끄러웠다. 그의 가장 절친한 친구를 저승으로 보낸 장본인이 바로 자신이기 때문이었다.

　"룰루루……."

　로뮤는 콧노래를 부르며 품속에서 몇 가지 약초를 꺼냈다. 그리고 그것을 한 손으로 잡은 뒤 다른 손으로 마리미의 목을 움켜잡았다.

　스캇은 경악하며 그에게 달려들려 했다.

　"무슨 짓을……!"

　"조용히. 치료라니까요."

　그러고 보니 마리미는 아무렇지도 않게 로뮤가 하는 일을 지켜보고 있었다. 스캇은 그들이 절친한 사이라는 것을 깨달을 수 있었다. 마리미가 가지고 있는 마음은 '신뢰'와 비슷했다.

　잠시 후 로뮤의 양손에서 붉은 빛이 나기 시작하더니, 그의 왼손에 들려 있던 약초가 빠른 속도로 변해갔다. 갓 뽑아낸 듯 푸른빛과 생기를 유지하고 있던 약초는 순식간에 말라비틀어지며 그의 손에서 바스러졌다.

"후우, 다 끝났습니다."

로뮤의 망토가 부드럽게 마리미를 내려놓자, 그녀는 한결 나아진 표정으로 팔랑팔랑 팔을 흔들며 뛰어다녔다.

"고마워, 로뮤! 많이 좋아!"

"어떻게 한 거지?"

"전 약초학이나 의학이 전문이니까요. 로뮤 와운더레이스, 소개하자면 보터니스트(Botanist) 계열 리치입니다."

그러고 보니 벨에게 들은 적이 있었다. 자신이 MK시리즈를 먹었을 때 그 약효에서 벗어나게 해준 것이 바로 로뮤라고 했었다. 스캇은 그의 능력을 새삼 깨달았다. 마법으로 이룬 리치가 아닌, 의학의 정수라는 이야기군.

"마리미는 엄연히 식물의 구조를 가진 아이니까요. 약초에게서 드레인한 생명력을 전이하는 것이 가능한 거지요. 물론 이론만으로 가능한 건 아닙니다."

스캇은 전에도 그가 드레인에 대해 언급했던 것을 들은 적이 있었다. 마리미는 몸이 정상으로 돌아오자 밖으로 뛰어나간 듯했다. 그는 이때를 이용해 궁금한 것을 물었다.

"왜 나를 찾아왔나?"

"음, 여러 가지 사업적인 목적 때문에 왔습니다. 폴든님과 만나 이야기를 해봤는데 회장님을 직접 찾아뵈어야 한다고 하더군요."

폴든과도 만난 것일까? 그는 새삼 자기가 벌여놓은 일들이 보통 일이 아니라는 것을 새삼 깨달을 수 있었다. 그런데 회장이라니?

"회장?"

"폴든님이 스캇님을 그렇게 부르더군요. 회장님."

스캇이 인상을 쓰자 코끝에 한가득 주름이 잡혔다. 그동안 자기들끼리 신기한 일을 벌여놨군. 뭐, 그로선 아무래도 좋았다.

"그래, 사업적 목적이 뭔데?"

"음… 교통 사업이라던가… 연애 사업이……."

"뭐, 뭐라고?"

교통은 뭐고 연애는 뭐란 말인가. 로뮤의 표정은 퍽이나 진지했다. 스캇은 손을 내저으며 계속해 보라는 제스처를 취했다.

"음, 같이 내려가셔야 할 것 같습니다. 이곳에선 설명하기 어렵군요."

사정은 알 수 없었지만 굳이 거절할 이유는 없었다. 그의 기질 자체는 죽음에 가까운 리치의 것이었지만, 그의 태도나 말하는 품은 지극히 공손하고 신사적이었다.

"마리미는 어떻게 하고?"

"제가 어디에 머무는지 알고 있으니 괜찮을 겁니다."

"그래? 그럼 먼저 나서게."

로뮤는 공손하게 고개를 숙이곤 먼저 앞서 나갔다. 그들은 넓은 터를 지나 관제탑 옆에 붙어 있는 거대한 건물로 들어갔다. 유리창이 대부분 깨져 나가 앙상한 뼈대만 남은 겉모습이 무척이나 고풍스러웠다.

자신이 경험했던 양식들이 한없는 세월을 먹어 유적으로서 존재하는 것은 정말이지 독특한 느낌이었다. 스캇은 지하 도시에서 느꼈던 그 기분을 다시 느끼고 있었다.

"잠시만 기다려 주시겠습니까?"

지하로 내려가는 계단 앞에 도착한 로뮤는 스캇에게 양해를 구한 뒤 몇 가지의 기계 장치를 만지기 시작했다. 스캇은 그것이 무엇인지 깨닫곤 눈을 둥그렇게 떴다.

"에스컬레이터?"

"아십니까? 뭐라고 부르는지는 잘 모르지만 아무튼 요긴하게 사용하고 있습니다."

위이이잉.

먼지와 이끼가 가득 낀 그것은 덜컹거리는 소리를 내며 잘도 움직이기 시작했다. 로뮤는 먼저 올라탄 뒤 스캇에게 손을 내밀었다.

"자, 이제 올라오셔도 됩니다."

티킹, 티킹.

이젠 지난 세월의 유물이 되었지만 에스컬레이터는 아직도 그 능력을 보여주고 있었다. 그리고 어디서 전력이 공급되고 있는지는 모르겠지만 형광등도 빛을 발하기 시작했다. 그 형체가 온전한 것들만.

"이게 도대체 무슨 영문인지 알 수가 없군."

"고대 유물 마니아인 벨의 걸작이죠. 그녀도 밑에 와 있습니다."

"벨이?"

그녀라면 자신이 맡겨놓은 국토 사업으로 한창 바쁘지 않은가. 스캇이 말린다 해도 일 하나는 기가 막히게 할 사람이 바로 벨이었다. 설마 변덕이라도 난 건 아니겠지. 스캇은 내심 걱정스러웠다.

"내려가서 직접 보시면 알 겁니다."

로뮤는 온화한 미소를 지었다. 무엇 때문인지 모르겠지만 로뮤의 얼굴은 기대감으로 가득 차 있었다. 스캇은 도무지 무슨 일인지 알 수가 없었다. 결국 그는 감응을 펼쳐 지하를 탐색해 보기 시작했다.

"이게 다 뭔가? 뭐가 이렇게 많은 거야?"

지하 깊숙한 곳에서 엄청나게 많은 숫자의 움직임이 느껴졌다. 그중에 로뮤나 벨 정도의 존재감을 내뿜고 있는 이들만 해도 십여 명은 되는 듯했다. 자신과 엔트라헬들은 눈치도 채지 못했던 엄청난 일이 이렇게나 가까운 곳에서 벌어지고 있었다.

"아마 회장님도 만족스러워하실 겁니다. 정말입니다."

"음……."

에스컬레이터를 서너 번 갈아타고 나자 스캇은 그들이 왜 여기에 있는지, 이곳이 무엇인지 알 수 있었다. 이곳은 지상에서 한참을 밑으로 내려온 지하였다.

"설마… 지하철?"

"아마도 그게 맞을 겁니다. 아시는 게 분명하군요. 벨이 그랬지요, 회장님께선 분명히 아실 것이라고."

스캇의 입에선 절로 감탄사가 터져 나왔다. 마지막으로 탄 에스컬레이터는 거대한 지하 광장으로 이어지고 있었다. 이 에스컬레이터만으로도 무려 100미터의 깊이로 하강하고 있었다. 그의 눈앞에 드러난 광경은 또 다른 지하 도시의 모습이었다.

"북유적의 지하 도시와 같은 곳이 대륙 내에 십여 곳이 있습니다. 그중 북유적과 같이 리치들이 세력을 이룬 곳은 총 세 곳, 다른 마수들이나 마물들이 거주하는 곳이 네 곳, 드래곤의 레어로 이용되는 곳이 두 곳입니다. 나머지 장소들은 비어 있는데 이곳 역시 비어 있었습니다."

"하지만 비어 있다고 말하기엔 힘들겠는데."

말 그대로였다. 숫자를 가늠하기 힘들 정도로 많은 언데드들이 도시를 활보하고 있었다. 하지만 그냥 산책을 즐기는 것이 아니라, 뭔가 열심히 일을 하고 있었다. 분명한 노동의 모습이었다.

"저들은 모두 건국철도회사(建國鐵道會社)의 직원들과 그들의 수하들입니다. 제가 사장의 자리를 맡고 있고, 벨은 명예 이사로, 폴든님이 상임 이사로 재직 중입니다."

"건국철도회사?"

더욱 기가 막혔다. 이 모든 일이 자신과 뭔가 관계가 있는 것이 확실한데, 알 길이 전혀 없었다. 스캇은 로뮤가 이야기를 계속하도록 재촉했다.

"북유적의 리치들이 모여서 주축이 되었지요. 모회사는 기업 베른입니다. 북유적의 남아도는 인력들을 철도 구간 및 관련 시설 복구에 투입하고 있습니다. 그리고 이곳은 제2기지로 개발 중이지요. 전 대륙의 중심이 바로 이곳이거든요. 투자 가치가 큽니다."

"지금 철도가 운행 중인가?"

"북유적의 모든 A.N.P.G를 동원하다시피 했습니다. 사실 저희들은 북유적 내의 철도 시설이 있는 것은 알고 있었지만 어디에 쓰는지 몰라서 그냥 마력 발전용 용도 외에는 사용하지 않았었지요. 이것을 발견한 건 오크들입니다."

놀랍지만 무척이나 흥미로운 이야기였다. 정말로 전 대륙 내에 철도가 이어질 수 있다면 그 얼마나 대단한 효과를 거둘 수 있을 것인가!

스캇의 두 눈이 빛나기 시작했다. 그는 로뮤를 더욱 보챘다.

"계속 이야기해 봐."

"대륙암을 깎아내던 오크들이 철도 기지를 발견한 것이 가장 중요한 사건이었습니다. 거대한 운석의 충돌도 막아낼 수 있었던 그 기지 안에는 멀쩡한 열차들이 제자리를 지키고 있었지요. 물론 오크들이나 벨은 그 용도가 무엇인지 전혀 예측할 수 없었습니다. 그리고 벨이 수소문한 끝에 기업 베른 소속의 기술자들과 과학자들이 투입됐고, 회장님과 같은 대륙 이민자들이 명쾌한 답변을 내렸습니다. 지하철, 지하철이라고 회장님도 단번에 말씀하시지 않았습니까."

대륙 이민자라. 회사 사람들 중에 차원 이민자들이 있었다는 소리는 처음 듣는 것이었다. 어쨌거나 이것을 이용할 수 있게 되었다는 것은 정말 혁신적인 사건이었다.

"대단하군. 어떻게 엄청난 세월을 먹어댄 지하철을 움직일 생각을 한 거지?"

"그래서 저희들이 모여서 회사를 설립한 겁니다. 그 무한한 시간 속에서 오직 찾는 것은 지식의 유희와 연구거리들뿐인 리치들과 유적 속을 배회하는 일 외에는 아무것도 하는 일이 없는 마물들이 모인 것이지요. 그것만으로도 확고한 목적의식이 생겼습니다. 정말 재미있는 일 아니겠습니까."

"그래, 재미있지. 재미있다마다."

"나름대로 각자 전문 지식을 가지고 있는 저희들과 고대 유물에 능통한 벨, 그리고 비슷한 환경을 접해본 대륙 이민자들과 기업 베른 산하의 젊은 학자들이 모두 모였지요. A.N.P.G로 동력을 대체했고, 부분적으로는 마법을 응용했습니다. 저희들은 잠을 잘 필요도 없으니까요. 하루 종일 오직 기술 구현에만 매달렸습니다."

그들이 에스컬레이터 밑에 도착하자 몇 명의 스켈오크(Skel-Orc)들이 대기하고 있었다. 그들은 로뮤와 스캇을 어떤 탈 것으로 인도했다. 서서 탈 수 있는 일종의 오픈카 형태의 자동차였다.

"이건 정말……."

"현장 지휘 감독들이나 임원들이 타는 차량이지요. 자체 기술력이 없기 때문에 아직 보급은 불가능합니다만, 현장에서 사용하기엔 제격입니다."

로뮤는 스캇을 옆에 태운 채 능숙하게 운전을 시작했다. 스캇이 주위를 둘러보자 사방이 공사 중이었다.

"도대체 뭘 하고 있는 거지?"

"막힌 터널을 뚫고 필요한 곳은 토대를 다시 세우고 있습니다. 끊어진 철도도 연결하고 있지요. 리치들 중에선 고급 마물들을 다룰 수 있는 능력을 가진 이들이 많습니다. 그들이 다루는 샌드 플레이퍼는 1초에 500kg의 돌을 먹어치워 녹일 수 있는 능력을 가지고 있지요. 그리고 연금술이나 건축은 대부분 리치들의 취미 생활 중 하나입니다. 하급 마물들을 능숙하게 다루는 기술 역시 마찬가지지요."

로뮤의 설명은 끝이 없었다. 단순한 취미 생활만으로 이만큼의 일을 벌이는 것이 과연 가능할까? 평소 스캇은 리치들이 무한한 생명으로 인해 얻게 되는 무료함이라는 녀석이 얼마나 두려운 존재인지 가늠할 수 없었다. 하지만 지금 이 광경을 보니 알 것도 같았다.

"도대체 무엇 때문에 이렇게 열정적으로 달려드는 거지?"

"목표입니다."

"목표?"

로뮤는 대답 대신 웃어 보였다. 도저히 리치라고는 생각되지 않는 환한 미소였다.

"저희들은 직접 들어보진 못했지만… 벨을 통해, 오크들을 통해, 베른에서 온 인간들을 통해 회장님의 이야기를 들었습니다. 전 진즉에 만나뵙기까지 했었지만 그런 생각을 가지고 계신 분인 줄은 미처 몰랐습니다. 회장님의 이야기가 저희들의 마음을 움직였지요. 더 이상 유적 깊은 곳에서 숨어 지낼 필요가 없는 겁니다. 그것이 회장님이 원하시는 미래 아닙니까?"

스캇은 조용히 고개를 끄덕였다. 로뮤는 부드럽게 핸들을 돌리며 계속 말했다.

"벨이 저희들에게 보여줬습니다. 오크들과 인간이 하나가 되어 나라를 만드는 것을 말입니다. 그리고 동참해야겠다는 생각이 들었지요. 나도 내 나라를 직접 만들어보고 싶다… 뭐, 일컫자면 이런 말이 아닐까요."

"그게 당신들의 목표인가?"

"사실 저희들은 언제 죽을지 모르는 이들입니다. 저희보다 약한 인간을 상대하는 거야 별 어려울 것도 없지만, 문제는 그보다 강한 이들이 세상엔 꽤 많다는 거죠. 인간들이야 나라의 비호를 받는다지만 저희들은 그런 건 없지 않겠습니까. 벨이 그 부분을 노려서 저희들을 설득했습니다."

스캇은 내심 가슴 한구석이 뿌듯해졌다. 무모하고 실현 불가능하다던 그 꿈들이 어느새 점점 커지고 있었다. 스캇의 그 꿈에 자신의 꿈을 함께 거는 이들이 점점 많아지고 있었다. 자신도 모르는 새에, 이만큼이나 커져 있었다.

"혹시 반대하는 이들은 없었는가?"

"최소한 북유적에는 없습니다. 우리는 모두 인간을 피해 도망쳐 온 무리들이니까요. 하지만 다른 곳의 리치들은 우리들을 좋지 않은 시선으로 보기도 합니다."

"해결해야 할 문제겠군."

"이곳을 그 전초 기지로 삼을 겁니다. 막혀 있는 모든 철도들을 뚫고 다른 지하 도시들의 리치들과 마물들을 만나서 설득해야지요. 위대하신 드래곤 어르신들을 모시는 건 아직 고민 중입니다만."

둘은 마주 보고 웃었다. 그리고 그 위대한 드래곤 어르신을 모시는 자의 목소리가 들려왔다.

"오빠!"

벨의 목소리였다. 스캇은 칼로 베이는 듯한 날카로운 살기를 느끼고 온몸에 기운을 돌렸다.

"철체(鐵體)!"

파캉!

그녀다운 인사가 스캇이 힘겹게 올린 팔을 가격했다. 스캇은 그녀의 날카로운 발차기를 막아낸 뒤 그대로 자리를 뛰어올라 지면으로 착지했다.

"오랜만에 보는 것치곤 인사가 너무 험하군."

"실력이 얼마나 늘었는지 궁금해서 그러지. 한판 뛰자!"

"로뮤가 날보고 회장이라더군. 회장은 바쁘다고."

"그건 걔 문제고, 나한텐 오빠지."

벨은 스캇의 앞에 서서 무릎을 탁탁 털었다. 그녀의 온몸엔 흙먼지가 가득했고, 머리엔 우스꽝스러운 작업모를 쓰고 있었다. 이곳에서 현장 감독으로 일하고 있는 듯했다.

"나후리 쪽은 어찌하고 이곳에 있지?"

"폴든 오빠가 보내준 사람들 때문에 당장은 한시름 놨어. 여기 일 마무리하는 대로 돌아갈 거야. 그런데 정말 이러기야? 오랜만에 봤는데 일 이야기나 하고!"

로뮤는 차를 가까운 곳에 주차시켜 놓은 뒤 그들의 곁으로 다가왔다.

"전 다른 임원들을 불러오겠습니다. 뵙기 힘든 회장님인데, 이럴 때 한번 모임이라도 가져야지요."

"아, 그렇지. 부탁하네."

스캇은 멋쩍은 듯 관자놀이를 긁으며 대답했다. 오랜만에 보는 벨은 여전히 활기차고 귀여웠다. 마리미처럼 가까이 가서 머리라도 쓰다듬어 보면 좋으련만, 그녀의 실체를 알고 있는 스캇으로선 도저히 엄두가 나질 않았다.

"보여줘! 보여줘! 실력이 얼마나 늘었어? 응?"

벨은 짧은 팔다리를 휘저으며 스캇에게 달려들었다. 아이들이 떼를 쓸 때와 비슷한 상황이었지만 벨이라면 이야기는 다르다. 약간의 빈틈도 허용하지 않는 상황! 그의 얼굴이 잔뜩 일그러졌다.

'보통으로는 안 끝나겠군.'

스캇은 잔뜩 긴장하며 두 주먹을 굳게 쥐었다. 반드시 전력으로 상대해야 한다. 그의 본능이 스캇에게 명령을 내렸다.

Chapter 28

벨의 정체, 그리고 건국철도회사

울먹이며 그의 코앞까지 달려왔던 벨의 표정이 순간 날카
로운 미소로 바뀌었다.

"회축(廻蹴)."

부우우웅!

오크 무예 절정의 기량이 벨의 발끝에서 터져 나왔다. 스캇
은 공격을 피할 엄두도 내지 못하고 급한 대로 기운을 운용했
다.

"목체(木體)!"

콰직!

그녀의 발이 스캇의 두 손 사이에 꽂혔다. 역시 그녀는 조

금도 사정을 봐주지 않았다. 스캇은 분명히 공격을 비껴냈다고 생각했지만 그 힘과 속도는 상식으로 어찌할 수 있는 것이 아니었다.

그가 아픔을 이겨내고 반격을 시도하려 하는 찰나, 공격을 끝낸 줄 알았던 벨이 한 손을 땅에 짚고, 같은 방향으로 다시 한 번 회전을 시도했다.

"매력적인 벨의 연회축(連廻蹴)!"

다시 한 번 이어지는 발차기! 하지만 손을 회축으로 사용하고, 두 발을 연충으로 찔러 넣는 응용 기술이었다. 노노미야! 도대체 이 괴물에게 오크 무예를 가르쳐서 어쩌자는 거야! 스캇은 머릿속으로 비명을 질렀다.

"흐으읍!"

끼기기긱.

그의 몸이 한참을 뒤로 밀려났다. 아무래도 현무라도 개방하지 않는 한 그녀를 상대로 거두기란 쉽지 않은 일이었다. 하나, 그가 벨을 상대로 현무까지 개방해야 할 이유는 없다.

"벨, 사정 좀 봐주면 안 될까?"

"나 아직 시작도 안 했다? 매력적인 벨의 지뢰진(地雷震)!"

콰르릉!

그녀의 작은 두 손이 바닥을 찍자 인근의 땅이 움푹 패었다. 미처 상상도 하지 못한 공격 방식에 당한 스캇은 내장을 덮치는 충격 때문에 허리를 숙였다.

"쿨럭!"

"오, 빈틈! 매력적인 벨의 풍림화산(風林火山)!"

득달같이 달려드는 벨의 신형! 그녀는 스캇의 측면으로 굴러와 그의 배후를 제압했다. 그리고 지체할 것 없이 스캇의 배를 움켜잡은 그녀는 그대로 스캇을 뒤로 넘겼다. 이어지는 저먼 스플렉스! 스캇의 몸이 사정없이 맨땅에 내다 꽂혔다.

콰직!

"크으윽!"

다시 자세를 고쳐 잡고 일어선 벨은 스캇을 바로 앞에 두고 지뢰진을 연속으로 내리꽂기 시작했다. 이것이 바로 연속기술 풍림화산!

콰캉! 콰캉! 콰캉!

스캇은 배후를 잡힌 순간부터 이미 철체(鐵體)를 기운으로 전환했지만 그것만으로 벨의 파괴력을 감당하기는 버거운 일이다. 생명의 위협을 느낀 그는 자신도 모르는 사이 현무의 능력을 개방했다.

벨의 공격이 끝나자 그는 바람을 일으켜 공중으로 솟구쳐 올랐다.

"풍체(風體), 속보(速步)!"

"뭐야, 뭐야. 드디어 신기술?"

스캇은 발끝에서 바람을 일으키며 공중을 차 올랐다. 방금 입은 충격이 만만치 않았기에 당장은 내려갈 생각이 없었다.

밑에서 그를 바라보고 있던 벨은 어이없다는 듯 입을 떡하니 벌렸다.

"하늘을 날잖아?"

"금방 내려갈게, 조금만 쉬자."

스캇은 먹이를 찾는 매처럼 상공을 선회했다. 그의 눈에 지하 도시가 들어왔다.

"벨, 묻고 싶은 것이 있다."

스캇은 천천히 밑으로 하강했다. 그사이 능력을 사용하는 것에 많이 익숙해진 탓인지 꽤나 부드러워 보였다. 벨은 스캇을 상대할 준비를 하는 듯 팔다리를 스트레칭하며 말했다.

"뭔데?"

"내가 널 상대로 승리를 거둔다면, 다른 10용사들을 상대로도 대등하게 싸울 수 있다는 소리가 되겠지?"

갑작스러운 전개였지만 상대가 벨이라면 스캇도 안심할 수 있었다. 정말 목숨을 건 대결이 아니기에 더욱 마음껏 맞설 수 있는 것이다. 스캇의 마음 한구석에 뜨거운 호승심이 일었다.

"음… 아마도 두 명은 제외해야겠지만, 최소한 대등하게는 싸울 수 있겠지. 물론 전력의 나를 상대로 할 때의 이야기야."

"좋아. 그렇다면 전력 승부 해다오."

벨은 놀랍다는 듯 두 눈을 크게 떴다. '그 말이 무슨 의미인지나 알고 하는 거야?' 라는 표정이었다. 땅에 내려온 스캇은 현무를 단숨에 개방시키며 그의 팔과 어깨를 뒤덮는 흑색의 갑옷을 드러냈다.

"호오. 현무의 장갑이구나."

그 위압감이 벨에게도 느껴졌는지, 그녀의 입가에 미소가 지어졌다. 하지만 벨은 주위를 둘러보며 말했다.

"내가 전력으로 상대한다면 이 도시가 남아나질 않을 텐데?"

"음… 그렇다면 적당히 부탁한다."

나름대로 10용사의 저력을 실감해 볼 수 있는 기회라고 생각했던 스캇은 순간 뜨끔했다. 도시의 안위도 문제지만, 무엇보다 그는 아직 그녀의 본실력을 알지 못하지 않는가.

"마검들, 써도 돼? 세월의 검 같은 건 스치기만 해도 나이를 몇 년씩 푹푹 먹어버린다구."

스캇의 미소가 다시 묘하게 일그러졌다.

"그, 그럼… 마음대로 해라."

"알았어."

벨은 등에 메고 있던 가방을 내려 한참을 뒤지더니, 한 개의 소검과 한 개의 단검을 꺼냈다. 하나는 스캇이 본 기억이 있던 스파클링 커터였다. 다른 단검은 그도 처음 보는 것이었다.

사람을 베기 위한 날카로운 검날이 있어야 할 자리에, 뭉툭

해 보이는 나무로 만들어진 검날이 달려 있는 독특한 단검이었다. 그 검신에는 붉은색의 인장이 가득 새겨져 있었다.

"오늘은 이 조합으로 갈까?"

"저기, 벨……."

"응?"

"혹시 그 단검에 저주나 마법 같은 것은 붙어 있지 않나?"

처음의 호승심에 비해 상당히 마음이 약해진 스캇이었다. 아무리 강해졌다곤 해도 '세월의 검'의 위력을 똑똑히 봤던 그로선 조심스러울 수밖에 없었다.

벨은 아이와 같은 천진난만한 미소를 지으며 대답했다.

"당연히 있지. 왜? 알려줘?"

스캇은 대답 대신 고개를 저었다. 그냥 시작하자.

"조심해라. 나는 네가 생각하는 것보다 더 강해졌다."

"그거 아주 마음에 드는 말인데!"

그 여유있어 보이는 표정이 나를 자극한단 말이다! 스캇은 현무의 기운과 능력을 동시에 운용하며 벨에게 뛰어들었다.

"뇌체, 속보!"

파지직!

스캇의 몸이 벨의 몸을 그대로 꿰뚫었다. 상대에게 단 1초도 허용하지 않는 번개의 창!

"꺄아악!"

속도가 붙은 몸에 제동을 거는 것은 쉬운 일이 아니다. 뇌체의 가장 큰 문제점으로는 그 능력에 비해 본인이 컨트롤을 하기 어렵다는 단점이 있었다. 즉, 몸 자체의 속도가 빨라진 다고 해서 반사 신경이나 두뇌 활동까지 따라가진 못하는 것 이다.

스캇의 두 손은 수많은 전류들의 조합으로 뭉쳐 있었고, 묵 빛의 안개가 그 주위를 감싸고 있었다. 그는 움찔거리고 있는 벨의 뒤로 달려들며 두 주먹을 내질렀다.

"선파(禪罷)!"

지지지지짓!

그의 두 주먹이 벨의 몸속으로 파고들어 갔다. 그와 동시에 내부 충격기인 선파의 능력으로 고압의 전류를 그녀의 몸속 에 주입시켰다.

하지만 그는 알고 있었다. 상대가 이 정도로 끝날 상대가 아니라는 것을. 스캇은 의외로 반응을 보이지 않는 그녀의 모 습에 주의하며 뒤로 빠르게 물러났다.

"후우, 엄청 짜릿한데."

벨은 천천히 몸을 돌리며 스캇을 바라봤다. 그녀의 귀여운 갈색 곱슬머리가 이곳저곳 그을려 있었다. 스캇은 대답 대신 어깨를 으쓱였다.

"아직은 모르겠는데, 10용사를 상대로 싸울 수 있을지!"

끼기기기깅!

바닥을 긁으며 올려치는 스파클링 커터의 참격! 하지만 스캇은 피할 생각이 없는 듯 벨의 공격을 그대로 받아내며 그녀에게 뛰어들었다.

"나는 지금 번개, 그 자체다!"

그는 벨의 몸을 잡기 위해 두 손을 놀렸다. 하지만 번개인 탓일까. 그녀를 스쳐 가기만 할 뿐 직접적인 물리력을 행사할 수는 없었다. 벨은 당황한 스캇의 얼굴을 바라보며 외쳤다.

"아직 자신의 능력도 제대로 파악하지 못한 주제에 나, 벨 폰 밤을 상대하겠다고?!"

이윽고 그의 허리에 꽂히는 단검!

"광명진언(光明眞言)!"

고통은 없었지만 그 대신 환한 빛이 수많은 전류들로 뭉쳐진 스캇의 몸을 뒤덮었다. 그는 재빨리 뒤로 물러났다.

"미안한데, 이거 찔리면 약도 없더라. 공작명왕주(孔雀明王咒)!"

벨은 스파클링 커터를 내던지곤 두 손으로 수인을 맺으며 단검을 움켜잡았다. 근접전이 될 것이라 생각했던 그의 예상과 달리, 갑자기 정신적인 압박감이 느껴지기 시작했다.

"흐으으읍. 지체(地體)!"

그는 주변에 널려 있는 폐허에 동화되며 스스로의 존재감을 약화시켰다. 하지만 그의 머리를 짓누르는 주문 소리가 스캇의 귀에서 떠나지 않았다. 벨은 여전히 두 눈을 감은 채 주문을 중얼거리고 있었다.

그녀는 다시 수인을 교차하며 다른 주문을 외웠다. 결코 쉬운 일은 아닌지 벨의 얼굴이 땀으로 젖어 있었다.

"금강대일여래주법(金剛大日如來咒法)!"

벨의 손에서 터져 나오는 금빛. 주변의 땅이 흔들리고 그녀의 주변에서 수많은 형상들이 떠오르기 시작했다. 스캇은 그 형상이 무엇인지 확인할 수 있었다. 그의 입에서 경악에 가까운 질문이 흘러나왔다.

"무기?"

수많은 무기들이 벨의 주변에서 형상화되고 있었다. 그리고 그것들은 동시에 스캇을 향해 날을 세웠다.

"어디 한번 피해보시지? 으랏차!"

'풍체(風體), 유영(柳影).'

수많은 무기들이 서로 부딪치며 스캇을 향해 달려들었다. 무기들의 날이 내뿜는 은빛의 섬광 때문에 눈을 뜨지 못할 정도로 현란한 광경이었다. 스캇은 자신이 가장 잘 제어할 수 있는 풍체를 이용해 그들을 피해내기 시작했다.

'당장 눈앞에 있는 것을 피하는 건 중요한 문제가 아니다. 넓은 길을 봐!'

'길'을 사용하는 능력에 있어선 노노미야보다도 뛰어난 그였다. 공격의 방향을 찾는 것과 마찬가지로 피하는 방법 역시 크게 다르지 않았다.

그가 정신을 집중하자 수많은 무기들의 움직임이 슬로모

선이 되어 다가오기 시작했다. 스캇은 몇 개의 무기를 피해내며 순식간에 다음 길을 찾아냈다.

'빙체(氷體), 아이스 월(Ice Wall)!'

스캇이 한 손을 쳐올리자 그의 주위로 두꺼운 얼음의 장벽이 솟구쳐 올랐다. 무기들은 순간적으로 타깃을 잃고 주춤거렸다.

'좋은 걸 발견했군. 지체, 토둔(土遁)!'

벨이 다시 손을 휘젓자 무기들은 거침없이 얼음의 장벽들을 난자했다. 그 숫자와 위력에 걸맞는 무지막지한 파괴력이었다.

"이번엔 또 뭐야?"

산산조각이 나버린 얼음벽 속에는 아무도 없었다. 타깃을 찾지 못한 무기들은 곧 힘을 잃고 사라지기 시작했다. 벨은 미간을 찌푸리며 소리를 질렀다.

"하늘에 없다면 땅속에 있겠지! 강삼세명왕주(降三世明王咒)!"

벨은 또다시 복잡한 수인을 맺으며 검을 땅에 꽂았다. 그녀를 둘러싼 반경 20미터의 공간이 일그러지기 시작했다. 좁지만 강력한 지진.

콰과과광!

"크윽!"

지진이 채 끝나기도 전에 스캇이 멀지 않은 곳의 땅을 뚫고 뛰쳐나왔다. 벨은 자신의 예상이 맞은 것을 확인한 후 다음 수인을 맺었다.

"이제 마무리야. 죽지는 않겠지만 보장은 못한다구! 제석 천주법(帝釋天咒法)!"

"또?"

어느새 그의 앞까지 달려온 벨은 수인이 완성된 두 손으로 스캇의 몸을 살짝 건드렸다. 이윽고 정확히 스캇의 머리 위에 나타난 구름.

"내가 당한 것 그대로 되돌려 주지!"

파지지지짓!

그의 몸을 향해 거대한 붉은 뇌전이 내리쳤다. 정신을 잃을 만한 강렬한 충격이 스캇의 온몸에 전해졌다.

"크아아아앗!"

기절할 수도 없는 저주가 아니라면 진즉에 정신을 잃었겠지만, 스캇은 그 저주에 감사하며 이를 악물었다. 결국 스캇은 그 와중에 능력을 전환하는 데 성공했다.

'뇌체, 회축(廻蹴)!'

슈라라락!

스캇은 자신의 몸을 고속으로 회전시키며 떨어지는 뇌전을 사방으로 흩뿌렸다. 같은 양극의 상성 효과로 인해 튀어나간 뇌전들은 그 힘을 잃지 않고 주변에 내리 꽂혔다.

콰콰광!

"꺄앗!"

벨은 재빨리 도망치며 안전한 위치까지 벗어나려 했으나, 그 범위가 보통 것이 아니라 결국 뇌전의 일부를 몸으로 받는 수밖에 없었다.

그사이 스캇은 정신을 가다듬고 벨을 향해 달려들었다. 뇌체의 속도는 말 그대로 번개와 같았다. 이윽고 그의 입에서 일갈이 터져 나왔다.

"내 승리다! 태음신(太陰神) 현무살법(玄武殺法)!"

그녀는 아직 제석천의 뇌전에서 벗어나지 못하고 충격을 받아내기에 여념이 없었다. 스캇의 두 손에서 묵빛의 안개가 끓어올랐다. 그는 뱀의 이빨처럼 세 개의 손가락을 구부려 벨을 향해 내질렀다.

도저히 피할 수 없는 속도!

"······."

"······."

하지만 공격은 이어지지 않고, 그대로 정적이 흘렀다. 벨은 영문 모를 표정으로 스캇을 바라봤다. 그의 두 손은 벨의 바로 앞에서 멈춰져 있었다. 그의 오른 손가락들은 벨의 두 눈과 입을 노리고 있었고, 그의 왼 손가락들은 벨의 심장을 움켜잡기 직전이었다.

스캇은 두 손을 회수하지도 않은 채 맥없는 목소리로 중얼거렸다.

"이… 얼마나 추한 모습인가."

그가 이 순간 자신의 모습을 바라보며 얻은 충격은 한순간이라도 자신이 가진 힘과 정신을 다스리지 못한 무지함의 대가였다.

"정당한 대결이라 해도, 엄연히 상대의 목숨을 뺏는 기술. 나도 모르게 네게 살의를 가진 것 같군."

스캇은 두 손을 내려놨다. 이래선 자신이 욕하는 이 세상과 다를 것이 무어란 말인가. 그는 고개를 떨어트리며 몸을 돌렸다.

그의 등 뒤로 벨의 작고 밝은 목소리가 들려왔다.

"그 정도로 해도 나는 안 죽어."

"아니, 죽었을 거다. 분명히 알 수 있다."

"안 죽는다니까?"

스캇은 말없이 고개를 저으며 걸어나갔다.

한순간이나마 이것을 일종의 스포츠라고 생각했던 자신이 부끄러웠다. 자신이 굽히지 않던 신념, 그것은 또 다른 정의이며 또 다른 힘이 아닌가. 아무 일 없었으니, 아무 일이 없는 것처럼 행동하면 되련만, 그의 마음 한구석에는 감당할 수 없는 부끄러움과 자책감이 몰려들었다. 그만큼 자신의 신념이 강했던 탓이다.

그의 뒤에서 이상한 변화가 느껴지기 시작했지만 스캇은 고개를 돌릴 생각이 없었다. 아니, 아무런 생각도 나지 않았다. 강해져야 하지만, 그 힘을 이용하는 건 다른 방식이어야 한다. 그렇지 않다면 자신이 걷는 길도 아무런 의미가 없다.

그럴 바엔 10용사를 하나하나 다 물리치고, 제국을 전부 밟아 헤친 뒤 그 위에 자신이 원하는 것을 세우면 된다. 그 편이 차라리 쉽다.

무엇 때문에 수만의 오크들이 매일 작렬하는 태양 아래 땀을 흘리는가. 무엇 때문에 수많은 마물들이 대륙의 중심까지 달려와 어두컴컴한 지하에서 노동을 하는가. 무엇 때문에 베른의 수많은 젊은이들이 자신의 청춘을 거는가.

바로 그 힘의 공식을 바꾸기 위함이 아니었던가!

스캇만큼은, 최소한 스캇 자신만큼은 그 힘에 매료되어선 안 되는 것이었다. 그 힘이 필요하고, 그렇기에 가지고 있을지라도 그 힘이 가진 마력에 넘어가선 안 되는 것이었다. 스캇은 자신의 나약한 신념을 자책했다. 결단코 두 번 다시 살의에 흔들리는 일은 없으리라.

그가 고개를 들자 수많은 무리들이 자신들을 지켜보고 있는 것을 알 수 있었다. 로뮤와 비슷한 연배로 보이는 상당수의 청년들, 아마도 리치일 것이 확실한 자들이 한곳에 모여있었고, 다른 종류의 마물들도 그들의 결투를 지켜보고 있었다. 마리미, 그녀도 멀지 않은 곳에 있었다.

'그래, 마리미. 너도 봤단 말이지. 이 모습을…….'

스캇은 쓸쓸하게 웃었다. 하지만 그들은 스캇을 보고 있는 것이 아니었다. 하나같이 입을 다물지 못한 채 그의 뒤를 바라보고 있었다. 경악? 공포? 허탈? 그들의 얼굴은 뭐라고 표현할 길이 없었다. 스캇은 도대체 무슨 일 때문인지 알 길은 없었지만, 곧 그들의 시선을 따라 고개를 돌렸다.

"뭐, 뭐냐……."

흑색 에나멜 도료를 바른 중형 세단처럼 반사광을 내뿜으며 빛나는 몸, 펼치면 50미터는 족히 넘을 것 같은 거대한 날개, 마찬가지로 새하얗게 빛나는 이빨과 품위 넘치는 눈빛. 누구에게 묻는다 해도 세상에서 가장 아름답고 강한 존재로 손꼽힐 그 존재가 스캇의 앞에 앉아 있었다.

"벨……?"

"내가 말했잖아. 그 정도로 해도 나는 안 죽어."

흑룡의 대행자가 아니라 흑룡 본인이었나? 마라드의 대행자로 세상을 돌아다니던 모험가는 결국 흑룡 본인이 정체를 숨기기 위해 사용한 방법이었나?

그녀는 우아한 자태를 내뿜으며 자신의 날개를 핥고 있었다. 벨의 평소의 모습과는 조금도 비교가 되지 않는 모습이었다. 그녀는 고개를 까닥이며 메시지를 내뱉었다.

"정신 차려. 10용사 중엔 나보다 강한 자도 있어. 나약한 생각으론 바로 목숨을 잃을 거야. 잊지 말라구. 약한 사람들이 죽는 게 아니라, 죽어버린 사람이 약한 거야. 그 사람의 정의도, 그 사람의 신념도."

말투와 목소리만큼은 그녀의 것, 그대로였다. 그녀가 하품을 하듯 입을 쩌억 벌리자 수많은 이빨들이 드러났다. 그것은 아무렇지도 않게 철근을 씹어 먹을 것 같은 모습이었다. 벨, 아니, 흑룡 마라드가 몇 가지 단어를 중얼거리자 그녀의 몸이 순식간에 변화하며 원래의 벨로 돌아왔다.

"나참, 너무 상심하지 말라고. 나도 얼마 전까진 스스로를 진짜 흑룡의 대행자라고 생각하고 있었으니까!"

그녀는 멍하니 서 있는 스캇의 앞까지 달려와서 그의 복부를 후려쳤다.

"쿨럭!"

견딜 수 없는 충격에 배를 움켜잡은 스캇은 그제야 정신을 차리고 고개를 들어 벨을 바라봤다.

"뭐, 약간의 조작된 기억을 가지고 살아가는 불쌍한 유희 인생이라고 생각해 줘. 다행히 전생의 기억은 지금 생을 마치기 전까진 돌아오지 않는다네."

"다행이라고?"

"얼마나 다행이야! 수천 년을 살아온 변태 늙은이 파충류의 생각을 공유하고, 그것을 내 본질로 생각하고 살아가야 하는 현실이 얼마나 끔찍한지 상상이나 해봤어? 지금처럼 본체로 변하는 것도 사실 끔찍해 죽겠다고!"

"언제부터 그 사실을 알게 됐지?"

스캇은 최대한 냉정하게 물었다. 처음 본 드래곤에 대한 공포와 그 존재감이 쉽사리 머릿속에서 지워지지 않았다. 메라리투 라헬과는 비교도 안 되는 중압감이었다. 마치 싸우기 위해 태어난 전신(戰神)을 보는 듯했다.

벨은 여전히 싱그러운 미소를 지으며 대답했다.

"에르힛 카샤를 만난 뒤에 알게 되었지."

"에르힛 카샤?"

"안개의 마녀."

"아아."

스캇은 정확히 그 시점을 알 수 있었다. 그는 베른에서 벨과 처음 대면했을 때를 떠올렸다. 바로 그때가 안개의 마녀를 뒤쫓고 있던 상황이었다. 스캇은 고개를 끄덕였다.

"그럼 오크 도시에 찾아왔을 때부터 그 사실을 숨긴 것이군. 마라드가 협조를 한다느니, 원한다느니 해서 말이지."

"방법이 없었잖아! 내가 마라드라는 거대 파충류라는 사실을 부인하면서 살고 싶기도 했고, 알려주기 위해 변신이라도 했다면 과연 노노미야나 오빠가 날 제대로 대해줬겠어?"

바보, 그러지 않아도 충분히 괴물 같은 존재다, 넌.

스캇은 더 캐묻는 대신 벨의 몸을 잡아당겨 자신의 품에 안았다. 그녀와 만난 후 처음으로 벨의 감정이 느껴졌다. 자신의 존재에 대한 끝없는 의문과 분노, 세상 속에서의 고립과 외로움, 살아온 인생만큼이나 깊이를 알 수 없는 그 번민에서 스캇은 끝없는 애잔함을 느꼈다.

벨은 아무 말 없이 스캇의 품에 안겨 있었다. 그 아무도, 그 누구도 자신을 이렇게 안아준 적이 없었다. 단 한 명, 다리엔을 제외하곤 말이다. 누구보다 절대적이고 강한 존재라고 생각되어졌던 그녀의 눈가에 작은 이슬이 맺혔다.

"아직도 밝힐 사실이 남아 있어?"

스캇은 그녀를 안은 채 말했다. 그의 두 눈은 눈앞에 펼쳐진 도시를 바라보고 있었다. 수많은 마물들이 그들을 보고 있었다. 그의 품 안에서 벨의 목소리가 흘러나왔다.

"응, 나 오빠가 좋아."

"저기, 그건……."

"알아. 오빠가 마음에 두고 있는 여자가 있는 것도, 반대로 오빠를 마음에 두고 있는 여자가 있는 것도. 그에 비하면 난 수천 년이나 나이를 먹어 성도 구분되지 않는 파충류지."

안쓰러운 마음에 그녀를 안아줬지만, 스캇은 어떻게 반응해야 할지 알 길이 없었다. 스캇은 항상 많은 여자들에게 당하기만 했었지, 그녀들 중 누군가를 마음에 둔 적은 조금도 없었다. 열 살짜리 소녀의 모습을 한 벨에겐 더 더욱!

"벨, 그러니까 말이지… 이런 문제는 좀 마음을 가라앉히고……."

"흑, 다 안다니까! 어차피 내 키가 1㎝도 크기 전에 먼저 늙어 죽어버릴 사람하곤 엮일 생각 조금도 없어! 그냥 오빠가 하는 말이 좋고, 오빠가 꾸는 그 꿈들이 좋아. 나도 같이 만들고 싶고, 나도 같이 하고 싶어. 그뿐이야. 그러니까 제발 날 속였다고 떠나라느니, 그만두라느니 하지 말아줘. 나도 나 자신의 정체를 인정하고 싶지 않아!'

스캇은 그녀의 말을 더 쏟아지기 전에 벨을 다시 품에 안았다. 그의 입에서 굳은 목소리가 흘러나왔다.

"흑룡 마라드."

순간 벨의 몸이 움찔거렸다. 그녀가 마음만 먹는다면 당장 스캇의 허리가 반으로 갈라질 수도 있을 것이다. 그는 한쪽 무릎을 굽히곤 벨을 가슴에 안았다. 그의 커다란 손이 벨의 작은 곱슬머리를 감싸 안았다.

"네가 흑룡 마라드든, 전설의 그래스런너 벨이든, 수백, 수천 년을 살아왔든, 그건 나한테 중요한 문제가 아냐. 네가 날 오빠라고 부르던 그 순간부터 넌 착하고 귀여운 내 동생이다. 그리고 앞으로도."

"응……."

"절대 정체가 어떻다느니 그런 생각은 하지 마라. 평소의 너답게, 무척이나 재미있는 일이 한 가지 더 생겼다고 생각하면 그만이지, 죽은 후의 일을 신경 써서 어디에 쓸려고? 넌 내 나라에서 가장 중요한 역할을 맡고 있는 내 동료고, 내가 사랑하는 동생이야."

스캇은 포옹을 풀고 그녀의 얼굴을 바라봤다. 흙과 눈물이 엉켜 지저분했지만, 작고 사랑스러운 얼굴이 그의 눈에 들어왔다. 스캇은 두 손을 들어 그녀의 눈을 닦아줬다.

"그러니까 이젠 뚝. 내 앞에서 그런 일로 울지 마라. 오빠 마음이 아프다."

스캇은 벨의 머리를 툭툭 두드렸다. 예전 같았더라면 상상도 못할 장면이었다. 스캇은 자신도 모르는 사이 성장을 거듭하고 있었다. 그의 포용력과 도량이 예전의 것과 사뭇 달랐음은 새삼 말할 것도 없었다.

스캇은 몸을 일으켜 그녀를 안아 들었다. 그녀를 알게 된 지도 몇 년이 지났지만 겉모습 그대로를 인정하고, 그렇게 동생으로 생각한 것은 이번이 처음이었다. 스캇은 벨의 강하기만 한 그 모습을 생각하고, 그녀가 가슴속에 어떤 애환을 담고 살아가는지는 조금도 신경 써본 기억이 없었다. 오빠로서, 아니, 동료로서 너무나도 부끄러운 일이었다.

스캇은 한 팔로 그녀를 안아 든 상태로 걸어나갔다. 가지고 있는 강력한 힘에 비하자면 터무니없이 작고 가벼운 몸이었다.

"이렇게 안아주니 좋으냐?"

"아니, 하나도!"

벨은 빽 소리를 지르며 도리도리 고개를 저었다. 스캇은 미소를 지으며 그녀의 어깨에 묻은 먼지를 털었다.

"그럼 또 안아줄 일은 없겠네."

"아니!"

이번엔 또 뭐가 아니라는 건지. 스캇은 싱긋 웃었다. 멀찍이 그를 지켜보고 있는 로뮤와 마리미가 보였다. 마리미의 표정에 질투가 담겨 있다고 느낀 것은 그의 착각만은 아니었으리라.

"아무튼 네가 본모습을 드러내면서까지 알려준 덕분에, 내가 한 일이 실수가 아니라는 사실은 잘 알았다. 고맙다."

"내 본모습 아니라니까!"

"아, 미안하다."

그들이 투닥거리며 로뮤의 앞까지 다가가자, 그가 고개를 숙이고 정중하게 인사를 했다. 건국철도회사의 사장으로서의 의미이리라.

"회장님, 저희가 못 볼 것을 본 건 아닌지……."

"도대체 못 볼 것이 뭔데?"

벨이 로뮤를 향해 성질을 부리자, 스캇은 손을 들어 그녀의 입을 틀어막았다.

"서서 이야기하긴 길지 않겠나? 다른 자리가 있으면 좋겠네만."

"아, 예. 이쪽으로 가시지요."

로뮤가 인도한 곳은 그다지 멀지 않은 한 건물이었다. 리치들이 자신의 취향에 맞게 디자인을 한 듯 그로테스크한 외관이 다소 거북스러웠지만, 내부는 그에 비해서 정갈하고 깔끔한 편이었다.

내부에는 평소에 회의장으로 사용했던 장소인 듯 기다란 테이블이 양쪽으로 펼쳐져 있었고, 로뮤는 그를 가운데 있는 상석으로 인도했다. 회장이니, 왕이니 해도 정작 상석에 앉아 본 일이 별로 없었던 스캇은 떨떠름한 표정을 지으며 자리에 앉았다.

이윽고 약속이라도 한듯 한 명씩 회의장으로 들어왔고, 그들은 스캇을 향해 인사를 하며 자신을 소개했다.

"북유적 출신의 리치, 아서 퍼기네스입니다. 주 전공은 강신술(Necromancy)이고, 환경부 총괄을 맡고 있습니다. 회장님을 뵙게 되어 영광으로 생각합니다."

"북유적에서 온 헬라 코트렐이에요. 주 전공은 점성술과 예언이구요. 기획부 소속이에요. 잘 부탁드려요!"

대부분이 북유적 출신의 리치들이나 고위 마녀들이었다. 중간에는 마물의 수장으로 보이는 이들도 있었고, 그가 잘 알고 있는 이도 있었다.

"북유적에서 온 펠루모이테토 카츠카샤다. 전공이라고 하면… 숙박업이고, 지금 벨과 함께 현장감독을 맡고 있지. 잘 지냈나, 스캇?"

"페루!"

"으하하핫! 더 좋아 보이는군."

페루는 로뮤가 눈치를 주자 서둘러 고개를 숙이곤 자신의 자리에 앉았다. 그가 앉을 수 있는 전용 의자가 있는 것으로 보아 이런 모임이 처음 있는 것은 아닌 듯했다. 한참을 더 들어오고 웬만큼 자리가 차자 로뮤가 그의 곁으로 다가와 말을 건넸다.

"그리고 외부에서 저희 회사의 사업에 관심이 있으신 분들이 몇 분 오셨습니다."

로뮤의 말이 끝나자, 입구에서 두 명의 남자와 한 명의 여자가 들어왔다. 모두 젊고 부드러운 인상을 가지고 있었지만, 이곳에 앉아 있는 리치들과 비슷한 분위기를 풍기고 있었다. 그들은 살짝 고개를 숙인 뒤 스캇의 곁에 준비된 상석으로 걸음을 옮겼다.

"남단, 레마라카 유적에서 오신 만트라계 리치들의 수장, 파웬 료징님, 시계사막의 천칭계곡에서 오신 마족, 말콤 그리스우드 백작님, 북해의 해저 신전에서 오신 대사제, 라이나델 타님입니다."

그들은 자리에 앉기 전 고개를 숙여 자신을 알렸다. 자리가 모두 정리되자 로뮤는 스캇을 바라보며 동의를 구한 후 이야기를 시작했다.

"오늘의 사업설명회에 방문해 주신 귀한 손님들에게 먼저 감사의 말씀을 드립니다. 저희 건국철도회사는 기업 '베른'을 모체로 하는 회사로서, 범대륙적인 지하 네트워크 구성을 목표로 고대 유물들을 연구, 개발, 활용하고 있습니다."

그의 이야기는 한참을 이어졌다. 이미 스캇이 들어왔거나 알고 있던 지하철에 대한 설명이나 발견하게 된 계기, 그리고 더 나아가서 스캇이 만들려는 나라와 현재 벌어지고 있는 사업들을 간략하게 정리한 것까지도.

설명회의 중심은 아무래도 스캇이 아닌 손님들에게 있었다. 로뮤의 설명이 끝나자 손님들이 스캇을 바라보며 질문을 하기 시작했다. 첫 번째는 성격이 다소 급해 보이는 파웬이었다.

"이 혁신적인 사업을 기획한 것이 북유적 친구들이라니 믿을 수가 없소만, 그 고결한 흑룡… 흠… 그래, 마라드와 북유적의 리치들이 한낱 인간의 수하로 있을 줄은 몰랐소. 당신은 과연 그만한 위인인가?"

"받는 평가에 비해 자신이 부족하다 말한다면 손님께서 실망하시지 않겠소? 나는 그만한 능력이 있는 사람이외다."

스캇은 당당하게 어깨를 벌리곤 한 손으로 자신을 가리켰다. 수많은 리치들이 자신의 존재감을 내뿜고 있건만, 이 남자는 그 가운데에서 가장 상석에 앉아 자신감을 숨기지 않고 있었다.

"아까 전에 마라드님과 대결을 벌이는 장면은 잠시나마 지켜봤지. 하지만 본능력을 쓰는 것이 아니라 우리 레마라카의 유물을 사용하시더군. 하나, 그것과 별개로 당신이 힘이 있다고 해서 다는 아니지 않소?"

벨이 뭐라 반박을 하려 했지만 스캇은 손을 뻗어 그녀를 제지했다. 그에겐 적절한 기회였다. 무력 같은 것으로 인정받고 싶은 생각은 조금도 없었으니까.

"아시다시피 이 사업의 목표는 이상 국가 건설입니다. 찾아오신 손님 분들 중에 자력으로 안전을 보장받을 수 있는 분들은 더 이상 제 이야기를 듣지 않으셔도 됩니다. 제가 벌이는 사업은 오크나 리치들 같은 약자들을 대상으로 하는 것이고, 물론 대다수의 인간들도 대상에 포함됩니다."

"뭐라? 오크와 리치?!"

파웬은 자리를 박차고 일어나며 분노를 표했다. 물론 마라드라는 엄청난 존재가 그 뒤에 있긴 했지만, 한낱 인간에게 오크와 같은 약자 취급을 받는 것은 용서할 수 없었다. 그가 소리를 지르려 하자, 곁에 앉아 있던 푸른 머릿결의 여인이 먼저 이야기를 꺼냈다.

"진정해요, 파웬. 전 라이나델타라고 해요. 부족하지만 해적들에게 공물을 받으며 살아가고 있지요. 자력 안전을 보장받고 있다고 할 수 있겠지만, 실상 따지고 보면 제국이나 다른 나라들로부터 자유롭지는 못하다고 생각해요. 회장님께선 이런 문제에 대해서 지적하고 싶으신 게 아닐지?"

"고맙소, 라이나델타. 파웬님께서 약간의 오해가 있으신 것 같소만, 이 대륙에서 자신의 생명이나 터전을 위협받는 건 여기 있는 분들 누구나 마찬가지라고 생각하오."

스캇의 말이 끝나자 자신의 길고 뾰족한 턱수염을 쓰다듬고 있던 백작이 비꼬듯 말을 던졌다.

"내가 흥미로운 건, 인간과 마물들이 함께 살아간다는 동화책 같은 발상인데… 이것도 회장님께서 내신 것인지?"

"그게 가장 중요한 기본 모토요, 이념입니다. 말콤 그리스우드 백작님. 함께 살아가기 위해선 약간의 배려나 이해가 필요하겠지요. 그런 것들이 부족한 이들에겐 규제가 뒤따를 것이고, 거부하는 이들은 나라에서 먼저 거부할 것입니다."

스캇은 그리스우드 백작의 속마음을 알아채곤 그의 심중을 찔렀다. 애초부터 마물과 인간이 함께 공존하고 배려하는 세상을 만들기 위해선 각자, 개인이 그런 세상을 원해야 했다. 원하지 않는 이들은 당연히 오게 할 생각이 없었고, 누구처럼 흑심이라도 품고 있다면 단번에 처단하겠다는 암묵적인 위협이었다.

백작은 그의 말미에 담긴 숨겨진 의미를 깨닫곤 수염을 쓰다듬던 손을 내리며 스캇의 눈길을 피했다.

사실 손님들은 스캇이 벨과 싸우는 모습을 보면서 은연중에 두려움을 느끼고 있었고, 또 그의 밑에서 일하는 세력들의 위세와 소문을 들으며 내심 경외심을 느끼고 있었다. 과연 오늘 이 자리에서 직접 만나보니 그만한 풍모가 느껴졌다.

"여러분들이 원하시지 않는다면 철도는 이어지지 않습니다. 이로도 충분하지요. 하지만 함께 돕고 협력하며 그 누구도 침범하지 못할 나라의 일원이 되길 원하신다면 한 번쯤 고민을 해보셔도 좋을 겁니다."

"우리의 힘이 모여 그런 강대국이 되면 전 대륙에 평화라도 찾아올 줄 아시는 건 아니겠지요? 실천이 안 된다면 망상일 뿐이에요."

라이나델타의 말에는 뼈가 들어 있었다. 스캇은 가볍게 코웃음을 치며 대응했다.

"인간보다 훨씬 많은 삶을 가지신 분이 어찌 바로 앞만 보시오? 이념과 꿈, 그리고 뜻이 모여서 나라가 세워진다면 그것은 자연스럽게 후대에 이어지게 되겠지. 그렇다면 설사 제국에게 전멸당한다 해도 나는 상관없소. 숨을 쉬는 한, 그 뜻을 위해 매진할 뿐이지."

스캇은 자리에서 일어났다. 그의 당당한 풍채가 모든 이들의 시선을 단번에 끌었다.

"살고 싶은 이들이 마음껏 살 수 있는 나라, 약자는 있어도 강자는 없는 나라, 이것은 바로 강자인 여러분들이 한 발 앞서 배려하지 않는다면 이루어지지 않는 사회라오. 그깟 알량한 실력과 자존심은 여러분보다 약한 사람들에겐 어떨지 모르겠으나, 여러분보다 강한 사람들에겐 아무런 도움도 되질 않지. 스스로가 먼저 그것을 포기하지 않는다면 세상의 공식은 바뀌지 않소."

스캇은 손님들의 심중을 모두 꿰뚫고 있었다. 북유적의 리치들은 그들에 비하면 서생이나 한량에 가까웠다. 하나같이 힘이나 권세에 대한 욕심이 많은 세속적인 이들이었다. 스캇은 그들에게 고개를 숙여가며 부탁하고 싶은 생각은 없었다. 오고 싶은 약자들만 오면 되는 것이다.

스캇은 자신의 가슴을 세게 두들겼다.

"다시 한 번 말하지만, 부탁하는 것이 아닙니다. 진정한 약자가 될 수 있는 용기를 가진 이만 내 뜻에 참여하시오. 이건 곧 명령이오. 당장 오늘내일 기약 없이 살아가고 있는 그 삶을 때려치우길 원한다면 좀 더 많은 용기가 필요하지. 자… 로뮤 사장?"

옆에서 조용히 경청하고 있던 로뮤가 바른 자세로 일어났다. 다른 이들의 시선이 그를 향해 쏠렸다.

"자네는 이 일이 즐겁나?"

이미 에스컬레이터에서 했던 대화 내용이다. 로뮤는 미소를 지으며 고개를 끄덕였다.

"예, 너무나도 즐겁습니다."

"어째서?"

"유적에서 리치가 하는 일이라곤 정해져 있습니다. 독서, 미친 짓, 마물 교육, 가끔씩 찾아오는 모험가들을 상대하기, 이것도 요새는 목숨을 걸어야지요. 벨 폰 밤 이사 수준의 실력을 가진 이가 한둘도 아니고 말입니다."

로뮤는 호흡을 가다듬곤 다시 한 번 이야기를 했다.

"그에 비하면 건국이라는 것은 정말 많은 꿈과 미래, 그리고 할 일들을 부여합니다. 유적 안에 박혀 있던 마물들이 뭘 할 수 있겠냐고, 시작할 땐 다들 그렇게 말했지요. 하지만 지금은 새로운 나라의 기틀이 될 수 있다는 생각에 500년 동안 얼어붙어 있던 이 가슴이 조금씩 뛰는 것을 느낍니다. 그런 마음들이 제 목표가 되고 행복이 됩니다. 제가 하는 일들로 인해 누군가가 마음껏 살아갈 수 있게 된다면…….”

로뮤는 살짝 스캇을 바라봤다. 그의 얼굴은 도저히 리치라고 볼 수 없을 정도로 선량한 표정을 짓고 있었다.

“부끄럽지만, 리치치고는 괜찮은 인생을 살았다고 회고하게 될 것 같습니다. 애초에 가지고 있던 지독한 마성들은 그보다 훨씬 지독한 세월에 묻혀 사라져 갔습니다. 이건 마족이신 그리스우드 백작님을 제외하곤 다들 공감하시는 내용일 겁니다. 그리고 그 세월의 허무함을 뚫고, 회장님의 뜻과 꿈이 제 마음에 전해진 겁니다. 무엇보다 그동안 간접적으로만 들어왔던 회장님의 이야기를 오늘 직접 들어보니, 더욱 확신이 들었습니다. 과연 제 선택은 옳았습니다.”

로뮤는 이야기를 마치고 고개를 숙인 뒤 자리에 앉았다. 회사 직원들은 하나같이 손을 들어 격려와 동조의 박수를 보냈다.

스캇은 다소 당황스러웠다. 자신이 그동안 돌아다니면서 한 이야기가 많긴 했지만 이렇게까지 알려져 있을 거라곤 생각도 못했을뿐더러, 간접적으로 전해진 내용들이 이토록 이들의 마음에 가 닿을 것이라곤 상상도 하지 못했다.

하지만 상황은 상황, 스캇은 능숙하게 그의 말을 이었다.

"이것으로 손님들에게 하는 이야기는 마쳐도 될 것 같군. 그래, 로뮤 사장이 전부 말했어. 어떤 결정을 내리실지는 각자에게 맡기겠소. 그보다 난 우리 직원들에게 한마디 하고 싶군."

손님들이 어떻게 나오건 아무래도 상관없다는 태도였다. 그들의 심중을 파악하고 있는 스캇이기에 가능한 자신감이었다. 벨은 그런 스캇의 행동이 다소 걱정스러웠지만, 누구보다 그를 믿고 있었기에 묵묵히 그 이야기를 경청했다. 손님들은 나름대로 당황한 표정이었다.

"먼저, 감사하겠다. 나는 생각지도 못했는데, 이렇게 자신의 꿈과 삶을 걸어준 여러분들에게 진심으로 감사한다."

쿵.

그는 이마가 테이블에 닿을 정도로 허리를 깊게 숙였다. 모두들 그런 그의 행동에 적잖이 놀랐다. 스캇은 한참을 숙이고 있다가 긴장감이 무르익을 무렵, 고개를 들었다.

"난 바스첼이라는 이름의 데스나이트를 죽인 일이 있지. 정당한 결투였지만, 그는 로뮤의 가장 친한 친구였다."

스캇은 미안한 표정으로 로뮤를 바라봤다. 그는 스캇과 눈이 마주치자 부드럽게 고개를 저으며 괜찮다는 표정을 지었다. 이미 생과 사의 관계에선 충분히 벗어난 몸이다.

"그와 맞설 때 나는 느꼈지. 자신이 살아야 할 만큼의 양보다 더 많은 삶을 허락받은 이들은 너무 욕심이 많다고. 그저 모두들 돌아가야 할 곳으로 돌아가야 한다고 생각했지."

다들 불편한 표정을 지어 보였다. 바스첼에 대한 소식은 진즉에 들었지만 그 원인이 스캇과의 대결이었음은 처음 듣는 이야기였다. 누구보다 강인하고 자신감 넘치는 전사였다. 그만큼 세월의 공허함과 그 무게도 달랐던 이가 바로 바스첼이었다. 대부분의 북유적 출신들은 그를 마음에 담아두고 있었다.

하지만 갈 때가 되어 갔다는 사실도 내심 인정하고 있었다. 그의 광기라면 충분히 스캇을 상대로 달려들 만했을 것이다.

"사과하겠다. 그건 내 무지함이었다. 오늘 여러분들의 모습을 지켜보고 많은 것을 느꼈지. 난 정말 행복한 사람이라고 생각한다. 왜냐하면 신이 여러분들을 살려냈고, 그 덕에 내가 감히 보답할 수 없는 과한 도움을 받고 있잖나."

스캇의 기세가 회의장 전체를 장악하고 있었다. 전 대륙에서 가장 강한 존재들이라고 평가받는 리치들이 자리 잡고 있었지만, 그보다 스캇 한 명의 위세가 더욱 무게있었다. 그들은 스스로 자신을 낮추며 스캇의 이야기에 집중했다.

스캇의 뜨거운 목소리가 수백 년 동안 얼어붙어 있었던 그들의 심장을 녹이고 있었다.

"주어진 삶의 양이 중요한 게 아니다. 우리들은 그 삶을 얼마나 가치있게 살고 있는가. 아무 의미 없이 살고 있다면 당장이라도 스스로 목숨을 끊어라! 이곳은 뜻을 가지고 살아가는 이들이 모인 곳, 건국철도회사다! 바로 여러분들이 뜻을 펼쳐라!"

스캇이 자신의 손을 앞으로 펼치며 외치자, 모든 이들의 등골에서 전율이 일었다. 이 남자는 어떤 곳도, 어떤 이들도 뜨겁게 만들 수 있는 사람이다. 모두의 마음속에 분명한 확신이 들었다.

스캇은 내뻗은 손을 돌려 자신의 손바닥을 그들에게 보였다.

"이 나라를 부탁한다."

나약함이나 부탁이 아니다. 올곧은 정신이며, 또 다른 왕의 풍모였다. 그들의 마음이 필요하고, 그들의 뜻이 필요한 왕으로서의 명령이었다.

로뮤는 대답 대신 자리에서 일어나 두 손을 배 위에 포개고 천천히 고개를 숙였다. 그 뜻에 따르겠다는 의미였다. 그 뒤 약속이라도 한 듯 한 명씩 자리에서 일어나며 고개를 숙이기 시작했다.

흑룡 마라드라고 자신을 밝혔던 벨도, 천장이 머리에 닿을 것만 같은 거대한 키의 페루도 모두 고개를 숙였다. 손님들과 스캇 본인을 제외하곤 고개를 숙이지 않는 이가 없었다.

"당신들은 어찌할 참인가? 강자로 남겠소, 아니면 약자의 길에 동참하시겠소?"

"그건……."

그리스우드 백작은 말끝을 흐리며 쉽게 대답하지 못했다. 그의 능력이나 지지도는 인정하지만 마족은 마족. 인간 국가의 두려움을 받고 있는 현실이 아직은 그렇게 불편하지 않은 탓일까.

"왕이시여, 당신의 백성이 되길 원합니다."

먼저 자리를 일어나 고개를 숙인 것은 라이나델타였다. 진정한 존경심에서 우러나온 행동이라기보단 실리를 앞서 판단한 그녀였다. 나후리 광야의 오크들과 흑룡 마라드, 그리고 북유적의 리치들이 합세한 이 무리는 분명 승산이 있었다. 자신마저 합세한다면 과연 제국을 상대할 만한 전력이 나올 법도 했다.

그리고 무엇보다, 거침없는 스캇의 태도가 마음에 들었다. 기껏해야 20년을 조금 넘게 살아왔을 법한 새파란 인간이 이곳에 있는 쟁쟁한 이들을 상대로 쏟아내는 언사와 기백을 보자 가슴 한편이 두근거리는 것이었다. 자신이 대륙 최고의 남자라 칭하는 해왕 셰라프와도 감히 비교를 할 수 있을 법한 기백이었다.

"나도 동참하겠소. 내가 돌아가서 다른 이들을 설득하지. 하지만 나는 고개를 숙이진 않는다."

파웬은 더욱 고개를 꼿꼿이 들었다. 격정적이고 저돌적인 사내였다. 그 당당한 모습이 마음에 든 스캇은 파웬을 향해 괜찮다는 표정을 지어 보였다. 스캇이 마지막으로 백작을 돌아보자, 그는 대답 대신 얕은 신음 소리를 흘렸다.

"으으음……."

"됐소. 백작님은 그리 곤란한 상황은 아닌 것 같군. 억지로 동참하게 할 생각은 없소. 다른 이들도 모두 고개를 드시게."

그들이 고개를 숙였던 것은 모두 자신들이 자존심을 버렸다는 것을 보여주는 표현이기도 했다. 스캇은 그런 그들의 모습이 너무나도 든든했다. 스캇은 자신의 능력을 이용해 의지를 펼쳐 보였다. 그가 할 수 있는 작은 보답이었다.

"모두들, 정말 고맙네."

직원들은 모두 눈을 휘둥그렇게 떴다. 스캇이 그들에게 내뻗은 메시지는 스캇이 보여주는 강한 '믿음' 과 '신뢰' 였다. 사실 그들의 마음 한가운데엔 스캇을 만난 적도 없었던 자신들의 정체성에 관한 막연한 불안감이 있었다. 하지만 오늘 스캇이 그들을 인정했고, 건국철도회사는 그 뜻을 마음껏 펼칠 수 있게 되었다.

결코 예사롭지 않은 결속력으로 뭉치게 된 건국철도회사. 스캇은 그들의 갈 길이 밝다는 것을 확신할 수 있었다.

스캇은 회의가 끝나자마자 서둘러 밖으로 나가 마리미부터 찾았다. 그녀는 회의에 참석하지 않았다. 스캇은 그녀를 홀로 마물들 틈에 놔두는 것도 불안했을뿐더러, 지하로 내려온 후론 제대로 챙겨주질 못했기에 미안한 마음도 내심 가지고 있었다.

"회의에 들어와도 괜찮건만……."

하지만 수십의 고위 마물들 사이에 있는 것은 그녀 쪽에서 거절할 일이었다. 스캇이 감응을 펼치자 회의장 지붕에 앉아 있는 그녀를 찾을 수 있었다. 스캇은 몸을 공중으로 띄웠다.

"여기 있었니?"

마리미는 스캇을 보고도 본체만체했다. 표범의 모습으로 돌아간 그녀는 자신의 앞발에 기대어 배를 깔고 엎드려 있었다. 스캇은 말없이 그녀의 곁에 앉았다. 마리미는 스캇의 반대편으로 고개를 돌렸다.

스캇은 펼쳐진 도시의 전경을 바라보며 따듯한 목소리로 말했다.

"나는 왕이란다. 이들은 모두 나의 백성이고, 로뮤나 벨은 내 친한 친구들이지."

그는 두툼한 손을 뻗어 마리미의 목을 긁었다. 그녀는 그 손길을 피하는 대신 낮게 울어 보였다. 스캇은 피식 소리를 내며 웃었다.

"이들은 누구보다 강한 사람들이야. 가장 강한 축에 속하지. 하지만 이들이 나라를 만드는 것은 자신만을 위한 것이 아냐. 세상에서 보호받지 못하는 약자들을 위한 것이지."

"보호받지 못하는……?"

"그래. 마리미처럼 보호받지 못했던, 그런 약한 이들."

"나, 약하지 않아."

마리미가 스캇을 바라보자, 그는 마리미를 품에 안아 자신의 무릎 위에 올려놨다. 그녀는 스캇의 따뜻한 품이 마음에 들었는지 그의 품 안으로 파고들었다.

"그래, 약하지 않아. 마리미도 분명 힘이 있지. 그런데 그 힘을 어디에 써야 좋은 걸까. 더 약한 이들을 괴롭히는 데? 마리미는 약한 동물들을 괴롭혀 본 적이 있니?"

"아니, 숲의 동물들은 모두 친구들인걸."

"그래, 그게 좋은 거야. 하지만 세상은 그렇지 않단다. 힘이 있는 이들이 더 약한 이들을 괴롭히지. 무엇이 옳고 그른 것이 문제가 아니라, 힘이 있는 것이 옳은 것이고, 힘이 없는 것이 곧 옳지 않은 것이 되었어."

마리미는 고개를 갸우뚱거렸다.

"왜 그런 짓을 해?"

"글쎄다. 하지만 이렇게나 어린 마리미도 그것이 잘못됐다는 걸 느끼지 않니?"

"응."

"그래서 우리들이 바꾸는 거야. 강한 힘은 약자를 괴롭히는 것이 아니라, 그들을 돕기 위해서 써야 한다는 걸 직접 실천하는 거야."

스캇은 마리미의 머리를 툭툭 두드렸다. 그녀 역시 엔트라헬이기에 한마디를 하면 열 마디를 알아들었다. 마리미는 깊은 생각에 빠져 있었다.

"마리미 같은 엔트라헬들도 아저씨가 지켜줄게."

"나도… 엔트라헬이야?"

"당연하지. 마리미도 엔트라헬이야."

스캇은 그녀를 품에 안은 상태로 자리에서 일어났다. 마리미가 그에게 물었다.

"어디 가?"

"이제 돌아가야지. 게나홀라헬도 기다리고 있을 테고, 할일이 참 많아."

마리미는 고개를 끄덕이며 사람의 형상으로 변했다. 스캇은 환하게 웃으며 그녀의 머리를 쓰다듬었다.

그들이 땅으로 내려서자 로뮤와 벨이 그들을 기다리고 있었다. 이번엔 벨이 마리미를 노려보고 있었다. 스캇은 그들 사이에서 알 수 없는 기류를 느끼고 있었다.

'이 녀석들, 서로 나이 차가 몇 배나 나는지 알고 있는 걸까.'

"회장님, 벌써 돌아갈 생각이십니까?"

스캇이 그를 자세히 보니 로뮤의 태도가 사뭇 달라져 있었다. 베른의 학자들에게서 느꼈던 패기와도 비슷한 느낌이었다.

"가야지. 하지만 곧 돌아오겠다. 그런데 혹시 여기서 나후리 광야까지 이어져 있는가?"

"물론입니다. 이곳에 있는 이들 모두 지하철을 이용했으니까요."

"좋아. 항상 지하철을 최상의 상태로 유지해 다오. 나는 돌아가서 엔트라헬들을 데리고 오겠다."

벨과 로뮤는 모두 놀란 표정을 지었다. 엔트라헬이라고? 그 고고하고 자존심 높기로 소문난 엔트라헬? 더군다나 벨은 그들과의 악연 아닌 악연을 가지고 있기도 했다.

"오빠, 그게 무슨 소리야?"

"사정은 나중에 설명하지. 이야기가 꽤 길거든. 아참, 로뮤. 혹시 저주나 빙의에 관한 치료 방법에 능한가?"

"회장님의 저주라면 치료가 가능하긴 합니다만, 다른 문제가……."

"아닐세. 내가 아니라, 검령에게 수십 년 동안 몸을 빼앗겼던 소녀라네."

벨과 로뮤의 표정이 다시 한 번 크게 변화했다. 성격이 다소 급한 벨이 먼저 스캇에게 물었다.

"광검 라쥬마쥬?"

"검령은 내가 직접 부숴 버리긴 했다만, 아이가 깨어나질 않아서 말이지."

"말도 안 돼! 어떻게 검령을 손으로 부술 수 있어?"

스캇은 씁쓸하게 웃었다. 벨과 대등하게 싸웠다는 건 이미 10공적이나 10용사들 가운데서도 상대할 이가 몇 없다는 소리가 된다. 로뮤는 비로소 스캇의 실력이 납득이 가기 시작했다.

"일단 데리고 오시면 치료해 보겠습니다."

"좋아. 그럼 부탁하겠네. 벨, 너도 나중에 보자."

벨은 대답 대신 아랫입술을 내밀었다. 이미 그녀의 머리에는 작업모가 씌워져 있었다.

스캇은 온몸에 기운을 돌렸다. 세찬 바람의 그의 발밑에서 일어나기 시작했다.

"그럼."

휘이이잇!

스캇의 신형이 에스컬레이터를 향해 날아올랐다. 그와 마리미는 순식간에 도시의 천장을 지나 지상으로 올라갔다.

그들의 뒷모습을 지켜보던 로뮤가 벨에게 물었다.

"회장님 실력이 원래 저 정도였어?"

"아니, 볼 때마다 상상도 못할 정도로 실력이 늘어. 곧 있으면 제국과 홀로 맞서 싸우겠다고 할지도 몰라."

세상은 아이러니했다. 누구보다 힘을 싫어하던 한 남자에게 저만한 힘이 생길 수 있던 건 단순히 우연만은 아니리라. 그의 성장을 곁에서 지켜봤던 벨은 그 사실을 잘 알고 있었다. 그녀는 헐겁게 걸려 있던 작업모를 눌러쓰곤 로뮤를 툭툭 건드렸다.

"자, 일하러 가자!"

"으응!"

Chapter 29

보고 싶어서요

제국의 중심인 수도에서도 가장 중심이라 할 수 있는 황성, 그리고 그 가운데 수뇌부라고 할 수 있는 이들이 모인 회의장은 암운이 감돌고 있었다. 보고를 하던 관리는 정면에서 자신을 바라보고 있는 자를 향해 고개도 제대로 들 수 없었다.

관리가 보고를 마친 후 뒤로 물러나자 한참 침묵을 지키던 그의 입에서 비로소 목소리가 흘러나왔다.

"나후리 광야의 오크들과 북유적의 마물들이 손을 잡았다고? 그것도 한참 전에? 왜 이런 정보가 이제야 짐의 귀에 들어온 것이냐. 정보국장은 어디에 있는가!"

그 자리에 앉아 있던 자들 중 누구도 대답을 하는 이가 없었다. 침묵을 지키거나 고개를 숙일 뿐. 그러자 쇳소리 섞여 있는 카랑카랑한 목소리가 다시 한 번 장내를 울렸다.

"어째서 이만한 정보가 과인에게 알려지지 않았는지 물었다! 과인은 제국의 황제, 힐리안 2세가 아닌가! 왜 아무도 대답을 하지 못하는가!"

그때, 그의 곁에 앉아 있던 한 청년이 날카로운 목소리로 말했다.

"정보국장은 황제께서 내리신 임무를 수행하기 위해 체로제에 가 있습니다."

"흠, 그래, 그렇다면 10용사의 책임자를 불러오라. 그들이 이 정보를 가지고 있었던 것 아닌가."

"10용사의 수장을 맡고 있는 No. 1 올렛 경은 현재 다리아렌 왕국의 사절단으로 나가 계십니다."

그 정도 사실도 모르고 있었냐는 뉘앙스가 담겨 있는 목소리였다. 황제는 그 노골적인 언사에 불쾌해하며 목소리를 높였다.

"그럼 남아 있는 녀석들 중에서 대신 책임을 맡고 있는 이라도 있을 것 아닌가!"

"잊으셨습니까? 현재 10용사의 책임자는 No. 2인 제가 맡고 있습니다."

메르부 힐리안. 금의 지옥(Golden Inferno)이라 불리는 제국 최고의 마법사이자 차기 황위 계승자. 자신의 자식이건만 황제는 그에게만큼은 함부로 굴 수 없었다. 대륙의 반을 먹은 것만으로 만족하고 정복을 멈췄던 그 순간부터 그는 이미 이 빨 빠진 호랑이였다.

황제는 헛기침을 하며 말했다.

"크흠… 그렇다면 네가 알아서 하겠지……."

"예."

여전히 날카로운 메르부의 대답. 황제는 불편한 마음과 동시에 답답함을 느꼈다. 그는 자리에서 일어났다.

"회의를 마치겠다. 모두 돌아가게."

"예."

회의장에 있던 모든 사람들이 한목소리로 대답했다. 하지만 그 누구도 움직일 생각을 하지 않았다. 잠시 그들을 지켜보던 황제는 고개를 저으며 입구로 향했다. 회의장 밖에서 대기하고 있던 두 명의 시종이 늙은 황제의 걸음을 부축했다.

황제가 회의장을 벗어나자 메르부는 자리에서 일어나 황제가 앉았던 상석에 앉았다.

"베른은 어떻게 됐지?"

"외견상으로는 아무런 문제도 없습니다만, 귀족들의 불만이 극에 달해 있습니다."

"다리아렌 왕국은 뭐라고 했나?"

대답했던 자는 다시 한 번 메르부를 향했다. 황제를 대했던 것과 달리 형식이라던가 예절에 구애받지 않은 비교적 자유로운 모습이었다.

"그들을 돕겠답니다."

"뭐라고?"

"기업 '베른' 을 공식적으로 인정하고 도시의 발전을 지원하기로 했다고 합니다."

제국의 황태자와 일반 관리의 대화로 보기엔 너무나도 격식이 없었다. 하지만 메르부는 항상 그런 식으로 수하들을 다뤘고, 무엇보다 실용성을 가장 우위에 뒀다. 자질구레한 허례허식은 그가 가장 싫어하는 것이었다.

젊은 황태자는 이미 제국의 수뇌부들을 자신의 편으로 만들고 있었다.

"그들이 오크들과 한편이라는 정보는 알려야 하는가?"

"그렇다면 도리어 기업과 손을 잡고 제국을 등질 수도 있습니다."

이 일을 함구해 뒀던 것은 바로 자신이다. 나후리 광야 진출의 초석으로서 그들을 이용하려 했을 뿐만 아니라, 자신의 입지를 굳히기 위한 발판으로 삼을 생각도 있었다.

그리고 무엇보다, 그에게만큼은 질 수 없었다.

'스캇님, 너무 일을 크게 벌이시는 거 아닙니까? 자신이 차원 이민자라는 것을 잊으신 것 같군요.'

메르부는 자신의 손등을 만졌다. 회색산맥 문파의 마법사들에게만 전해지는 아티팩트라 알려져 있지만, 사실은 차원 이민자들의 관리를 목적으로 부여받은 커뮤니티 칩이었다.

그가 마음만 먹는다면 스캇을 죽이는 것은 어렵지 않은 일이었다.

"10용사들에게 긴급 소집령을 내리겠다. 기간은 일주일이다. 황제의 명을 가지고 있는 이들도 모두 임무를 취소시키겠다. 어차피 늙은이가 시키는 일이라는 건 중요한 일이 단 한 가지도 없지."

"예, 그런데……."

"무슨 문제라도 있는가?"

"성녀 다리엔님께서 자리를 비우셨습니다."

메르부의 얼굴에 당혹과 분노가 스쳐 지나갔다. 곧 죽을지도 모르는 약한 몸을 이끌고 또 어디로 갔단 말인가. 메르부는 재빨리 커뮤니티 칩의 기능으로 그녀의 위치를 파악하려 했다. 보나마나 수도 어딘가의 병원에서 환자들을 돕고 있을 것이 틀림없었다.

자신의 몸도 제대로 지키지 못하는 주제에 다른 이들이나 챙기는 못난 사람…….

"소용없으실 겁니다. 이미 다른 회색 문파원들에게 추적을 시켜봤으나……."

"봤으나?"

"이미 제국령을 한참 벗어나셨다고 합니다."

쿵!

메르부의 주먹이 테이블을 내려쳤다. 그녀가 제국을 벗어났던 적이 한 번이라도 있었던가. 올렛이 다리아렌 왕국으로 갈 때에도 어렵게 허락을 했으나, 건강 때문에 오래 지나지 않아 돌아왔던 그녀였다.

그런데 돌아온 지 얼마나 지났다고 또다시 자신의 곁을 떠났는가!

'나를… 나를 정녕 감옥이라고 생각하는 건가!'

메르부의 얼굴은 붉게 물들어 있었다. 바람도 불지 않는 실내에서 그의 금발이 휘날리고 있었다. 회의에 참석하고 있던 모든 이들의 얼굴에 두려움과 불안감이 떠오르기 시작했다.

하지만 그들의 예상과 달리 메르부의 입에선 차분한 목소리가 흘러나왔다.

"어쩔 수 없군. 현재 제국에 남아 있는 10용사가 누가 있지?"

"올렛 경과 라이닌 경, 그리고 지원님을 제외하면 모두 제국령 안에 있습니다."

"넬피와 라렛슈를 보내서 다리엔을 잡아오게 해."

"네?"

제국의 기사단장을 맡고 있으며 현직 최강의 기사라는 위명을 가지고 있는 No. 6 네르피온 하시테. 역시 제국 제일의 검객이라 알려져 있는 No. 5 검성 라렛슈. 제국 역사상 둘이 함께했던 일은 단 한 번도 없었다.

"두 번 말하게 하지 마라."

"하지만… 두 분은 서로를 무척이나 싫어하셔서 승낙하지 않을 것 같습니다."

"10용사에서 10공적으로 칭호가 바뀌고 싶다면, 어디 한번 마음대로 하라고 해라! 그 녀석 둘이라면 싫어서라도 일을 빨리 마치겠지."

승낙? 내가 감히 명을 내리는데 승낙을 운운하겠다고? 하지만 메르부는 분노를 겉으로 표출하진 않았다. 그의 차가운 눈빛이 천천히 회의장을 훑어봤다.

"그녀를 잡아오는 중에 거치적거리는 녀석이 있다면 무조건 베어버리라고 전해라. 그게 한 나라의 왕이든, 드래곤이든!"

메르부는 자리에서 일어나 자신의 붉은 망토를 휘날리며 회의장 중앙을 걸어나갔다. 벽을 따라 천천히 걸어나갔던 황제의 모습과는 대조되는 모습이었다.

그가 자리를 비우고 나서야 회의장이 있던 이들이 한두 명씩 일어나기 시작했다. 그것은 이미 제국이 젊은 사자의 손에 넘어갔음을 보여주고 있었다.

스캇은 마리미와 함께 헤렘의 달로 돌아갔다. 그는 메라리투 라헬을 설득했고, 그 내용은 바로 나후리 광야에 새로운 숲을 만들자는 이야기였다.

그는 헤렘의 달에 서쪽에 세워진 지하 도시와 지하철에 관한 내용을 이야기했다. 메라리투 라헬은 믿을 수 없다는 반응이었지만 그것도 잠시뿐, 스캇이라면 충분히 그럴 수 있다고 생각하고 납득했다.

엔트라헬들의 능력이라면 개간한 영토 위에 그들이 거주할 수 있는 숲을 새롭게 세우는 것도 불가능하지는 않을 터였다.

하지만 수천 년 동안 그들이 머물렀던 고향을 어찌 버린단 말인가. 메라리투 라헬은 강경한 반대의 입장을 보였다. 아무리 헤렘의 달이 회복되기 힘들 정도로 불타 버렸다 하더라도, 새로운 땅으로 건너가는 것보단 이곳을 회복시키는 쪽이 훨씬 옳은 방법이었다.

스캇은 진즉에 그럴 줄 알았다는 듯 게나홀라헬을 비롯한 몇몇 엔트라헬들이라도 보내줄 순 없겠냐는 회유책을 썼고, 게나홀라헬은 흔쾌히 허락했다. 만약에 그들이 살 수 있는 숲이 조성된다면 그때 가서 이주를 해도 되지 않겠냐는 발상이었다.

다섯 국가의 경계선 사이에 자리 잡고 있는 헤렘의 달에 비하자면 스캇이 보장하는 안전한 영토는 무척이나 흥미로운 제안이었다. 하지만 메라리투 라헬은 사안을 신중하게 뒤로 미뤘다. 그 대신 게나홀라헬을 비롯한 여러 젊은 엔트라헬들이 영토로 출발하게 되었다.

이들이 영토를 개간하는 일에 정말 커다란 도움이 될 것은 말할 것도 없었다. A.N.P.G와 이들의 능력이라면 단시간 내에 숲을 틔우는 일도 가능할 것이었다.

스캇은 모든 일들을 정리한 뒤 출발하기로 한 이들과 함께 헤렘의 달을 떠났다. 라쥬마쥬를 회복시키는 일도 급했고, 스캇은 엔트라헬들과 함께 직접 광야로 돌아갈 생각이었다. 얼마나 작업이 진척되었는지 직접 확인하고 싶었다. 오랜 벗들을 다시 만날 수 있다는 기대감도 한몫하고 있었다.

"오오… 이런 곳이 수천 년 전부터 숲의 지하에 있었단 말이오?"

"그러고 보니 당신들처럼 오래 산 이들이라면 고대 문명에 대해서 좀 더 잘 알고 있을 것 같은데?"

스캇은 인간의 형상을 한 엔트라헬들과 함께 에스컬레이터를 타고 내려가고 있었다. 지금 그들의 눈앞에는 막 지하 도시의 전경이 펼쳐지기 시작한 참이었다.

게나홀라헬은 안타깝다는 표정을 지었다.

"아마도 고대 문명은 나후리 운석이 떨어지기 직전까지 흥성하고 있었을 것이오. 아쉽게도 운석이 떨어진 시기가 얼마나 오래되었는지는 엔트라헬들 중 그 누구도 알 길이 없다오."

스캇은 여전히 마리미를 품에 안고 있었다. 그녀는 피곤한 듯 스캇의 품에 안겨 곤히 잠들어 있었다. 그리고 그의 반대편 품에는 마찬가지로 잠들어 있는 라쥬마쥬가 안겨져 있었다. 겉보기엔 너무나도 생기가 없어 숨을 확인하지 않는다면 시체로 볼 수도 있을 정도로 약한 모습이었다.

그가 뒤를 돌아보자 다른 엔트라헬들 역시 처음 보는 광경에 놀라하는 눈치였다. 그 숫자가 50명에 육박했으니 얼마나 많은 엔트라헬들이 스캇과 게나홀라헬의 뒤를 따랐는지 알 수 있었다. 얼추 십분지 일은 온 셈이었다.

"어서 오십시오, 회장님. 찾아오신 모든 분들을 진심으로 환영합니다."

그들이 에스컬레이터에서 내리는 시간에 맞춰 로뮤와 몇몇 직원들이 마중을 나와 있었다. 스캇은 로뮤를 보자마자 품에 안고 있던 라쥬마쥬부터 건넸다.

로뮤는 조심스럽게 그녀를 받아 든 뒤 스캇에게 물었다.

"언제 출발하시겠습니까?"

"그 아이의 상태를 본 뒤에, 될 수 있는 한 빨리 출발했으면 한다. 엔트라헬들은 햇빛을 오래 받지 못한다면 생명에 해가 되니까."

"열차는 이미 준비가 끝났습니다. 아서 부장."

"예."

로뮤가 호명을 하자 뒤에 서 있던 직원들 중 한 명이 그의 옆으로 걸어나왔다.

"이분들을 임시 숙소로 안내해 드리게. 당신이 환경부 총 괄을 맡고 있으니 앞으로 함께 일해야 할 걸세. 회장님은 저 와 함께 제 개인 막사로 가시지 않겠습니까?"

"음."

스캇은 고개를 끄덕이곤 게나홀라헬을 돌아봤다. 그는 게 나홀라헬에게 마리미를 건넸다.

"곧 가겠다."

"알겠소."

스캇은 그들을 자리에 남겨두곤 로뮤와 함께 자리를 벗어 났다. 오래가지 않아 그들은 로뮤의 막사에 도착할 수 있었 다.

"검령을 손으로 직접 파괴했다고 하셨습니까?"

"그렇지. 이렇게."

스캇은 두 손으로 검을 움켜잡아 비트는 모습을 보여줬다. 아무래도 이런 것으론 설명이 부족할까?

라쥬마쥬를 실험대 위에 눕힌 로뮤는 몇 가지 약초를 그녀 의 몸 위에 뿌리며 반응을 살펴봤다.

"영을 물리력으로 파괴했다는 이야기는 들어본 적이 없군 요."

"음. 현무의 장갑 때문이 아닐까 싶은데, 이건 신급의 영을 봉인해 두고 있는 아티팩트거든."

"아아, 그랬군요."

로뮤는 그제야 고개를 끄덕였다. 그의 눈은 여전히 라쥬마쥬를 살펴보고 있었다. 그녀의 몸 주위에서 푸른색의 연기가 피어오르기 시작했다.

"이런……"

"문제가 심각한가?"

"아니, 뭐… 일단은 시간을 좀 두고 지켜봐야겠습니다."

로뮤는 몇 가지 약품들을 꺼내며 뭔가를 제조하기 시작했고, 스캇은 당장은 할 수 있는 일이 없었기에 로뮤가 하는 일들을 뒤에서 지켜보기만 했다.

그때, 벨이 막사 안으로 뛰어들어 왔다.

"오빠!"

"갑자기 왜 그래?"

"큰일났어!"

스캇의 두 눈이 크게 떠졌다. 혹시 엔트라헬들과 리치들에게 문제라도 생긴 걸까. 그는 일단 벨을 진정시켰다.

"환자가 있으니 조용히 해. 무슨 일인지 차근차근 이야기해 봐."

그는 벨의 손을 잡곤 자신의 옆에 앉혔다. 오래도 뛰어왔는지 그녀는 식식거리는 숨을 정리하곤 한마디씩 천천히 말을 꺼냈다.

"손님이 왔어."

"그래, 왔지. 너도 봤구나."

"오빠도 봤어?"

"내가 데리고 왔으니까, 당연한 거 아니겠어?"

스캇은 그녀가 엔트라헬들에 대해서 이야기한다고 생각했다. 하지만 그녀의 말을 곰곰이 생각해 보니 그런 것이 아니었다.

그는 고개를 갸우뚱거리는 벨을 향해 다시 물었다.

"엔트라헬들 말고?"

"어? 응."

"누가 왔는데?"

"다리엔 언니."

다리엔? 그게 누구지? 스캇은 분명 처음 듣는 이름이었다. 하지만 무척이나 익숙한 느낌이라는 생각이 들었다.

"그게 누군지 난 모르겠는데……."

"그럼 직접 만나봐. 빨리 가야 해!"

스캇은 머뭇거리며 자리에서 일어났다. 도대체 다리엔이라는 사람이 누군데 벨이 이렇게 재촉을 하는 건지 알 길이 없었다.

"알았다. 그런데 어디로 가야 하는데?"

"사거리로 나가면 리치들이 휴식을 즐기는 까페가 있어. 폐허 가운데 서 있으니까 찾기는 쉬울 거야."

"좋아. 다녀오지."

로뮤는 고개도 안 돌리고 라쥬마쥬를 살펴보느라 정신이

없었다. 그에게 인사를 하려 했던 스캇은 생각을 바꾸고 몸을 돌려 막사를 빠져나왔다.

스캇이 사거리 쪽으로 몸을 옮기자, 뒤에서 벨이 달려나와 스캇에게 소리를 질렀다.

"맞다, 오빠! 마리미는 어디에 있어?"

"음? 엔트라헬들이랑 함께 있을 게다."

"알았어. 오빠 머리 좀 만지고 가!"

생전 지적한 적도 없었던 헝클어진 머리. 그제야 스캇은 자신의 머리를 쓸어 넘겨봤다. 관리를 제대로 안 해 잔뜩 헝클어져 있었다. 그는 수체(水體)를 운용해 머리를 정갈하게 정리한 뒤, 풍체(風體)로 대충 마무리를 했다.

'도대체 무슨 일이며 누구이기에 벨이 저렇게 야단을 부리지?'

스캇은 비교적 천천히 걸어갔다. 누군지도 잘 모르는 이 때문에 여유를 잃고 싶지도 않았고, 자신의 마음 한구석에 드는 기묘한 감정이 스캇의 행동을 주저하게 만들고 있었다.

"여기인가."

스캇이 사거리에 도착하자, 조잡한 네온사인이 깜박이고 있는 건물이 눈에 들어왔다. 2층의 작은 건물이었지만 주위의 폐허와는 상당히 대조적인 깔끔하고 아담한 분위기를 풍기고 있었다.

띠리링.

그가 문을 열고 들어가자 문 위에 달린 작은 종이 흔들리며 소리를 냈다. 카운터에는 익숙한 얼굴이 컵을 닦고 있었다.

"페루!"

"하하핫! 왔군, 왔어. 벨 녀석, 어지간히 달렸나 보군."

스캇은 페루에게 손을 뻗어 악수를 했다. 하지만 손의 크기가 너무 차이나서 다소 우스꽝스러운 광경이었다.

"여기서 뭐 해?"

"감독 직은 교대로 하거든. 쉴 때는 이곳에서 다른 직원들에게 차를 대접하고 있지. 아무래도 나는 이쪽이 천성에 맞는 것 같고."

그 역시 잠을 자지 않는 것은 스캇과 마찬가지였다. 벨에게 들은 바에 의하면 그 존재 자체가 마법으로 이루어진 마법 생물이 바로 페루의 정체라 했으니까. 스캇은 그의 손등을 두들기며 물었다.

"그래, 날 찾아온 손님은?"

"2층으로 가봐. 독한 녀석으로 줬으니, 지금쯤 볼이 발갛게 달아올랐을 거다. 힘내라고!"

"독한… 녀석?"

알 수 없는 전개였다. 벨부터 시작해서 페루까지 왜 하나같이 이 난리들이지? 스캇은 고개를 저으며 2층으로 올라가기 시작했다. 뒤에서 페루의 목소리가 들렸다.

"음료는 뭘로 하겠나."

스캇은 잠시 멈춰서 생각했다.

"독한 녀석."

"좋지!"

스캇의 등 뒤로 페루의 콧노래 소리가 들려왔다. 즐거워 보이는 그의 모습을 보니 스캇도 기분이 좋았다.

그가 2층으로 올라가자 사방이 트인 시원한 공간이 나타났다. 모든 테이블은 깔끔하게 정리되어 있었고, 기둥과 테이블 곳곳에는 조화로 장식이 되어 있었다. 그가 천천히 주위를 둘러보자 한 여자가 테라스 쪽에 앉아 있는 것을 발견할 수 있었다. 그녀는 밖을 쳐다보고 있었다.

스캇은 그쪽으로 천천히 걸어갔다.

'하얀 머리?'

그녀의 곱슬머리는 하얗게 물들어 있었다. 이 세계에서 본 적이 없는 드문 색깔이었다. 나이를 먹었다면 모르겠지만 그가 보기엔 20대 초반으로 보이는 젊은 모습이었다. 그녀는 귀족들이나 입을 법한 단아하고 정갈한 드레스를 입고 있었다.

스캇은 그녀의 곁으로 가 기척을 냈다.

"흠."

"아, 오셨군요. 어서 앉으세요."

"음, 스캇이라고 하오."

그는 허리를 숙여 정중하게 인사를 한 뒤 그녀의 맞은편에 앉았다. 하얀 눈썹과 하얀 속눈썹. 그 대신 눈을 가득 메우는 검은색의 눈망울이 스캇을 조심스럽게 바라봤다.

"저는 다리… 엔이라고 해요."

그녀의 작지만 소소한 목소리로 자신을 소개했다. 스캇은
고개를 끄덕였다. 이미 들은 이름이지만 티를 낼 필요는 없었
다.

꽤 오랜 정적이 흘렀다. 보통 찾아온 쪽이 자신의 용무를
이야기해야 하는 것이 순서가 맞지 않겠는가. 스캇은 답답함
을 견디지 못하고 먼저 말을 꺼냈다.

"그러니까… 날 찾아오셨다고 들었소만?"

"예."

그녀는 고개를 크게 끄덕이며 강한 긍정을 표시했다. 하지
만 또다시 말이 없어지자 스캇은 다시 한 번 물었다.

"무슨… 이유 때문에 이런 험한 곳까지 홀로 찾아오셨는지
궁금하오."

"보고 싶어서요."

스캇은 자신도 모르게 숨을 크게 들이마셨고, 차마 내뱉진
못한 채 그 숨을 참았다. 숙녀 앞에서 한숨을 쉬는 것은 결례
아닌 결례다. 그의 이마에서 식은땀이 흐르기 시작했다.

마침 적절한 상황에 조력자가 나타났다.

"주문하신 '드래곤의 헤드샷' 입니다."

"뭐, 뭐라고?"

페루가 내려놓은 잔에선 붉은색의 액체가 담겨 있었다. 콜

라를 30잔은 압축시켜 놓은 듯 하얀색의 거품이 펄펄 끓어오르고 있었다. 스캇은 고개를 들어 페루를 바라봤다.

"이게 맞나?"

"독한 녀석."

정말 독하다 못해 기절하겠군. 스캇이 잔을 살짝 잡자 시릴 듯한 차가움이 전해졌다. 겉보기와는 전혀 상반되는 모습의 액체였다.

맞은편에 앉아 있던 다리엔이 페루에게 빈 잔을 건네며 말했다.

"한 잔만 더 부탁드려도 될까요?"

이번엔 페루와 스캇이 동시에 놀랐다. 페루는 얼굴에 어울리지 않는 미소를 히죽 지으며 그녀의 잔을 건네받았다. 그는 언제 그랬냐는 듯 정색을 하곤 고개를 숙여 보였다.

"알겠습니다."

그가 건물을 울리며 밑으로 걸어 내려가자 스캇은 잔을 들었다. 하지만 선뜻 마실 용기는 나지 않는지 한참을 쳐다봤다. 그가 다리엔을 바라보니 그녀는 두근거리는 표정으로 스캇을 바라보고 있었다.

"그거, 맛있어요."

"예……."

이래선 내려놓지도 못하겠군. 스캇은 심호흡을 한 후 그것을 들이켰다. 차가운 액체가 목으로 흘러 넘어가는 것이 느껴졌다. 단번에 반 정도를 비운 그는 천천히 잔을 내려놨다.

단번에 넘겨 버려서 그런지 그다지 혀에 느껴지는 자극은 없었다. 하나 그것도 잠시, 곧 뱃속에서 뜨거운 기운이 솟아 오르기 시작했다.

"흐읍!"

그는 입을 손으로 틀어막고 고개를 돌렸다. 후끈거리는 기운이 얼굴로 가득 퍼졌다. 다리엔은 그를 보면서 재미있다는 표정을 지었다.

"술을 못하시나 봐요?"

"아, 하도 오랜만이라서……."

스캇은 따로 준비된 물이 담긴 잔을 들었다. 그의 얼굴은 잔뜩 붉어져 있었다. 다리엔이 장난스럽게 웃으며 말했다.

"전에는 잘 마셨잖아요."

"음? 우리가 언제 만났던 일이 있었소?"

"아뇨, 우후훗."

곧이어 페루가 한 잔을 더 가지고 왔고, 그녀는 그 자리에서 그것을 단번에 마셔 버렸다. 스캇은 페루를 바라보며 눈썹을 으쓱였다. 페루는 소리없이 웃고는 종종걸음으로 내려갔다.

술기운이 오른 그녀의 얼굴은 좀 더 자신감 넘쳐 보였지만, 여전히 아무 말도 하지 않았다. 보고 싶어서 왔다는데 어쩌겠는가. 스캇은 더 이상 아무것도 묻지 않고 애꿎은 컵만 들었다 났다.

　다리엔은 스캇을 바라보는데 정신이 없었다. 딱히 할 말이 있는 것도 아니고, 전하고 싶은 마음이 있는 것 같지도 않았다. 하다못해 좋아한다는 눈치라도 준다면 차라리 당황하기라도 할 것인데, 스캇은 지금의 이 상황이 그렇게 불편하지 않았다.

　그렇게 하루 종일을 서로 바라보고만 있던 사람들처럼, 매일 반복해 왔던 일상처럼 아무렇지도 않게 시간이 흘렀다.

　전기의 힘을 입은 380개의 태양이 작렬하는 지하 도시는 낮과 밤이 없었다. 그저 은은하고 고적한 낮도 밤도 아닌 시간만이 존재할 뿐.

　그녀에게 익숙해진 스캇 역시 그녀의 얼굴을 마음껏 바라볼 수 있었다. 그가 누군가를 이렇게 바라보는 것은 생전 처음 있던 일이었다.

　다리엔은 아름다웠다. 젊음과 완숙함을 동시에 가지고 있는 여인이었다. 웃을 때마다 드러나는 보조개는 무척이나 귀여웠고, 그녀의 크고 동그란 눈 역시 상대적으로 그녀를 어려 보이게 하는 요소였다.

　하지만 하는 행동거지나 목소리는 차분한 귀족 부인의 그것과 닮아 있었고, 목과 팔목까지 단정하게 가려진 드레스는 그녀의 신분이나 위치를 말해주고 있었다.

　분명 그녀가 하는 말투나 행동들은 자신을 오래전부터 좋아해 왔다는 것을 은연중에 드러내고 있었지만, 스캇은 이 이상 그녀에게 접근할 생각이 없었다. 그녀가 누군지도 모를뿐더러, 켈리와의 만남 이후로는 항상 여자들과 거리를 둬온 그였다. 또다시 다른 이에게 상처를 주거나 상처를 받고 싶진 않았다.

시간이 꽤나 지났다고 생각한 그는 심호흡을 하고 자리에서 일어났다.

"다른 일이 있어 그만 일어나야겠소."

"네, 네?"

다리엔은 꿈에서 깬 듯 커다란 눈을 깜박이며 그를 멍하니 바라봤다. 스캇의 표정은 꽤나 딱딱하게 굳어 있었다.

"난 곧 이 도시를 떠나게 될 것 같소. 하지만 만약 기회가 된다면… 그때 또 뵙겠소."

"아, 네……."

다리엔은 기운 빠진 표정으로 스캇을 바라봤다. 그녀가 인사를 할 새도 없이 스캇은 테라스 밖으로 뛰어내렸다.

"그럼."

"저, 저기……."

다리엔은 자리에서 일어나 테라스 밑을 바라봤다. 스캇은 이미 오간데없었고, 그가 지나간 흔적엔 먼지바람만 횅하니 불고 있었다.

"하지만… 할 수 있는 말이 없는걸요."

그녀의 쓸쓸한 눈길이 테라스를 훑었다. 그토록 기다리던 만남이었는데 그저 바라보는 일 외에는 할 수 있는 일이 없었다. 항상 그랬던 것처럼.

"응? 뭐라고?"

다리엔이 손을 들어올리자 소매 속에서 작은 줄기가 하나 뻗어 올랐다. 그 줄기는 다리엔의 검지를 감으며 뻗어 올랐다. 마치 뭔가를 그녀에게 이야기하는 듯했다.

"정말? 알았어."

그녀는 옆에 걸어놨던 넓은 챙의 모자를 눌러쓰곤 계단을 향해 뛰어갔다.

스캇은 별 필요도 없던 능력들을 이용해서 순식간에 그 자리를 벗어났다. 만약에 그녀가 자신을 붙잡는다면 거절하지 못할 것 같았다.

그는 주머니에서 담배를 꺼내 입에 물었다. 그와 동시에 능력을 이용해 불을 붙이는 것도 자연스럽게 이어졌다.

"후우……."

스캇이 내뿜는 담배 연기가 그의 마음만큼이나 흔들리고 있었다.

"예쁜 여자를 보니 바로 넘어가는군. 난봉꾼 자식."

그가 하는 말은 스스로를 향한 말이었다. 다리엔, 그녀는 독특한 매력을 가지고 있었다. 무척이나 오랫동안 알고 지낸 사람처럼 따뜻하고 가까웠다. 몇 마디 말을 나누지도 않았지만 스캇은 많은 것을 느낄 수 있었다.

가장 그를 움직이고 있던 것은 그녀의 마음이었다. 스캇의 능력으로 엿볼 수 있던 그녀의 마음은 무척이나 순수했다. 보고 싶었다, 보고 있으니 좋다, 계속 보고 싶다, 그런 그녀의 생각들은 여과없이 스캇에게 전해졌다. 그 생각 그대로 말하는 것까지.

"이 정도로 흔들리다니… 만약 제국에서 청순한 미녀 군단을 보낸다면 어찌 이겨내겠는가."

그녀와 같은 분위기의 여자들이 자신을 사로잡는 광경을 생각하니 가슴 한구석이 달아올랐다. 좋은 건지 싫은 건지.

하지만 그는 해야 할 일이 있는 사람이었다. 개인적인 사심 때문에 흔들릴 시간은 없었다. 스캇은 꽁초를 뒤로 집어던졌다.

"일장춘몽, 지금 깼다."

그는 어느새 로뮤의 막사 앞에 도착해 있었다. 그제야 스캇의 머릿속에 치료를 맡겼던 라쥬마쥬가 떠올랐다. 그가 막사 안으로 서둘러 들어가려 하자, 뒤에서 숨에 찬 목소리가 들려왔다.

"하악, 하악… 잠시만요!"

스캇은 고개를 돌려봤다. 다리엔이었다. 치렁치렁한 드레스를 들어올리고 힘겹게 뛰어오고 있었다. 당장이라도 숨이 넘어갈 것 같은 힘겨운 표정이었다.

그는 당장에 달려가 그녀를 세우고 싶었지만 애써 냉정한 표정을 유지한 채 다리엔을 기다렸다. 스캇의 두 손바닥엔 자신도 모르게 흥건한 땀이 고여 있었다.

"무슨 일입니까? 이야기는 끝난 걸로 알고 있소만."

"하악, 하악… 그게……."

다리엔은 넘어가는 숨 때문에 말을 끝까지 하지 못하고 가슴을 부여잡고 있었다. 새파랗게 질린 얼굴이 너무나도 약해 보였다. 스캇은 자신도 모르게 보호 본능이 일어나는 것을 느꼈다. 당장에 그녀를 부축하고 싶었다.

벽을 잡고 한참 숨을 몰아쉬던 그녀는 한참이 지나서야 그에게 말을 건넸다.

"안에… 안에 환자가 있지요?"

"네?"

"그 사람이 위험해요, 안 좋다구요."

스캇은 자신이 잘못 들은 것은 아닌지 곰곰이 생각해 봤다. 그녀는 입구에 서 있던 스캇을 밀치고 안으로 들어갔다.

"비켜주세요!"

스캇은 별다른 저항도 하지 못하고 뒤로 물러났다. 그녀가 어떻게 알고 있는지에 대한 사실보다는, 그렇게 파랗게 질린 얼굴로 자신을 밀쳐 버린 힘이 더욱 놀라웠다.

"저 사람, 아픈 것이 아니었나?"

스캇은 서둘러 막사 안으로 따라 들어갔다. 그가 뒤늦게 들어가자 다리엔과 로뮤가 대화를 나누고 있었다.

"그러니까 그만한 약재를 한꺼번에 썼다는 이야기예요?"

"예, 악효들이 나타나면 기운을 차릴 겁니다."

"미쳤어! 그걸 받아들일 기운이 없으니까 쓰러져 있는 거라구요!"

다리엔은 자신의 모자를 벗어 던지고 두 팔을 걷었다. 그녀의 새하얀 팔이 드러나자 스캇은 자신도 모르게 고개를 돌렸다. 라쥬마쥬의 몸에 어떤 이상이 있는 걸까.

그가 다시 다리엔을 바라보자 그녀는 라쥬마쥬의 이마와 가슴에 손을 얹고 있었다.

"세상에나, 이렇게나 한꺼번에 약을 쓰다니, 만약 안에서 기운들이 뒤틀리면 어쩌려고 그랬어요?"

"그게… 전 리치니까… 드레인으로 다시 약 기운을 빼내면 됩니다. 여태껏 그렇게 해왔는데……."

"아니, 이게 무슨 실험인 줄 알아요? 생명이 걸려 있는 문제인데, 약효를 넣었다 뺀다고?"

다리엔의 목소리는 화가 가득했다. 그녀는 로뮤를 수족 부리듯 부리기 시작했다. 스캇은 방해가 되지 않도록 멀찍이 떨어져서 그 모습을 지켜봤다.

"베개, 호흡이 방해가 되지 않는 선에서 가장 높은 것으로 두 개."

"네?"

"베개 가져오라구요. 뭐 해요? 빨리!"

정신을 차리지 못하고 어수룩하게 굴던 로뮤는 곧 막사를 뒤져 두꺼운 책 두 권을 가져왔다. 과연, 적당한 크기였다.

하지만 스캇이 고개를 끄덕였던 것과는 별개로, 로뮤는 또다시 다리엔에게 혼쭐이 났다.

"그렇게 딱딱한 걸 아이한테 베게 할 생각이에요?! 당신, 의사가 아니라 과학자지?"

로뮤는 또다시 허둥지둥하며 방법을 찾기 시작했다. 그런 모습이 퍽이나 우스웠기에 스캇은 자신도 모르게 실소를 흘렸다.

"풋……."

"당신은 뭐 해요? 당신이 데려온 환자 아네요?"

다리엔은 스캇을 향해서 소리를 질렀다. 스캇은 깜짝 놀라 자리에서 일어나 로뮤를 향해 다가갔다. 두 남자는 구석에 쌓여 있던 옷가지들을 꺼내 책을 둘둘 말았다.

"다른 하나는 발을 고정시켜요. 접힌 상태로 유지가 되게끔."

다리엔은 받아 든 베개를 라쥬마쥬의 머리 밑에 조심스럽게 넣었다. 그러자 코를 통해 거칠고 얕은 숨을 내뱉던 라쥬마쥬의 입이 벌어지고, 한결 자연스러운 숨이 이어졌다.

그녀가 고개를 돌려 두 남자를 바라보자 어떻게 해야 할지

허둥지둥 대고 있었다. 다리엔은 그들에게서 베개를 낚아채곤 그들을 뒤로 물러나게 했다.

"바보들!"

스캇과 로뮤는 머리를 긁적이며 뒤로 물러났다. 다리엔은 라쥬마쥬의 두 다리를 접고 발등 쪽에 베개를 올려 자연스럽게 그 상태로 고정되게끔 만들었다. 그리고 라쥬마쥬의 허리 밑으로 손을 넣어 허리가 바닥에 닿는지 확인했다.

"세상에… 도대체 얼마나 잠들어 있던 거야."

"30년은 넘을 거라고 하더군."

다리엔은 고개를 돌려 대답한 스캇을 노려봤다.

"이봐요. 같은 자세로 누워 있는 것이 얼마나 허리에 많은 무리를 주는지 아세요? 아무리 바른 자세로 누워도 허리는 땅에 닿지 않기 때문에 계속 일정한 하중을 받는단 말이에요. 게다가 기도 확보도 제대로 해놓질 않고 약을 쓰다니, 당신은 제가 여태껏 봤던 사람들 중 가장 기본이 안 된 돌팔이예요!"

다리엔의 날카로운 목소리와 손가락이 로뮤를 찔렀다. 안 그래도 창백한 로뮤의 얼굴이 흙색으로 변했다.

"예전에도 돌팔이에게 치료를 받은 적이 있었지. 그땐 내가 정신이 혼미해서 어떻게 일이 돌아가는지 잘 몰랐지만, 딱 당신이랑 똑같은 방법을 써서 내가 얼마나 고생을 했는지……! 제대로 되지 않은 치료 방법은 환자를 두 번 죽이는 거예요! 그 북유적의 돌팔이 생각만 하면… 으휴……."

다리엔은 고개를 젓고는 다시 몸을 돌려 라쥬마쥬를 돌아봤다. 다리엔의 하얀 손은 라쥬마쥬의 손을 꼬옥 잡고 있었다. 스캇이 로뮤를 바라보자 그 역시 스캇을 바라봤다.

'북유적의 돌팔이라면 너 말하는 거 아닐까?'

'제가 맞는 것 같습니다. 아무래도 절 아는 사람 같은데요.'

한참을 머뭇거리던 두 남자 중 결국 스캇이 먼저 말을 꺼냈다.

"저기, 혹시……."

"조용히!"

다리엔은 스캇의 말을 끊고는 자신의 귀를 라쥬마쥬의 입 근처에 가져갔다. 그들의 귀에는 아무 소리도 안 들렸지만 스캇에겐 퍽이나 민망한 상황이었다.

한참 동안 귀를 기울이던 다리엔은 고개도 돌리지 않은 채 소리를 질렀다.

"뭐든 좋으니까 작은 대야 가져와요! 빨리!"

스캇은 멍하니 서 있던 로뮤를 바라보며 눈치를 줬다.

'내가 해야겠나.'

로뮤는 또다시 막사를 뒤지며 대야로 쓸 만한 것을 찾기 시작했다. 스캇은 다리엔이 신경 쓰지 않을 만한 위치에서 조용히 그녀가 하는 행동을 지켜봤다.

갑자기 그녀의 걷어 올린 소매 속에서 덩굴들이 뻗어 나오기 시작했다. 잎사귀로 보아 담쟁이덩굴이 확실했다. 그 덩굴들은 마치 문어의 촉수처럼 흐느적거리며 라쥬마쥬의 몸을 타고 퍼져 나가기 시작했다.

'저건······.'

스캇은 그 광경을 바라보며 그것이 무척이나 익숙하다고 생각했다. 게나홀라헬, 마리미, 아우리미··· 그리고 다리엔. 그녀는 엔트라헬들과 도대체 무슨 관계가 있는 걸까?

다리엔은 라쥬마쥬의 원피스를 위로 들어올렸다. 라쥬마쥬의 하얀 나신이 스캇의 눈에 들어왔다. 스캇은 급히 고개를 돌렸다.

"당신, 안 나가요?!"

"나, 나가겠소."

스캇은 몸을 돌려 막사 밖으로 향했다. 적당한 대야를 찾은 로뮤 역시 대야를 그녀의 옆에 내려놓곤 스캇의 뒤를 따라 밖으로 빠져나가려 했다.

하지만 다리엔의 앙칼진 목소리가 로뮤를 붙잡았다.

"당신은 어디 가요? 명색이 의사라면 끝까지 지켜봐야지!"

"아, 네!"

로뮤는 다시 내려놨던 대야를 집어 들곤 그녀의 곁에서 빳빳한 자세로 서서 다리엔이 하는 일들을 지켜보기 시작했다.

스캇은 막사 밖으로 나오자마자 담배를 꺼내 입에 물었다. 자신도 모르게 무의식중에 나온 행동이었다.

"왜 저렇게 갑작스럽게 변한 거지?"

태도가 딴판이었다. 마치 전쟁터를 방불케 했다. 하지만 그 털털한 모습이 내숭이라기보단 직업의식에 가깝다고 생각했다. 이러나저러나 매력적인 여자였다.

스캇은 담배에 불을 붙이며 숨을 깊게 들이마셨다.

"어떤 출신인진 모르지만, 가능하다면 내 일을 도와달라고 할까."

돌팔이 의사보단 도움이 되겠지. 스캇은 로뮤를 떠올리곤 또다시 키득거리며 웃었다. 벨은 그녀를 잘 알고 있는 듯했다. 그렇다면 로뮤와도 관계가 있을 법도 했다.

하지만 그 덩굴은 대체 정체가 뭐란 말인가. 그는 단번에 아우리미를 떠올렸다.

"정말 좋은 소식이 있을 겁니다. 스캇님께서 마음에 오랫동안 담아두셨던 소식이요."

마음에 뒀던 소식이라. 다리엔, 그녀가 아우리미의 주인이었던가.

스캇, 자신이 기절할 때마다 나타나 치료를 도왔다던가 하는 일들은 몇 번이고 들어왔다. 조력자가 그녀였던가?

스캇은 말없이 자신을 지켜보던 그 눈빛이 이제야 조금씩 이해가 가기 시작했다.

'혹시⋯⋯.'

스캇은 품속 깊은 곳에 넣어놨던 종이 쪽지를 꺼냈다. 이젠 닳고 닳아서 글씨도 알아볼 수 없는 종이. 하지만 그의 머릿속엔 그 내용과 필체까지 고스란히 담겨 있었다.

이제 혼자가 아니에요.

더 긴 이야기를 담지 못했던 그 휘갈겨 쓴 글씨. 그의 기억 속으로 선명한 그 목소리가 들려오는 듯했다.

'다리엔!'

"다리엔!"

그 말, 그 말. 분명히 머릿속에 남아 있었다. 그녀가 이 쪽지를 쓴 것일까. 아니, 하지만 그것만으로는 석연치 않았다.

그때의 경험이, 그때의 공포가 스캇의 머릿속을 휘젓고 있었다. 피로 물든 숲과 피로 내리는 비, 굴러다니던 고깃덩어리들.

스캇은 채 반도 피우지 않은 담배를 내던졌다. 구역질이 올라올 것 같았다. 그는 입구의 난간을 붙잡고 호흡을 가다듬었다.

"후우⋯ 후우⋯⋯."

스캇은 고개를 들어 하늘을 바라봤다. 하지만 기대했던 하늘은 없었다. 천장을 가득 메우는 수백 개의 태양뿐. 그의 입에서 욕지기에 가까운 신음 소리가 흘러나왔다.

"쓰읍……."

"이제 들어오셔도 된답니다."

그의 뒤에서 로뮤의 목소리가 들려왔다. 스캇은 알았다는 표시로 손을 들여 보였다. 그는 숨을 크게 들이쉬곤 마음을 정리했다.

물어보자. 물어보면 되는 거야.

차분하게 마음을 가라앉힌 스캇은 다시 막사 안으로 들어갔다.

"괜찮습니까?"

"내가요, 이 아이가요?"

그 대답하기 어려운 질문에 스캇의 입이 굳게 닫혔다. 다리엔은 라쥬마쥬의 곁에 앉아 엎드리듯 침대에 몸을 기대고 있었다. 그녀의 몸에서 비지땀이 흘러나온 듯 시트 전체가 축축하게 젖어 있었다.

다리엔은 금방이라도 탈진할 것같이 힘겹게 숨을 몰아쉬고 있었다. 그제야 스캇의 입이 열렸다.

"둘 다."

"이 아이라면 이제 한 시름 놨고… 뭐, 저는 저대로 괜찮아요."

다리엔은 힘겹게 자리에서 일어났다. 스캇이 그녀를 돕기 위해 가까이 다가가자 그녀는 손을 들어 그의 접근을 제지했다.

"괜찮아요. 난 바람 좀 쐬고 올게요. 당신은 이것 좀 내다 버려요."

로뮤는 서둘러 다리엔이 가리킨 대야를 들었다. 그 안엔 새카맣고 진득한 물이 가득 차 있었다. 설마 라쥬마쥬의 몸에서 이만한 물이 나온 것인가?

로뮤는 아깝다는 표정으로 그 물을 바라보고 있었다.

"비싼 약재들이 다 빠져 버렸네요."

스캇은 두 번 다시 로뮤에게 치료를 맡기지 않겠다고 속으로 다짐했다. 다리엔은 문밖으로 나가며 로뮤를 향해 말했다.

"당신, 당분간 나한테 배워요. 의사의 기본기라는 건 치료 실력이 아닌 마음가짐과 자세라는 걸 알려주겠어요."

"예? 정말 감사합니다!"

감사한 건 다름 아닌 스캇이었다. 로뮤는 새로운 것을 배울 수 있다는 생각에 기분이 꽤나 들뜬 듯했다. 그는 검은 액체를 비어 있는 플라스크에 붓기 시작했다.

스캇은 그것을 보면서 인상을 가득 썼다.

'저걸 또 어디에 쓰려고……'

한참 그가 하는 양을 바라보던 스캇은 뒤늦게 다리엔이 마음에 걸렸다. 그녀의 얼굴은 무척이나 하얗게 질려 있었다.

그가 뛰쳐나가자 꽤나 멀찍이서 힘겹게 걷고 있는 다리엔이 눈에 들어왔다. 한 손으로 가슴께를 붙잡곤 절뚝이며 걷고 있었다.

'이런 병신 같은 자식!'

스캇은 비호처럼 몸을 날려 그녀의 곁으로 달려갔다. 그리곤 그녀의 허리를 감고 한 팔을 잡으며 부축해 줬다. 다리엔은 갑작스러운 그의 행동에 놀라며 불쾌함을 나타냈다.

"무례하군요."

"그렇소. 조금만 무례하고 있겠소."

그녀는 스캇을 밀어낼 힘도 없었는지 한숨을 쉬고는 그대로 몸을 맡겼다. 그녀의 목소리나 행동은 다시 원래의 모습으로 돌아와 있었다.

"아까 심한 소리를 해서 죄송해요. 어디가 아픈 사람만 보면 제가 정신을 못 차려요."

"괜찮소. 아니, 이쪽이 죄송하오. 정말이지……."

이렇게 아픈 사람에게 일을 맡기다니. 스캇은 그 뒷말을 잇지 못했다. 그가 잡은 하얗고 창백한 손에서 계속 땀이 흘러나왔다.

"이렇게 걷는 것보단 차라리 누워 있는 게 좋지 않겠소?"

"정말 무례하군요."

"아니, 난 당신의 건강을 생각해서……."

"됐습니다."

실례라도 된 걸까. 스캇은 자신이 무슨 잘못을 했는지 깨닫지 못하고 어쩔 줄 몰라 했다. 다리엔은 그런 그의 모습을 바라보며 피식 웃었다.

"넘어갈 테니까 그 웃긴 표정 좀 치워요."

"내 표정이 그렇게 웃기오?"

"오크를 닮았군요."

스캇의 얼굴이 이젠 잿빛이 되었다. 이렇게 아름다운 숙녀와 함께 걸으며 '당신은 오크를 닮았군요' 라는 말을 듣는 일은 결코 쉬운 일이 아니다.

스캇은 애써 스스로를 위안했다. 그래, 그녀가 하는 말은 하이오크들처럼 늠름하고 멋져 보인다는 이야기일 거야. 그는 자신의 마음속을 어렵게 정리하곤, 아까부터 묻고 싶었던 말을 꺼냈다.

"혹시… 다리엔님께서 사용하셨던 그 능력, 다리엔님은 아우리미의 주인이오?"

툭.

그녀의 발걸음이 멈췄다. 다리엔은 정면을 바라보고 있었다. 스캇은 그녀가 동요하고 있는 것이 느껴졌다. 그녀의 호흡도 가빠지고 있었다.

스캇은 고개를 저으며 말했다.

"아니, 일단은 몸이 우선이니 나중에 말해도……."

"맞아요."

"음?"

"제가 아우리미의 주인이며, 당신의 조력자입니다."

다리엔은 그의 손을 내려놓고, 몸을 돌려 스캇을 올려다봤다. 그다지 작은 키는 아니었지만 스캇의 키가 워낙 큰 탓에 그녀는 고개를 한참 올려야 했다.

스캇 역시 그녀를 내려다봤다. 그녀의 검은 눈망울이 흔들리는 것이 보였다. 굳이 능력이 아니더라도 다리엔이 동요하고 있다는 것을 느낄 수 있었다.

"그럼……."

그는 이번엔 품속에 넣어놨던 종이 쪽지를 꺼내려 했다. 날 것 같으면서도 나지 않는 그 기억이 그의 수없이 많은 밤들을 괴롭혀 왔다.

그녀라면… 만약 그녀가 이 쪽지의 주인이라면…….

"스캇!"

그때, 멀지 않은 곳에서 그를 부르는 목소리가 들려왔다. 게나홀라헬이 그를 향해 뛰어오고 있었다. 인간의 형태를 하고 있는 그는 뛰는 것이 어딘가 부자연스러워 보였다.

다리엔은 그를 바라보며 놀란 표정을 지었다. 뒤로 한 걸음씩 물러나고 있었다. 스캇은 상황을 알 수 없었다.

그들의 앞까지 다가온 게나홀라헬은 크게 소리를 지르며 뛰어들었다.

"제국의 요인이 왜 이곳에 있는가!"

게나홀라헬의 강맹한 일격이 다리엔을 향해 날아갔다.

파악!

스캇은 두고 볼 것도 없이 손을 들어 그의 주먹을 막았다. 그는 놀란 표정을 지으며 게나홀라헬을 향해 외쳤다.

"무슨 소리냐?!"

"역시, 자네가 알고 있었을 리가 없소. 저 여자는 제국의 요인이오. 10용사란 말이오!"

스캇은 두 눈을 부릅뜨고 다리엔을 쳐다봤다. 결코 그럴 리가 없다는 표정이었다.

"아냐, 그럴 리가……."

제국의 첩자? 마음 한구석에 묻어두고 있었던 그녀를 향한 의심들이 쏟아지기 시작했다. 단신의 몸으로 이곳엔 어떻게 왔으며, 이다지도 자신의 마음을 흔드는 이유가 무엇인지. 방금 자신을 아우리미의 주인이라 밝혔던 그 말 한마디까지, 모든 상황들이 한꺼번에 스캇의 마음을 흔들고 있었다.

보시오! 뭐라 한마디 말을 해보란 말이오!

스캇의 눈빛은 그녀를 응시하고 있었다.

"저, 저는……."

"왜 말을 더듬는가!"

"잠깐."

게나홀라헬이 그녀의 말을 막자 스캇은 게나홀라헬을 제지했다. 다시 침묵이 흐르자 그녀의 얇은 입술에서 처연한 목소리가 흘러나왔다.

"전… 제국의 사람입니다."

하!

순간, 스캇의 코와 입에서 거친 숨이 터져 나왔다. 게나홀라헬은 그의 모습을 바라보며 더 이상 한마디도 하지 않았다. 스캇은 믿을 수 없다는 듯 두 눈을 부릅뜨고 입을 크게 벌리며 주위를 둘러봤다.

그는 고개를 들어올렸다. 하늘, 하늘이 없었다. 보고 싶던 하늘이 없었다. 이 망할 도시는 왜 하늘이 없는 거야! 가슴 한 구석이 답답하고 짜증이 나기 시작했다.

"가시오."

"…네?"

"당장 가시오. 나는 더 할 이야기도, 듣고 싶은 이야기도 없소."

스캇은 지금 마음속에 끓어오르는 이 감정을 분노라고 표현할 수 없었다. 스캇은 지금 그녀를 바라보며 드는 감정을 배신감이라고 표현할 수 없었다. 결코 그럴 수 없었다.

그는 머뭇거리고 있는 다리엔을 향해 버럭 소리를 질렀다.

"가라니까!"

그를 바라보던 다리엔의 표정은 아무런 변화도 없었다. 차라리 억울하다는 표정이라도 지어준다면 못난 스스로를 원망하련만… 그녀는 천천히 고개를 끄덕이곤 몸을 돌렸다.

다리엔이 몸을 돌리자마자 그녀의 발치에 한 방울씩 눈물이 떨어지기 시작했다. 아무런 소리도 나지 않았지만 그녀의 어깨가 들썩이고 있었다.

　스캇은 알 수 있었다, 흐르는 그녀의 눈물을. 하지만 그는 애써 몸을 돌리고 게나훌라헬에게 말했다.

　"가자."

　스캇과 게나훌라헬은 순식간에 그 자리를 벗어났다.

　다리엔은 다리를 절뚝이며 가까운 폐허의 벽으로 걸어갔다. 그녀의 눈에서 흐르는 물이 뺨을 타고 내려와 마른땅을 적셨다. 다리엔은 벽에 손을 짚고 미끄러지듯 앉았다.

　"끅, 끄윽……."

　다리엔은 아랫입술을 물었다. 우는 소리조차 낼 수 없었다. 서럽고 억울했지만 단 한 마디도 내뱉을 수 없었다. 그저 흐르는 눈물이 그녀의 마음을 대신했다.

　드디어 만났는데, 드디어 만날 수 있게 되었는데… 그녀는 계속 손등으로 눈을 훔쳤다. 하지만 눈물이 멈추지 않았다.

　보고 싶었는데. 내 눈으로, 이 몸으로 당신 곁에 있고 싶었는데. 당신과 함께 호흡하고 싶었는데, 당신 품에 계속 안기고 싶었는데…….

　"다시… 혼자가 됐네요."

　그녀는 아이처럼 울먹이고 있었다. 그녀는 무릎을 꿇고 두 손으로 얼굴을 감싸 쥔 채 엎드렸다. 그렇게 오랜 시간과 세월을 지나 드디어 만나게 되었는데, 그녀는 또다시 그를 떠나보냈다.

고백해야 했는데, 말해야 했는데, 오랫동안 기다렸고 오랫동안 지켜봐 왔다고 말해야 했는데.

그동안 자신을 가로막던 그 모든 벽을 스스로의 힘으로 이겨내고 이렇게 달려왔는데! 수많은 사람들을 떨쳐 버리고! 정한을 버리고! 가지고 있는 그 모든 것을 던져 버리고 이렇게 달려왔는데, 그가 떠나갔다.

떠나갔다. 그가 떠나갔다.

그리고 또다시 혼자가 되었다, 이 공허한 폐허 가운데.

외전

다 리 엔 , 회 상 하 다

　새벽 1시, 편의점 아르바이트생에겐 무척이나 무료한 시간
이다. 더군다나 큰길가에 있는 것도 아닌 주택가 틈새에 있는
이곳은 더욱 그렇다.

　서연은 카운터 옆에서 끈적끈적한 블루스를 내뱉던 라디
오를 손가락으로 쿡 찔러 꺼버렸다. 안 그래도 꿀꿀한 인생인
데 꿀꿀한 음악 같은 건 조금도 듣고 싶지 않았다.

　"뇌종양."

　그 생소한 단어, 뉴스에서나 봤던 그 단어가 머릿속을 스쳐
지나갔다. 그러고 보니 아버지도 비슷한 병명으로 돌아가셨
던 듯하다. 고등학생 시절부터 혼자 살아온 서연이지만 그래

도 가족들의 얼굴이나 이름은 잊지 않았다. 그것만이라서 문제지만.

"뇌종양. 뇌종양 말기. 시한부."

그녀는 몇 가지 단어를 더 입으로 중얼거렸다.

고3 시절, 그때의 입시생이라면 누구라도 달고 살 만한 만성 편두통을 달고 살았다. 이따금 정신을 못 차릴 정도로 심한 두통이 찾아오기도 했지만, 주기가 비슷해 그저 생리통이려니 하며 넘어가곤 했었다.

그토록 가고 싶던 대학에 붙었을 때도 그녀는 혼자였지만 그것이 싫진 않았다. 아니, 그보다 가족 대신 자신의 뒤를 따라붙는 두통이 괴로웠다. 그날 집에 돌아오는 그녀의 손에는 소주가 한 병 들려 있었다.

서연은 거울을 보며 홀로 잔을 비워댔고, 그날 두통 때문에 사람이 죽을 수도 있겠다는 생각을 처음으로 했다. 그녀는 그 뒤로 지금까지 술을 입에 대본 적이 없었다.

"서연아, 들었니? 너 시한부래."

어려서부터 혼자였다는 사실이 스스로를 괴롭게 한 적은 단 한 번도 없었다. 아버지가 먼저 병으로 떠났을 때도, 동생과 어머니가 자신의 중학교 졸업식장에 찾아오던 길에 교통사고로 숨졌을 때도 그녀는 울지 않았다.

울지 못했다. 울 수 없었다. 단 한 번이라도 울어버린다면 그때부터 자신의 삶은 밑도 끝도 없이 나락으로 떨어질 것 같

앞으니까, 너무나도 비참해져 버릴 것 같았으니까. 그래서 울 수 없었다.

남겨진 재산과 가족들의 생명보험은 그녀에게 많은 힘이 되었다. 서연은 가족들의 유품과 사진을 모조리 버려 버리곤 혼자서 살 수 있는 작은 방을 얻었다. 그것이 고등학교 1학년 때의 일이었다.

"왜, 또 나예요?"

서연은 '왜?'라는 질문을 해본 적이 없었다. 대답해 줄 리가 없었으니까.

그녀는 친구도 사귀지 않았다. 얻는 행복보다 아픔이 두려웠으니까.

그녀는 슬픈 영화도, 노래도, 소설도 무엇 하나 가까이 하지 않았다. 슬퍼할 필요도 없었고, 그러고 싶지도 않았으니까.

"이왕 죽게 된 거, 덜 아팠으면 좋겠는데."

머리부터 밀고 약이나 잔뜩 맞아버릴까. 그럼 덜 아플까. 가진 돈 전부다 털어서 세상이 떠들썩할 정도로 기부나 해볼까. 그럼 좀 보람이라도 있을까. 매일같이 내 손을 잡으며 인사를 하던 그 아주머니를 따라 교회라도 가볼까. 그럼 죽어서 천국에 갈 수 있다는 위안이라도 얻게 될까.

다른 건 몰라도 슬픈 건 싫은데.

아픈 건 괜찮아도 슬픈 건 싫은데.

죽는 건 괜찮아도 슬픈 건 싫은데.

서연은 자신도 모르는 사이 입으로 '싫은데'라는 말을 중얼거리고 있었다. 이놈의 직장, 그만둬도 상관없지. 항상 혼자인 그녀에게 가장 어울리는 직업이었지만, 이 마당에 무슨 직장일까.

카운터에 들은 돈을 모두 가지고 뛰쳐나가 거리에 뿌려볼까. 지나가는 남자 중 아무나 붙잡고 술 한잔 사달라고 해볼까. 언젠가 마음에 들었던 신발을 사볼까.

이제야 하고 싶은 일들이 하나씩 생각났다. 자신을 위해서 돈 한 번 제대로 써본 적 없던 그녀의 마음속에, 이제야 욕심이란 것들이 하나씩 생기기 시작했다. 이제야.

"웃겨, 정말."

그녀는 피식 웃었다. 그래도 지금은 두통이 없어서 다행이다. 해가 뜨면 질 때까지 죽을 것같이 아프니까. 그럴 땐 이런 생각을 하는 것조차 불가능하다.

치링, 치링.

문이 열리며 문 위에 달린 종이 울렸다. 들어온 손님은 평소에도 꽤나 자주 봤던 단골이다. 서연은 금세 표정을 정리하고 무표정으로 카운터 앞에 섰다. 꼭 그럴 필요는 없었지만 오랜 습관에서 나온 직업의식이 그녀를 무의식중에 카운터 앞으로 이끌었다.

평소엔 자신만큼이나 우중충한 표정을 짓고 새벽마다 들

어왔던 남자였다. 엄청나게 훤칠한 키 덕분에 첫인상이 하도 강하기도 했지만, 그 지독한 고정 메뉴야말로 그를 잊지 못하게 하는 비결이었다.

'방문은 하루 한 번, 컵라면 두 개, 디스플러스 하나, 콜라 1.5리터는 이틀에 하나. 컵라면은 새우탕, 튀김, 우육탕 순.'

반년이 넘도록 그대로다. 먹는 행복 따위는 모르는 사람이 분명했다. 보통 그녀가 근무하는 시간에 찾아오는 손님은 다섯 명에서 열 명 사이. 때로는 단 한 명도 안 오는 밤도 있었지만 그때에도 저 남자는 항상 찾아왔었다. 마치 지독한 시간에 따라가듯.

'당신도 나만큼이나 불쌍하네요.'

평소 눈길도 주지 않았던 그에게 마음이 간 것은 무슨 일일까. 그녀는 시한부의 애꿎은 변덕이라고 생각하며 피식 웃었다. 곧 다가올 그를 위해 디스플러스를 하나 꺼내두고.

'뭐지?'

믿을 수 없는 일이 벌어졌다. 그는 생전 근처에도 가지 않았던 성지(聖地), 냉동식품 코너로 향했다. 그것도 보란 듯 고개를 꼿꼿이 들고선.

"이민 축하합니다. 이민 축하합니다. 사랑하는 우리 황운이, 이민 축하합니다."

이 어이없는 노래는 뭐지? 무서워 보이는 겉모습과는 다른 귀여운 목소리가 그의 입에서 흘러나왔다. 이민이라고?

그는 냉동식품을 이것저것 고르기 시작했다. 이민은 유학과는 엄연히 다르다. 최소한 그녀가 보기엔, 그가 이민을 간다면 돈이 없어서다. 그런 확신이 들었다. 도대체 무슨 일일까. 도대체 무슨 일이 나와 같은 세계의 사람을 저렇게 들뜨게 만들었을까.

서연은 괜스레 그에게 관심이 가기 시작했다. 한편으로 억울한 마음도 있었다. 자신은 울다 죽어도 모자랄 판국인데, 저 사람은 뭐가 저렇게 행복할까.

'그래, 슬픈 건 싫어.'

따라가 볼까. 서연은 그의 목소리를 따라 낮게 흥얼거렸다. 두 손에 한가득 냉동식품을 안고 온 남자는 그것을 카운터에 내려놓고 다시 성지로 달려갔다.

'얼마나 먹을 셈이지?'

결국 그는 포도주까지 한 병 들고 와선 계산대에 내려놓았다.

"저기… 영수증 필요하세요?"

"예? 아뇨. 괜찮아요."

어지간히도 쓴다. 이 돈이면 친구들 두어 명 데리고 그럴 듯한 레스토랑에 가겠다. 하긴, 우리는 친구가 없잖아.

그녀는 또다시 그와의 동질감을 발견하곤 피식 웃었다.

'나라도 별수없었을 거야. 칙칙한 집에서 시켜 먹을 생각도 없고. 크크.'

"손님도 없는데 좀 도와줘요."

"…아? 아, 예. 갈게요."

서연은 그와 함께 전자레인지에 각종 식품들을 데웠다. 그는 바쁜 이들이 서서 간단하게 요기를 하는 테이블에 데워진 음식을 올려놓았다.

바쁘게 움직이는 그의 행동을 보며 서연은 어이가 없다는 표정을 지었다.

'설마 여기서 혼자 먹겠다는 생각일까.'

"도와줘서 고마워요."

"아뇨. 그렇게 어려운 일도……."

서연은 고개를 숙이곤 카운터로 돌아왔다. 어느새 테이블 위는 굉장히 많은 양의 음식들로 채워져 있었다.

서연은 과연 저 남자가 혼자서 저만한 음식을 다 먹을 수 있는지 궁금했다. 만약 남긴다면, 그간 쌓은 모든 정과 관심을 던져 버리고 저주할 참이었다. 음식 쓰레기를 치우는 것은 그녀에게 있어 가장 큰 고역이니까.

갑자기 그가 창밖을 바라보며 혼잣말을 시작했다.

"흠, 흠. 오늘 밤 이 자리에 김황운이 있다. 낳아주신 부모님이 멀쩡하게 살아 계시고, 함께 지내온 친구들도 있다. 하지만 지금 난 하늘 아래 혼자다. 나는 외롭다. 나는 항상 스스로를 위로하고, 나는 항상 스스로에게만 인정받는다. 지금의 내 존재는 그렇다."

'미친 것일까?

서연은 그가 술에 취한 것은 아닌지 고개를 슬쩍 내밀고 남자의 얼굴을 바라봤다. 편의점 아르바이트생이 만나는 일이란 늘 이상한 일들뿐이니까, 술에 취했다면 차라리 안심이다.

'하지만 외로워 보여.'

1년 동안 거의 매일 봐온 단골 손님이기 때문일까. 그녀는 걱정이 되기보단 관심이 가기 시작했다.

"나는 정체하는 청년. 나는 현실에 안주하는 청년. 매일 컴퓨터에 빠져 살고, 게임에 빠져 살고, 수많은 환상 속에 사로잡힌 채, 그저 현실로부터 도망치고 있는 폐인. 나는 허무함으로부터 벗어나기보단 쾌락을 좇기를 선택한 패배자. 나는 패배자. 꿈은 많지만 능력은 없는 패배자. 나라가 공인한 부적응자. 지금의 내 존재는 그렇다."

말하는 그의 목소리 끝이 조금씩 젖어 들어가기 시작했다. 그는 이따금 차들이 지나가는 창밖 도로를 바라보며 말을 멈췄다. 잠시 스스로 한 말을 되새기는 것일까. 아니면 말 그대로 감정에 겨워서?

서연은 이를 꽉 물었다. 그의 목소리가 자신을 향하는 듯했다. 너는 패배자야. 너는 부적응자야. 그의 목소리가 서연의 삶을 비난하고 있었다. 그녀의 방식을 비난하고 있었다.

"바꿀 생각조차도 하지 못했다. 바꾸고 싶다는 감정도 없었다. 그냥 하루하루 살면 그만이었다. 하지만 이 자리, 바로 이 마지막 만찬에서 내가 바라는 것은… 부디 꿈만 같은 기회가 내게 현실로 주어지길. 그리고 만약에, 정말 만약에 그렇게 이루어진다면 지금과는 다른 내가 되길. 나라는 녀석이 정말 쓰레기라서가 아니라, 태어날 세계를 잘못 찾은 미운 오리새끼이길."

당신은 기회라도 있지! 당신은 노력할 수 있는 시간이라도 있지!

나는 뭐야, 나는 뭐냐고! 내 빌어먹을 삶은 뭐야. 왜 나에겐 살 수 있는 기회도, 다시 시작할 기회도 주지 않는데?

묻어놨던 그녀의 마음들이 남자의 목소리에 비로소 열리기 시작했다. 애써 숨겨놨던 슬픔들이 봇물처럼 터져 나오기 시작했다. 분노, 억울함, 상처, 한, 그 모든 것들이 서연의 마음을 휘젓고 있었다.

그때, 남자의 목소리가 들려왔다.

"나를 위해, 나에게."

그 목소리가, 그 단어 하나하나가 서연의 마음을 흔들었다. 저 사람은 드디어 껍질을 깨고 나와 날아오르려 한다. 자신을 위한 삶을 산다. 자신에게 그 꿈을 바친다.

그 미운 오리새끼의 울음소리가 다시 한 번 서연의 가슴을 뒤흔들어 놓았다.

"건배."

그는 굳은 표정으로 종이컵을 비웠고, 그것을 바라보던 서연은 아랫입술을 강하게 물었다. 쏟아질 것만 같은 눈물을 참고, 터져 나올 것만 같은 울음을 삼킨 채 애써 무표정으로 그의 식사를 지켜봤다.

그것은 의식이었다. 성인식. 드디어 껍질을 벗어난 미운 오리새끼의 날갯짓. 이윽고 천천히, 모든 식사를 마친 그는 뒷정리까지 깔끔하게 한 후 자리를 떠났다.

"지켜봐 줘서 고마워요. 봐주는 사람이 있어서 다행이었습니다."

그 남자는 카운터 위에 포도주가 가득 채워진 종이컵 하나를 올려놓고 나갔다. 서연은 말없이 그것을 바라봤다.

나도 날 수 있을까. 나도 저 사람처럼 껍질을 깰 수 있을까.

비록 세 달밖에 남지 않았어도, 비록 하루의 반을 고통으로 보낸다 하더라도, 저 사람처럼 일어설 수 있을까.

그 모든 변명거리들과 고난을 이겨내고, 주어진 상황과 현실을 무시하고, 단 한 번이라도 자신의 본모습으로 태어날 수 있을까. 그렇게 날아볼 수 있을까.

"나에게도… 성인식이 필요해."

자, 네게 줬잖아. 그의 목소리가 머릿속으로 들려왔다.

싸구려 포도주가 가득 담긴 종이컵.

표면엔 먼지 하나가 떠다니고 있었고, 컵 옆면에는 '나를 사랑하는 것같이, 환경을 사랑해 주세요!' 라는 문구가 적혀 있었다. 그리고 무엇보다,

그의 손길이 묻어 있었다.

서연은 천천히 잔을 들어올렸다. 두 번 다시 마시지 않겠다고 다짐했던 술, 두 번 다시 울지 않겠다고 다짐한 두 눈, 두 번 다시 슬퍼하지 않겠다고 다짐했던 내 삶.

꿀꺽.

들이켰다, 그 모든 것을 단숨에.

서연은 컵을 비운 후 그것을 꼬깃꼬깃 두 손으로 꾸겨서 둥그렇게 말았다. 그리고 5미터는 떨어져 있는 쓰레기통을 향해 힘껏 던졌다.

슬로모션처럼 천천히 그려지는 포물선, 그리고 그 끝에 쓰레기통.

서연의 입에서 오랜만에 시원한 목소리가 터져 나왔다.

"건배!"

아르바이트를 마치고 집으로 돌아온 서연은 방에 틀어박혀서 울기 시작했다. 그녀는 마음껏 슬퍼했고, 마음껏 억울해했다.

그제야 가족들에 관한 기억들이 하나씩 떠오르기 시작했다. 돌아가신 아버지에 관한 추억들, 사랑하는 내 동생, 그리고 우리 엄마.

그녀는 온 방 안을 뒤져서 남아 있는 가족들의 사진을 발견하곤 또다시 오열했다. 이제야 울어서 미안하다고, 이제야 슬퍼해서 미안하다고 반쯤 찢어진 사진을 붙들곤 그렇게 고백했다.

그래, 난 친구도 사귀고 싶었어. 그래, 나도 두통 대신 남자친구가 곁에 있었으면 했어.

서연은 가슴 깊숙한 곳에 묻어놓았던 진심들을 하나씩 꺼내며 회한의 눈물을 털어내었다.

또 다른 미운 오리새끼는 그렇게 성인식을 치렀다.

며칠의 밤과 낮이 정신없이 지나고, 서연이 두통과 함께 눈을 떴을 땐 환한 대낮이었다.

"나가자."

그녀는 자신에게 명령을 내리곤, 나갈 준비를 시작했다. 찬물로 부기를 빼고, 깨끗하게 샤워를 하고, 언젠가 거리에서 샘플로 받아둔 화장품들을 꺼내 난생처음 화장도 해봤다. 서연이 자신의 얼굴을 그토록 오래 보고 있던 것은 처음이었다. 거울 앞엔 참 예쁘고 사랑스러운 아가씨가 앉아 있었다.

"진짜아 예쁘네."

서연은 자신의 볼을 꼬집었다. 이렇게 예쁜 걸 왜 이제껏 몰랐지? 그녀는 딱 한 번 입고 수납장에 넣어뒀던 원피스를 꺼내 다리미로 정성스럽게 다렸다. 그리고 옷까지 모두 차려입은 서연은 집 밖으로 나왔다.

그녀가 찾아간 곳은 은행이었다. 서연은 그곳에서 예금을 출금했다. 그녀는 두둑한 지갑을 보며 기분 좋게 미소를 짓곤 밖으로 나왔다.

다음으로 간 곳은 시장이었다. 그녀는 준비해 온 장바구니에 비싼 찬거리들과 찌개거리들을 한가득 담았다.

그리곤 대여점에 갔다. 가끔씩 그 남자가 소설책이 한가득 담겨 있는 비닐 봉투를 들고 오곤 했는데 그 비닐 봉투에 써져 있던 대여점이었다. 서연은 그의 이름과 이목구비를 말하곤 집 주소를 알아냈다.

대여점 주인은 조금 미심쩍어했지만, 옛 남자친구를 찾아가기 위해 먼 길을 왔다며 울먹이는 그녀의 연기를 이겨내긴 쉽지 않았으리라.

"하아아……."

결국 서연은 한 자취방 앞에 도착했다. 그 남자의 집.

죽기 직전에 꼭 한 번 영화보다 행복한 사랑을 해보고 싶었다. 남자라고는 근처에도 가본 적이 없는 그녀였지만, 태어나서 처음 해보는 '대쉬'였지만, 물러날 수는 없었다.

지금 서연에겐 시간은 금보다 비싸니까.

서연은 문 앞까지 단번에 걸어나갔다. 그녀는 유리문에 비친 자신을 바라보며 마지막 점검을 했다.

진하진 않지만 적당한 화장, 하늘하늘한 원피스, 컵라면밖에 모르는 그 바보 같은 위장에 넣어줄 음식들. 그리고 자신.

모든 것을 확인한 그녀는 문을 세게 두들겼다.

똑, 똑.

끼이익.

문이 열려 있었는지, 그녀의 노크에 밀려 문이 조금 열렸다. 하지만 한참 반응이 없자 서연은 초심스럽게 문을 열었다.

"저기요……."

"무슨 일로 오셨지요?"

집 안에서 나타난 것은 자신보다 두어 살 정도 많아 보이는 젊은 여성이었다. 각진 뿔테를 쓰고 있는 그녀는 딱딱한 목소리로 서연에게 물었다.

"아, 아녜요. 잘못 찾아왔나 봐요."

서연은 당황하며 고개를 저었다. 그녀는 몸을 돌리곤 황급히 그곳을 빠져나왔다. 여자 친구도 있는 사람에게 내가 뭔 짓을 하려 한 거지? 서연의 얼굴이 홍당무처럼 붉어졌다.

"혹시 황운 씨를 찾아오셨나요?"

익숙한 그 이름, 서연은 고개를 돌려 그녀를 돌아봤다. 여차하면 바람이라도 피웠다고 오해를 살 테니 모른다고 할 참이었다. 그런데 그녀가 먼저 서연에게 말했다.

"그 사람, 이민 갔어요. 전 이민자를 관리하는 공무원입니다."

서연은 놀란 표정을 지으며 다시 그녀에게 달려갔다.

"어, 언제요? 어디로요?"

그녀는 서연의 얼굴을 잠시 바라봤다. 그것만으로도 서연이 무슨 생각을 하는지, 무슨 마음을 가지고 있는지 알 수 있었다. 한참 뜸을 들이던 그녀는 서연에게 물었다.

"그를 만나고 싶어요?"

서연은 침을 꿀꺽 삼켰다. 그렇게까지 그를 쫓아야 할 이유가 있어? 시간은 없고, 다른 남자는 많은데 꼭 그여야만 해? 수많은 질문들이 찰나의 순간 서연의 머릿속을 스쳐 지나갔다.

더 생각할 것도 없었다. 서연은 단호한 목소리로 말했다.

"네, 무슨 일이 있다 하더라도, 반드시."

그녀는 스스로 고개를 끄덕이곤 다시 한 번 말했다.

자신에게.

"반드시."

『개들의 왕』 4권에 계속…

청어람 판타지의 재도약!!

혁신과 참신함으로 무장한
새로운 판타지 전문 브랜드의 탄생!

「알바트로스」
Albatros

판타지계의 커다란 근간을 이뤄온 청어람 판타지 소설!
새로운 브랜드 「알바트로스」라는 커다란 날개를 달고
거대한 웅비를 시작합니다.

알바트로스는 판타지의, 판타지를 위한 개척자이자 도전자로 존재하겠습니다.
알바트로스는 형식적이고 나태해진 판타지계의 구습을 벗어나겠습니다.
알바트로스는 판타지계의 도약을 위한 든든한 날개 역할을 묵묵히 수행합니다.
알바트로스는 변화와 혁신을 통해 새롭게 태어날 환상 공간입니다.
알바트로스는 판타지를 아끼고 사랑하는 이들을 향한 청어람의 굳은 약속입니다.

유행이 아닌 자유추구 -
WWW.chungeoram.com

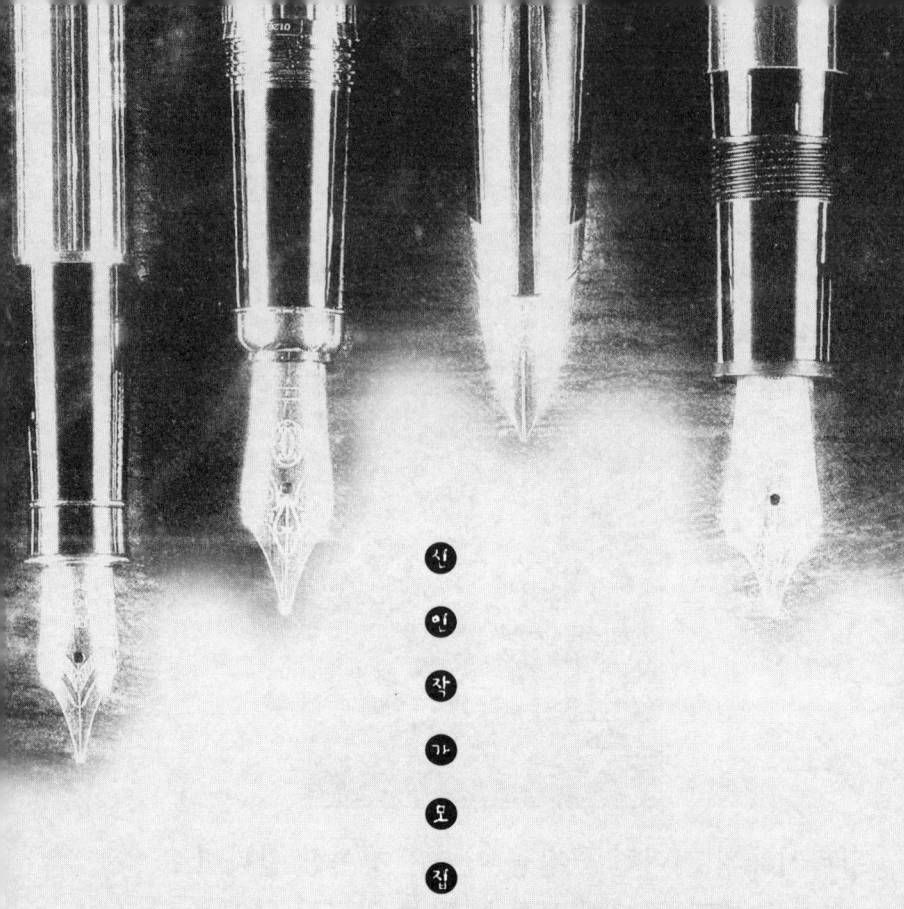

신인 작가 모집

시작이 반이라고 했습니다.
작가의 길에 대한 보이지 않는 벽을 과감히 깨뜨리십시오!
청어람은 작가 지망생 여러분들의
멋진 방향타가 되어드리겠습니다.

저희 도서출판 청어람에서는
소설 신인 작가분들을 모집합니다.
판타지와 무협을 사랑하시는 분들의 많은 참여를 바랍니다.
소정의 원고(A4용지 150매)를 메일이나 우편으로 보내주시면
검토 후 출판 여부를 알려드리겠습니다.

주소:경기도 부천시 원미구 심곡1동 350-1 남성B/D 3F 우편번호420-011
TEL:032-656-4452 · **FAX**:032-656-4453
http://www.chungeoram.com
e-mail:chungeoram@chungeoram.com

화제의 베스트셀러 「삼성처럼 경영하라」의 저자가 제시한 제대로 사는 삶을 위한 성공 법칙!

Coordinated People Who Live Satisfactorily

이채윤 지음 | 값 8,900원

제대로 사는
통합형 인간

나는 여러분에게 지금보다 많은 것, 좋은 것을 찾는데 경주하기보다는 자신의 능력을 향상시키는데 주력함으로써 성취감을 느끼고 '제대로 살고 있다는 기쁨'을 느끼는 것이 중요하다고 강조할 것이다.
그렇게 함으로써 나는 여러분이 이 책을 읽고 자신의 능력을 하룻밤 사이에 두 배 이상으로 늘릴 수 있고 제대로 인생을 즐기며 살아갈 수 있는 방법을 제시하고자 한다!

제대로 사는 삶을 위한 5단계 성공 법칙!

◉ step 1: 자신의 재능이 선택한 삶을 산다
◉ step 2: 자신의 일 외에 다른 것에 집착하지 않는다
◉ step 3: 세상에 대해서 자신의 목소리로 말한다
◉ step 4: 심신을 조화롭게 유지하며 산다
◉ step 5: 뜻을 같이하는 멋진 동료들과 어울려 산다